本教材为北京市社会科学基金青年项目
“晚近政局与京师词学研究”（项目编号：19WXC012）
阶 段 性 成 果

中国人民大学本科生发展指导课程教材

# 金元明清词经典研读

郭文仪 编著

南京大学出版社

**图书在版编目(CIP)数据**

金元明清词经典研读/郭文仪编著. —南京：南京大学出版社，2020.6

ISBN 978-7-305-23411-8

Ⅰ. ①金… Ⅱ. ①郭… Ⅲ. ①词(文学)—诗歌研究—中国—金代 ②词(文学)—诗歌研究—中国—元代 ③词(文学)—诗歌研究—中国—明清时代 Ⅳ. ①I207.23

中国版本图书馆 CIP 数据核字(2020)第 096529 号

出版发行　南京大学出版社
社　　址　南京市汉口路 22 号　　　邮　编　210093
出 版 人　金鑫荣

**书　　名　金元明清词经典研读**
编　　者　郭文仪
责任编辑　李　亭
助理编辑　刘　丹

照　　排　南京紫藤制版印务中心
印　　刷　扬州皓宇图文印刷有限公司
开　　本　880×1230　1/32　印张 13.25　字数 380 千
版　　次　2020 年 6 月第 1 版　2020 年 6 月第 1 次印刷
ISBN 978-7-305-23411-8
定　　价　50.00 元

网址：http://www.njupco.com
官方微博：http://weibo.com/njupco
官方微信号：njupress
销售咨询热线：(025) 83594756

---

# 目次

## 金词

### 完颜亮



### 吴　激



### 蔡松年

## 元词

## 清词

戈　载



龚自珍



顾　春



奕　绘

# 金词

## 【概况】

金朝的时代断限自金太祖收国元年（1115）至哀宗天兴三年（1234），计120年。而就词学乃至金代文学的发生时间来看，其起始应在金灭北宋的金天会五年、宋靖康二年（1127）之后，这一年至金世宗大定元年（1161）以前，这一时期的主要文人多来自两宋，因此，这一时期也被称为金代文学的“借才异代期”。

目前学界普遍将金词发展分为三个阶段，分别是“借才异代期”、“气象鼎盛期”、“遗民悲歌期”，具体断限略有不同。据唐圭璋先生《全金元词》，金代词人计70家，词3572首。就整体的词学史及词学研究现状而言，金词及金词研究长期处于较为边缘的状态。事实上，金代词坛不仅出现了完颜亮、吴激、蔡松年、赵秉文、元好问、段克己、段成己等各具特色的名家，也涌现出《鹊桥仙》（停杯不举)、《人月圆》(南朝千古伤心事)、《念奴娇》(离骚痛饮)、《摸鱼儿》(问世间)等传唱千古的名作。金词在百余年的发展中,形成了不同于宋、元的独特风貌,既受到北宋苏轼一脉雅正词风的影响,又具备北地少数民族词人的朴质刚健,并与南宋词坛并行发展,影响及于元词,共同构成了这一时期的词坛风貌。

**【参考书目】**

唐圭璋编《全金元词·金词》,中华书局 2018 年版。

刘锋焘主编《全金元词评注·金词》,西安出版社 2014 年版。

夏承焘、张璋编选《金元明清词选》,人民文学出版社 2013 年版。

严迪昌编选《金元明清词精选》,江苏古籍出版社 2002 年版。

赵维江《金元词论稿》,中国社会科学出版社 2000 年版。

陶然《金元词通论》,上海古籍出版社 2010 年版。

于东新《金词风貌研究》,人民文学出版社 2017 年版。

## 完颜亮
(1122—1161)

金海陵王，字元功，金太祖之孙。皇统九年(西历已入1150)杀熙宗自立，贞元元年(1153)迁燕京，更名中都。正隆六年(1161)南下攻宋，采石之战失利，为部下所杀。金世宗即位，削其帝号，改封海陵王。

### 鹊桥仙

待月

停杯不举，停歌不发，等候银蟾出海。不知何处片云来，做许大、通天障碍。　虬髯捻断，星眸睁裂，唯恨剑锋不快。一挥截断紫云腰，仔细看、嫦娥体态。

**【集评】**

洪迈《夷坚志》：凶威可掬。

沈德符《万历野获编》：雄快可喜。

沈雄《古今词话》引《艺苑雌黄》：金主亮《鹊桥仙·待月》"停杯不举"一阕，俚而实豪。

徐釚《词苑丛谈》：出语崛强，真是咄咄逼人。

## 昭君怨

### 雪

昨日樵村渔浦。今日琼川银渚。山色卷帘看。老峰峦。　　锦帐美人贪睡。不觉天孙剪水。惊问是杨花。是芦花。

**【集评】**

陈霆《渚山堂词话》:亮之他作,例倔强怪诞,殊有桀骜不在人下之气。此词稍和平奇俊。

沈雄《古今词话》引《艺苑雌黄》:诡而有致。

## 念奴娇

### 雪

天丁震怒,掀翻银海,散乱珠箔。六出奇花飞滚滚,平填了、山中丘壑。皓虎颠狂,素麟猖獗,掣断真珠索。玉龙酣战,鳞甲满天飘落[一]。　　谁念万里关山,征夫僵立,缟带占旗脚[二]。色映戈矛,光摇剑戟,杀气横戎幕。貔虎豪雄,偏裨真勇,非与谈兵略。须拚一醉，看取碧空寥廓。

**【注释】**

〔一〕“玉龙”二句：吴曾《能改斋漫录》引张元《雪》诗：“战死玉龙三百万，败鳞风卷满天飞。”

〔二〕缟带：韩愈《咏雪赠张籍》：“随车翻缟带，逐马散银杯。”

**【拓展与思考】**

金代宗室词人除完颜亮外，另有世宗完颜雍、章宗完颜璟、宗室完颜璹及完颜从郁，请课后阅读以上词人词作，并思考金代宗室词的整体风貌及其对金词的影响。

## 吴　激
（约 1091—1142）

字彦高，号东山散人，建州（今福建建瓯）人。吴栻之子，米芾之婿。北宋末奉命使金，“以知名留不遣，命为翰林待制”。（一说在燕山蔡靖幕下，燕山陷，遂入金。）皇统二年（1142）出知深州（今河北深州），到官三日卒。有《东山集》十卷，已佚。存诗 27 首，收入《中州集》，存词 10 首。

### 满庭芳

射虎将军〔一〕，钓鳌公子〔二〕，骑鲸天上仙人〔三〕。少年豪气，买断杏园春。海内文章第一，属车从、九九清尘〔四〕。相逢地，岁云暮矣〔五〕，何事又参辰〔六〕。　沾巾。云雪暗，三韩底是〔七〕，方丈之滨〔八〕。要远人都识，物外精神。养就经纶器业〔九〕，结来看、开阖平津〔一〇〕。应怜我，家山万里〔一一〕，老作北朝臣〔一二〕。

**【注释】**

〔一〕射虎：《史记·李将军列传》：“广出猎，见草中石，以为虎而射之，中石没镞，视之石也。因复更射之，终不能复入石矣。广所居郡闻有虎,尝自射之。及居右北平射虎,虎腾伤广,广亦竟射杀之。"

〔二〕钓鳌:《列子·汤问》:"渤海之东不知几亿万里,有大壑焉,实惟无底之谷,其下无底,名曰归墟。八纮九野之水,天汉之流,莫不注之,而无增无减焉。其中有五山焉……而五山之根无所连箸,常随潮波上下往还,不得暂峙焉。仙圣毒之,诉之于帝。帝恐流于西极,失群圣之居,乃命禺强使巨鳌十五举首而戴之。迭为三番,六万岁一交焉。五山始峙而不动。而龙伯之国有大人,举足不盈数步而暨五山之所,一钓而连六鳌,合负而趣归其国,灼其骨以数焉。于是岱舆、员峤二山流于北极,沉于大海,仙圣之播迁者巨亿计。"

又何光远《鉴戒录》:"会昌四年,李相公(绅)节镇淮南日。所为尊贵,薄于布衣,若非皇族卿相嘱致,无有面者。张祜与崔涯同寄府下,前后廉使向闻祜诗名,悉蒙礼重,独李到镇,不得见焉。祜遂修刺谒之,诗题'钓鳌客',将俟便呈之。……又问曰:'以何物为饵?'曰:'用唐朝李相公为饵。'相公良久思之,曰:'用予为饵,钓亦不难致。'遂命酒对酌,言笑竟日。"

又赵令畤《侯鲭录》:"李白开元中谒宰相,封一版,上题曰:'海上钓鳌客李白。'相问曰:'先生临沧海,钓巨鳌,以何物为钩线?'白曰:'以风浪逸其情,乾坤纵其志,以虹霓为丝,明月为钩。'又曰:'何物为饵?'曰:'以天下无义气丈夫为饵。'时相悚然。"

〔三〕骑鲸:扬雄《羽猎赋》:"乘巨鳞,骑京鱼。"又杜甫《送孔巢父谢病归游江东兼呈李白》:"几岁寄我空中书,南寻禹穴见李白 。""南寻"句一作"若逢李白骑鲸鱼"。仇兆鳌注:"俗传太白醉骑鲸鱼,溺死浔阳,皆缘此句而附会之耳。"梅尧臣《采石月下赠功甫》:"采石月下闻谪仙,夜披锦袍坐钓船。醉中爱月江底悬,以手弄月身翻然。不应暴落饥蛟涎,便当骑鲸上青天。"陆游《长歌行》:"人生不作安期生,醉入东海骑长鲸。"李端甫《太白扇头》:"岩冰涧雪谪仙才,碧海骑鲸望不回。"

〔四〕属车:《史记·司马相如列传》:"今陛下好陵阻险,射猛兽,卒然遇轶材之兽,骇不存之地,犯属车之清尘,舆不及还辕,人不暇施巧,虽有乌获、逢蒙之伎,力不得用,枯木朽株尽为害矣。"裴骃《史记集解》引蔡邕注:"古者诸侯贰车九乘,秦灭九国,兼其车服,故大驾属车八十一乘。”又张衡《东京赋》:“属车九九,乘轩并毂。”

〔五〕岁云暮:《古诗十九首》其十六《凛凛岁云暮》:“凛凛岁云暮,蝼蛄夕鸣悲。凉风率已厉,游子寒无衣。锦衾遗洛浦,同袍与我违。独宿累长夜,梦想见容辉。良人惟古欢,枉驾惠前绥。愿得常巧笑,携手同车归。既来不须臾,又不处重闱。亮无晨风翼,焉能凌风飞。眄睐以适意,引领遥相睎。徙倚怀感伤,垂涕沾双扉。”

〔六〕参辰:二星名,分在东、西方,出没各不相见。苏武诗:“昔为鸳与鸯,今为参与辰。”

〔七〕三韩:马韩、辰韩、弁韩,合称三韩。此指出使高丽。

〔八〕方丈:海外三山,名曰方壶、蓬莱、瀛洲。方壶,即方丈。

〔九〕经纶器业:晁端礼《一丛花》:“谪仙海上驾鲸鱼。谈笑下蓬壶。神寒骨重真男子,是我家、千里龙驹。经纶器业,文章光焰,流辈更谁如。　　渊明元与世情疏。松菊爱吾庐。他年定契非熊卜,也未应、鹤发樵渔。手栽露桃,亲移云杏,真是种星榆。”

〔一〇〕平津:汉武帝封公孙弘为平津侯。后多用指高官。《史记·公孙弘主父偃列传》:“是时通西南夷,东置沧海,北筑朔方之郡。弘数谏,以为罢敝中国以奉无用之地,愿罢之。”又司马贞《史记索隐》:“平津巨儒,晚年始遇。外示宽俭,内怀嫉妒。宠备荣爵,身受肺腑。”

〔一一〕家山万里:庾信《重别周尚书》:“阳关万里道,不见一人归。惟有河边雁,秋来南向飞。”

〔一二〕北朝臣:用庾信典。司空曙《金陵怀古》:“伤心庾开府,老作北朝臣。”又刘著《月夜泛舟》:“浮世浑如出岫云,南朝词客北朝臣。”

## 人月圆

宴北人张侍御家有感

南朝千古伤心事，犹唱后庭花。旧时王谢，堂前燕子，飞向谁家。　恍然一梦，仙肌胜雪，宫髻堆鸦。江州司马，青衫泪湿，同是天涯。

**【背景】**

洪迈《容斋随笔》：先公（洪皓）在燕山，赴北人张总侍御家集，出侍儿佐酒。中有一人，意状摧抑可怜。叩其故，乃宣和殿小宫姬也。坐客翰林直学士吴激，赋长短句纪之，闻者挥涕。

刘祁《归潜志》：宇文作《念奴娇》，有"宗室家姬，陈王幼女，曾嫁钦慈族。干戈浩荡，事随天地翻覆"之语。次及彦高（吴激字），作《人月圆》词……宇文览之，大惊，自是，人乞词，辄曰："当诣彦高也。"

元好问《中州乐府》：彦高北迁后，为故宫人赋此（按：即《人月圆》）。时宇文叔通亦赋《念奴娇》，先成而颇近鄙俚，及见彦高此作，茫然自失。是后人有求乐府者，叔通即批云："吴郎近以乐府名天下，可往求之。"

**【集评】**

元好问《中州乐府》：（东山）乐府"夜寒茅店不成眠"、"南朝千古伤心事"、"谁挽银河"等篇，自当为国朝第一手，而世俗独取《春从天上来》，谓不用他韵，《风流子》取对属之工，岂真识之论哉！

刘祁《归潜志》：彦高词集篇数虽不多，皆精微尽善，虽多用前人诗句，其剪裁点缀若天成，真奇作也。先人尝云，诗不宜用前人语。若夫乐章，则剪截古人语亦无害，但要能使用尔。如彦高《人月圆》，半是古人句，其思致含蓄甚远，不露圭角，不犹胜于宇文自作者哉？

黄昇《花庵词选》：精妙凄婉。

沈谦《填词杂说》：小令、中调有排荡之势者，吴彦高之“南朝千古伤心事”、范希文之“塞下秋来风景异”是也。

叶申芗《本事词》：二词（《人月圆》、《春从天上来》）皆有故宫离黍之悲，南北无不传诵焉。

陈廷焯《白雨斋词话》：感激豪宕，不落小家数。

夏承焘、张璋编选《金元明清词选》：吴激于宋徽宗宣和年间奉使到金，被留而不遣。论其身世，略与六朝之庾信留魏仕周近似。这就是这首酒筵感事词的历史背景。用秦淮商女和王谢旧燕来形容沦为金人歌伎的宋宫旧人，凄婉沉痛，不胜故国沧桑之感。虽多用前人诗语，却熨帖一如己出。一时盛传。比宇文虚中同席之作“宋室宗姬，秦王幼女，曾嫁钦慈族。干戈浩荡，事随天地翻覆”（《念奴娇》）更为语重心长。

## 春从天上来

会宁府遇老姬，善鼓瑟，自言梨园旧籍，因感而赋此。

海角飘零。叹汉苑秦宫，坠露飞萤。梦里天上〔一〕，金屋银屏〔二〕。歌吹竞举青冥。问当时遗谱，有绝艺、鼓瑟湘灵。促哀弹，似林莺呖呖，山溜泠泠。　梨园太平乐府，醉几度春风，鬓变星星。舞破中原〔三〕，尘飞

**沧海〔四〕，飞雪万里龙庭〔五〕。写胡笳幽怨，人憔悴、不似丹青。酒微醒。对一窗凉月，灯火清荧。**

**【背景】**

元好问《中州乐府》：好问曾见王防御公玉说，彦高此词，句句用琵琶故实，引据甚明，今忘之矣。

沈雄《古今词话》：（吴激）在会宁府遇老姬，善琵琶，自言梨园旧籍，因有感而制《春从天上来》。后三山郑中卿从张贵谟使北日，闻有歌之者。当时人尽称之曰："吴郎以乐府高天下，号为吴蔡体。"

**【注释】**

〔一〕梦里天上：李煜《浪淘沙》："梦里不知身是客，一晌贪欢。……流水落花春去也，天上人间。"

〔二〕金屋银屏：白居易《长恨歌》："金屋妆成娇侍夜，玉楼宴罢醉和春。……揽衣推枕起徘徊，珠箔银屏迤逦开。"

〔三〕舞破中原：杜牧《过华清宫》："霓裳一曲千峰上，舞破中原始下来。"

〔四〕尘飞沧海：东海扬尘，指世事变幻。李益《登天坛夜见海》："群仙指此为我说，几见尘飞沧海竭。"此处指国变。

〔五〕龙庭：传为匈奴祭天之所，后指匈奴王庭。

**【集评】**

陈廷焯《词则》：故君之思，恻然动人。

夏承焘、张璋编选《金元明清词选》：这首词与前调《人月圆》情旨相同。谋篇练句，极尽缠绵悱恻之致。二词并读，可悟小令与慢词之规格。其"舞彻中原，尘飞沧海"三句，不啻是对宋徽宗荒淫误国的乱政的批判，显得尤为深刻。

## 满庭芳

千里伤春〔一〕，江南三月〔二〕，故人何处汀州。满簪华发〔三〕，花鸟莫深愁〔四〕。烽火年年未了，清宵梦，定绕林丘。君知否，人间得丧，一笑付文楸。　幽州。山偃蹇，孤云何事，飞去还留。问来今往古，谁不悠悠。怪底眉间好色，灯花报、消息刀头〔五〕。看看是，珠帘暮卷〔六〕，天际识归舟〔七〕。

**【注释】**

〔一〕千里伤春：宋玉《招魂》："目极千里兮伤春心，魂兮归来哀江南。"

〔二〕江南三月：丘迟《与陈伯之书》："暮春三月，江南草长。"

〔三〕满簪华发：杜甫《春望》："白头搔更短，浑欲不胜簪。"

〔四〕花鸟莫深愁：杜甫《江上值水如海势聊短述》："老去诗篇浑漫与，春来花鸟莫深愁。"

〔五〕刀头：古时刀头有环，"环"与"还"谐音。《汉书·李陵传》："昭帝立，大将军霍光、左将军上官桀辅政，素与陵善，遣陵故人陇西任立政等三人俱至匈奴招陵。立政等至，单于置酒赐汉使者，李陵、卫律皆侍坐。立政等见陵，未得私语，即目视陵，而数数自循其刀环，握其足，阴谕之，言可还归汉也。"

又邵博《邵氏闻见后录》："古乐府：'藁砧今何在？山上复有山。何当大刀头？破镜飞上天。'藁砧，铁也，问夫何在。重山，出字，夫出也。何当大刀头，刀头有环，何时还也。破镜飞上大，月半还也。

如李义山‘空看小垂手，忍问大刀头’，宋子京‘曾损归书凭鲤尾，莫令残月误刀头’，俱用此事云。”

〔六〕珠帘暮卷：王勃《滕王阁诗》：“画栋朝飞南浦云，珠帘暮卷西山雨。……阁中帝子今何在？槛外长江空自流。”

〔七〕天际识归舟：谢朓《之宣城郡出新林浦向板桥》：“天际识归舟，云中辨江树。”又柳永《八声甘州》：“想佳人、妆楼颙望，误几回、天际识归舟。”

## 诉衷情

夜寒茅店不成眠。残月照吟鞭。黄花细雨时候，催上渡头船。　　鸥似雪，水如天。忆当年。到家应是，童稚牵衣，笑我华颠。

**【集评】**

严迪昌编选《金元明清词精选》：吴激使金后被留，“老作北朝臣”（《满庭芳》词语），真是“写不尽、楚客多情”，思乡南返之愿日夜深啮其心。可悲哀的是他终究客死北地，乡情全成空梦。今存吴氏之词，全系留北后作，所以，绝无实际写归家乡之欢愉可能，有的只是想象的虚幻境界而已，想象得愈美好，与现实之反差愈严重，哀苦亦愈浓重。这阕《诉衷情》下片全属幻想之辞，乃以虚无之乐反跌实在之悲。倘真以为表现心中欢悦，则是大误会。……据此，上片写失眠，写凄怆，景色寒凉。下片转以虚拟之笔，显现温馨，愈见强化“残月吟鞭”的怅惘心绪。吴激朗秀中出凄婉的风格于此毕现，运语又如此轻捷自然不着痕迹。

## 满庭芳

谁挽银河，青冥都洗，故教独步苍蟾。露华仙掌，清泪向人沾。画栋秋风袅袅，飘桂子、时入疏帘。冰壶里，云衣雾鬓，掬手弄春纤。　厌厌。成胜赏，银盘泼汞，宝鉴披奁。待不放楸梧，影转西檐。坐上淋漓醉墨，人人看、老子掀髯。明年会，清光未减，白发也休添。

**【拓展与思考】**

1. 以《人月圆》、《满庭芳》等词为例说明吴激“多用前人诗句”的创作特点。

2. 李天民《南征录汇》：一、准免道宗（徽宗）北行，以太子、康王、宰相等六人为质，应宋宫廷器物充贡；一、准免割河以南地及汴京，以帝姬两人，宗姬、族姬各四人，宫女一千五百人，女乐等一千五百人，各色工艺三千人，每岁增银绢五百万匹两贡大金；一、原定亲王、宰相各一人，河外守臣血属全速遣送，准俟交割后放还；一、原定犒军金一百万锭、银五百万锭，须于十日内输解无缺。如不敷数，以帝姬、王妃一人准金一千锭，宗姬一人准金五百锭，族姬一人准金二百锭，宗妇一人准银五百锭，族妇一人准银二百锭，贵戚女一人准银一百锭，任听帅府选择。

又：自正月二十五日，开封府津送人、物络绎入寨，妇女上自嫔御，下及乐户，数逾五千，皆选择盛装而出。……烈女张氏、陆氏、曹氏抗二太子（完颜宗望）意，刺以铁竿，肆帐前，流血三日。初七日，王妃、帝姬入寨，太子指以为鉴，人人乞命。

《开封府状》：选纳妃嫔八十三人，王妃二十四人，帝姬二十二人，人准金一千锭，得金一十三万四千锭，内帝妃五人倍益。嫔御九十八人，王妾二十八人，宗姬五十二人，御女七十八人，近支宗姬一百九十五人，人准金五百锭，得金二十万五千五百锭。族姬一千二百四十一人，人准金二百锭，得金二十四万八千二百锭。

结合以上材料谈谈你对《人月圆》、《春从天上来》等词的理解。

## 蔡松年
(1107—1159)

字伯坚，号萧闲老人，冀州真定(今河北正定)人。宣和年间，其父蔡靖为燕山安抚使，燕山陷，遂入金。官至右丞相，卒谥文简。词与吴激齐名，时称“吴蔡体”，有词集《萧闲词》。《中州集》存其诗59首，词86首。

### 小重山

东晋风流雪样寒。市朝冰炭里、起波澜。得君如对好江山。幽栖约、湖海玉孱颜。　梅月半斓斑。云根孤鹤唳、浅云滩。摩挲明秀酒中闲。浮香底、相对把渔竿。

### 永遇乐

建安施明望，与余同僚，三年心期，最为相得。其政术文章，皆余之所畏仰，不复更言。独记异时，共论流俗鄙吝之态，令人短气，且谋早退，为闲居之乐。斯言未寒，又复再见秋物，念之惘然。辄用其语，为《永遇乐》长短句寄之，并以自警。

正始风流，气吞余子，此道如线。朝市心情，云翻雨覆，千丈堆冰炭。高人一笑，春风卷地，只有大江如练。忆当时、西山爽气，共君对持手版。　　山公鉴裁，水曹诗兴，功业行飞霄汉。华屋含秋，寒沙去梦，千里横青眼。古今都道，休官归去，但要此言能践。把人间、风烟好处，便分中半。

**【集评】**

王若虚《滹南诗话》：前人有“红尘三尺险，中有是非波”之句，此以意言耳。《萧闲词》云：“市朝冰炭里，满波澜。”又云：“千丈堆冰炭。”便露痕迹。

## 相见欢

九日种菊西岩，云根石缝，金葩玉蕊遍之。夜置酒前轩，花间列蜜炬，风泉悲鸣，炉香蓊于岩穴。故人陈公辅坐石横琴，萧然有尘外趣，要余作数语，使清音者度之。

云闲晚溜琅琅。泛炉香。一段斜川松菊、瘦而芳。　　人如鹄。琴如玉。月如霜。一曲清商人物、两相忘。

## 鹧鸪天

赏荷

秀樾横塘十里香。水花晚色静年芳。胭脂雪瘦熏沉水，翡翠盘高走夜光。　山黛远，月波长。暮云秋影蘸潇湘。醉魂应逐凌波梦，分付西风此夜凉。

【集评】

夏承焘、张璋编选《金元明清词选》：这首赏荷词清虚骚雅，婀娜多姿，与姜夔之《念奴娇》、《惜红衣》可谓异曲同工。“翡翠盘高走夜光”，骨重神寒，尤为辞章家所艳称。

## 念奴娇

还都后，诸公见追和赤壁词，用韵者凡六人，亦复重赋。

离骚痛饮〔一〕，笑人生佳处，能消何物。夷甫当年成底事，空想岩岩玉壁〔二〕。五亩苍烟，一丘寒碧，岁晚忧风雪〔三〕。西州扶病，至今悲感前杰〔四〕。　我梦卜筑萧闲〔五〕，

**觉来岩桂，十里幽香发。嵬隗胸中冰与炭〔六〕，一酌春风都灭。胜日神交，悠然得意，遗恨无毫发。古今同致，永和徒记年月〔七〕。**

**【背景】**

元好问《蔡松年小传》：此歌以“离骚痛饮”为首句，公乐府中最得意者。读之则其平生自处为可见矣。

徐釚《词苑丛谈》：金元百年间，乐府推蔡伯坚与吴彦高，号“吴蔡体”。其和《大江东去》，乃乐府中最得意者。

**【注释】**

〔一〕“离骚”句：刘义庆《世说新语·任诞》：“王孝伯言：‘名士不必须奇才，但使常得无事，痛饮酒，熟读《离骚》，便可称名士。’”

〔二〕“夷甫”二句：西晋王衍，字夷甫，俊秀善清谈，为名士，然于国事无所为，被视作空谈误国的典型。《晋书·王衍传》：“俄而举军为石勒所破，勒呼王公，与之相见，问衍以晋故。……勒甚悦之，与语移日。衍自说少不豫事，欲求自免，因劝勒称尊号。勒怒曰：‘君名盖四海，身居重任，少壮登朝，至于白首，何得言不豫世事邪！破坏天下，正是君罪。’使左右扶出。……使人夜排墙填杀之。衍将死，顾而言曰：‘呜呼！吾曹虽不如古人，向若不祖尚浮虚，戮力以匡天下，犹可不至今日。’”顾恺之《王夷甫画赞》：“夷甫天形瑰特，识者以为岩岩秀峙，壁立万仞。”

〔三〕岁晚忧风雪：魏道明注《明秀集》：“是时公方自忧，恐不为时之所容。”

〔四〕“西州”二句：谢安晚年抱病归建康，车舆入西州门，不久病逝。《晋书·谢安传》：“羊昙者，太山人，知名士也，为安所爱重。安薨后，辍乐弥年，行不由西州路。尝因石头大醉，扶路唱乐，不觉至州门。左右白曰：‘此西州门。’昙悲感不已，以马策扣扉，诵曹子建诗曰:‘生存华屋处,零落归山丘。’恸哭而去。”

〔五〕萧闲:作者堂名。

〔六〕“嵬隗”句:《世说新语·任诞》:“王孝伯问王大:‘阮籍何如司马相如?’王大曰:‘阮籍胸中垒块,故须酒浇之。’”

〔七〕“永和”句:王羲之《兰亭集序》:“虽世殊事异,所以兴怀,其致一也。”

**【集评】**

夏承焘、张璋编选《金元明清词选》:词为步韵东坡《念奴娇·赤壁》之作。感激豪宕,高处亦不减原唱。“离骚痛饮”,突兀而起,真有铜琶铁板气象。“江左”两句,是对空谈误国的夷甫诸人的批判。“西州”、“悲感”,则表现了对谢安景仰之深衷。此词佳处在于豪而能郁,郁则意境深厚。观其“风雪”之忧,“块垒”之叹,神交晋贤而不囿于物,则可见襟抱之高旷了。元好问以为“乐府中最得意者”,并取以压卷。

严迪昌编选《金元明清词精选》:金代词人浓重表现出宗尚东坡的倾向,这是因为苏轼构架成一种“心安”的精神境界,至于对“人生如梦”的思考,更能疗慰处于离乱、复杂、难以排解、失去平衡心态的文人,成了一剂清凉药。当然,学苏有豪与旷之别,豪又或失之粗,旷亦易陷于空。蔡松年较多地得“旷”,唯其旷逸情中不无幽郁味,此乃时代际遇无法通同之故。东坡毕竟面对的只是党争所致的宦海浮沉,蔡松年则时际南北战伐,列土分茅之世。以此而言,金代词人之承继东坡风又复与南宋词人有别。南宋词人慷慨气足,悲愤情重,所以终于构成“稼轩风”;而金国词坛则幽郁意浓,每多旷朗其貌,而或则心魂紧裹,或则神思内束,凄怆哀凉被炼成淡淡一泓,游转于章句间。“吴蔡体”,从心灵载体析之,或可作如是观。

## 念奴娇

仆来京洛三年，未尝饱见春物。今岁江梅始开，复事远行。虎茵、丹房、东岫诸亲友折花酌酒于明秀峰下，仍借东坡先生《赤壁》词韵，出妙语以惜别。辄亦继作，致言叹不足之意。

倦游老眼，负梅花京洛，三年春物。明秀高峰人去后，冷落清辉绝壁。花底年光，山前爽气，别语挥冰雪。摩挲庭桧，耐寒好在霜杰。　　人世长短亭中，此身流转，几花残花发。只有平生生处乐，一念犹难磨灭。放眼南枝，忘怀樽酒，及此青青发。从今归梦，暗香千里横月。

**【拓展与思考】**

1. 蔡松年词中出现“东晋奇韵”一词不下二十次，请结合以上词作谈谈蔡词的用典及人生境界。

2. 金初词坛吴激、蔡松年并称，请结合二人词风理解金初“苏风北行”的文坛现象。

## 赵秉文
(1159—1232)

字周臣，晚号闲闲道人，磁州人。大定二十五年(1185)进士，累迁至礼部尚书，封天水郡侯。有《滏水集》。

### 大江东去

用东坡先生韵

秋光一片，问苍苍桂影，其中何物。一叶扁舟波万顷，四顾黏天无壁。叩枻长歌，嫦娥欲下，万里挥冰雪。京尘千丈，可能容此人杰。　回首赤壁矶边，骑鲸人去〔一〕，几度山花发。澹澹长空今古梦，只有归鸿明灭。我欲从公，乘风归去，散此麒麟发〔二〕。三山安在，玉箫吹断明月。

**【注释】**

〔一〕骑鲸：见吴激《满庭芳》(射虎将军)。此指苏轼。

〔二〕麒麟发：韩愈《杂诗》："翩然下大荒，被发骑麒麟。"

**【集评】**

徐釚《词苑丛谈》：雄壮震动，有渴骥怒猊之势。

夏承焘、张璋编选《金元明清词选》：词追和东坡《赤壁》原韵。

赵北人，足不抵江，此为卧游之作。基本上是檃栝东坡《赤壁》词与《赤壁赋》语意。然而纵横挥洒，毫无拘碍，却很难得。“京尘”二句，对东坡的坎坷遭遇深表同情。“我欲”以下，写出世与入世的矛盾。既然求仙不得，只有吹箫自遣了。一结甚遒，与原唱有异曲同工之妙。

## 青杏儿

风雨替花愁。风雨罢、花也应休。劝君莫惜花前醉，今年花谢，明年花谢，白了人头。　乘兴两三瓯。拣溪山、好处追游。但教有酒身无事，有花也好，无花也好，选甚春秋。

**【集评】**

况周颐《蕙风词话》：无复笔墨痕迹可寻。

夏承焘、张璋编选《金元明清词选》：这首词以“花”贯穿全篇，疏快流利，全用白描手法，不尚典故。其风格与南宋朱敦儒相近。

**【拓展与思考】**

赵秉文是吴、蔡之后成长于金的一代词人，请结合这一时期（即“气象鼎盛期”）的其他作者（如王庭筠、党怀英、蔡珪等）及其作品，思考这一时期文人与“借才异代期”作家作品的联系与区别。

## 元好问
(1190—1257)

字裕之，号遗山，世称遗山先生，太原秀容(今山西忻州)人。元德明之子，幼从郝天挺学。兴定五年(1221)进士，金亡后绝意仕进，潜心著述。有《遗山集》四十卷，存词378阕。编有金诗总集《中州集》，附词总集《中州乐府》。

**【总评】**

陈廷焯《云韶集》:《遗山乐府》为金词之冠，足以平睨贺、周，俯视百代。

又:遗山词以旷逸之才，驭奔腾之气，使才而不矜才，行气而不使气，骨韵铮铮，精金百炼，别于清真、白石外，自成大家。

又:遗山词自是一片感喟，却超逸有致，每举一篇，知非稼轩、非放翁、非改之、非竹山也。

况周颐《蕙风词话》:元遗山以丝竹中年，遭遇国变，崔立采望，勒授要职，非其意指。卒以抗节不仕，憔悴南冠二十余年。神州陆沉之痛，铜驼荆棘之伤，往往寄托于词。

## 摸鱼儿

### 雁丘词

乙丑岁赴试并州，道逢捕雁者云：“今旦获一雁，杀之矣。其脱网者悲鸣不能去，竟自投于地而死。”予因买得之，葬之汾水之上，累石为识，号曰“雁丘”。时同行者多为赋诗，予亦有《雁丘词》。旧所作无宫商，今改定之。

问世间、情为何物，直教生死相许。天南地北双飞客，老翅几回寒暑。欢乐趣。离别苦。就中更有痴儿女。君应有语。渺万里层云，千山暮雪，只影向谁去。　横汾路。寂寞当年箫鼓。荒烟依旧平楚〔一〕。招魂楚些何嗟及，山鬼暗啼风雨〔二〕。天也妒。未信与、莺儿燕子俱黄土〔三〕。千秋万古。为留待骚人，狂歌痛饮，来访雁丘处。

**【注释】**

〔一〕“横汾”三句：《汉武帝故事》：上幸河东，欣言中流，与群臣饮宴。顾视帝京，乃自作《秋风辞》曰：“泛楼船兮汾河，横中流兮扬素波。箫鼓吹，发棹歌，极欢乐兮哀情多。”

〔二〕“招魂”二句：《楚辞·九歌·山鬼》篇，以“些”字结尾。此指为雁招魂亦无济于事。

〔三〕莺儿燕子俱黄土：辛弃疾《摸鱼儿》：“君莫舞。君不见、玉环飞燕皆尘土。”

**【集评】**

张炎《词源》：元遗山极称稼轩，及观遗山词，深于用事，精于炼句，风流蕴藉处，不减周、秦。如《双莲》、《雁丘》等作，妙在摹写情态，立意高远。

许昂霄《词综偶评》：《迈陂塘》遗山二阕，绵至之思，一往而深，读之令人低徊欲绝。同时诸公和章，皆不能及。前云“天也妒”，此云“天已许”，真所谓“天若有情天亦老”矣。

吴梅《词学通论》：深得稼轩三昧。

夏承焘、张璋编选《金元明清词选》：纯是议论，词中别体。悲雁即所以悲人。通过雁之同死，为天下痴儿女一哭。“宁同万死碎绮翼，不忍云间两分张”，就是本篇的主旨，可与其另一首同调之作《咏并蒂莲》对参。是对坚贞爱情的颂歌。寓意深刻，感慨甚大，不仅是工于用事和炼句而已。

**【拓展与思考】**

请比较阅读张炎《解连环·孤雁》（楚江空晚）、高启《沁园春·雁》（木落时来）等咏雁名作。

## 摸鱼儿

### 双蕖怨

泰和中，大名民家小儿女，有以私情不如意赴水者。官为踪迹之，无见也。其后踏藕者得二尸水中，衣服仍可验，其事乃白。是岁，此陂荷花开无不并蒂者。沁水梁国用时为录事判官，为李用章内翰言如此。此曲以乐府《双蕖怨》命篇。“咀五色之灵芝，香生九窍；咽三危之瑞露，春动七情”，韩偓《香奁集》中自叙语。

问莲根、有丝多少，莲心知为谁苦。双花脉脉娇相向，只是旧家儿女。天已许。甚不教、白头生死鸳鸯浦。夕阳无语。算谢客烟中，湘妃江上，未是断肠处。　香奁梦，好在灵芝瑞露。人间俯仰今古。海枯石烂情缘在，幽恨不埋黄土。相思树。流年度、无端又被西风误。兰舟少住。怕载酒重来，红衣

**半落，狼藉卧风雨。**

**【集评】**

夏承焘、张璋编选《金元明清词选》：这是一个哀艳动人的传说。殉情的痴儿女化作了满陂并蒂的莲花。藕丝不断，象征着他们缠绵的爱情；莲心苦涩，代表了他们遭遇的不幸。状物写情，可谓曲折尽意。“甚不教、白头生死鸳鸯浦”，愤然一呼，是对迫害他们的黑暗势力的抗议，触到了一个带普遍意义的社会问题。“兰舟”以下，写作者珍重护惜的心情。一结不尽，令人哀感无端。

**【拓展与思考】**

请结合两首《摸鱼儿》理解元好问词“尊情好奇”的特点。

## 清平乐

**离肠宛转。瘦觉妆痕浅。飞去飞来双语燕。消息知郎近远。　楼前小雨珊珊。海棠帘幕轻寒。杜宇一声春去，树头无数青山。**

**【集评】**

况周颐《蕙风词话》：元好问《清平乐》云：“飞来飞去双乳燕，消息知郎近远。”用冯延巳“双燕来时，陌上相逢否”句意。彼未定其逢否，此则直以为知，唯消息近远未定耳。妙在能变化。

夏承焘、张璋编选《金元明清词选》：这首词是作者代拟闺怨之作。上片从一个女子别郎后的愁苦模样和思念心情写起，中间以双燕飞去飞来作陪衬，益显出个人的孤单寂寞。下片写暮春景色，却也寓情于景，仍含有怀念远人之意。元好问的词境多慷慨悲凉，而此小令却别具风格，其清丽处，与李清照相近。

## 南乡子

其二

烟草入西州。暮雨千山独倚楼。不似秦东亭上饮，风流。翠袖春风两玉舟。　事去重回头。却是多情不自由。为向河阳桃李道，休休。青鬓能堪几度愁。

其三

风雨送春忙。烂醉花时得几场。枝上桃花吹尽也，残芳。一片春风一片香。　少日为花狂。老去逢春只自伤。回首十年欢笑处，难忘。一曲悲歌泪数行。

## 鹧鸪天

隆德故宫，同希颜、钦叔、知几诸人赋

临锦堂前春水波。兰皋亭下落梅多。三山宫阙空瀛海，万里风埃暗绮罗。　云子酒，雪儿歌。留连风月共婆娑。人间更有伤心处，奈得刘伶醉后何。

## 鹧鸪天

其二十六

只近浮名不近情。且看不饮更何成。三杯渐觉纷华远，一斗都浇块磊平。　醒复醉，醉还醒。灵均憔悴可怜生。离骚读杀浑无味，好个诗家阮步兵。

**【集评】**

夏承焘、张璋编选《金元明清词选》：以酒遣愁，作于金亡之后。屈原憔悴，阮籍佯狂，世乱为之。论其境遇与元好问晚年相似。虽故作放达，然其哀痛家国、感念世乱的苦怀跃然行间，令人有不觉豪酣只成怅悒之感。

**【拓展与思考】**

元好问《论诗三十首》其五："纵横诗笔见高情，何物能浇块垒平。老阮不狂谁会得，出门一笑大江横。"请结合此诗理解这首词。

## 鹧鸪天

其三十

偃蹇苍山卧北冈。郑庄场圃入微茫。即

看花树三春满，旧数松风六月凉。　　蔬近井，蜜分房。茅斋坚坐有藜床。傍人错比扬雄宅，笑杀韩家昼锦堂。

**【集评】**

夏承焘、张璋编选《金元明清词选》：这首词写归隐田园的闲适生活。乡村景物，历历如绘。词旨冲淡平和，别饶风致。末二句表现了诗人不慕荣华、自甘淡泊、鄙视富贵的高尚品质，是很可贵的。

## 江城子

梦德新丈因及钦叔旧游

河山亭上酒如川。玉堂仙。重留连。犹恨春风、桃李负芳年。长记莺啼花落处，歌扇后，舞衫前〔一〕。　　旧游风月梦相牵。路三千。去无缘。灭没飞鸿〔二〕、一线入秋烟。白发故人今健否，西北望〔三〕，一潸然。

**【注释】**

〔一〕“长记”三句：阴铿《侯司空宅咏妓》：“莺啼歌扇后，花落舞衫前。”

〔二〕灭没飞鸿：苏轼《单同年求德兴俞氏聚远楼诗》：“幽人隐几寂无语，心在飞鸿灭没间。”

〔三〕“西北望”二句：苏轼《江城子·密州出猎》：“酒酣胸胆尚开张，鬓微霜，又何妨。……会挽雕弓如满月，西北望，射天狼。”辛弃疾《菩萨蛮·书江西造口壁》:“西北望长安,可怜无数山。”元好问《江城子》(醉来长袖舞鸡鸣):“西北神州,依旧一新亭。”

## 朝中措

庐沟河上度旂车。行路看宫娃。古殿吴时花草,奚琴塞外风沙。　天荒地老,池台何处,罗绮谁家。梦里数行灯火,皇州依旧繁华。

## 水调歌头

缑山夜饮

石坛洗秋露,乔木拥苍烟。缑山七月笙鹤〔一〕,曾此上宾天。为问云间嵩少,老眼无穷今古,夜乐几人传。宇宙一丘土,城郭又千年。　一襟风,一片月,酒尊前。王乔为汝轰饮,留看醉时颠。杳杳白云青嶂,荡荡银河碧落,长袖得回旋。举手谢浮世,我是饮中仙。

**【注释】**

〔一〕“缑山”句:刘向《列仙传·王子乔》:“王子乔者,周灵王太子晋也。好吹笙,作凤凰鸣,游伊、洛之间。道人浮丘公接以上嵩高山。三十余年后,求之于山上,见柏良曰:'告我家,七月七日待我于缑氏山巅。'至时,果乘白鹤驻山头,望之不可到。举手谢时人,数日而去。"《古诗十九首·生年不满百》:"生年不满百,常怀千岁忧。昼短苦夜长,何不秉烛游。为乐当及时,何能待来兹。愚者爱惜费,但为后世嗤。仙人王子乔,难可与等期。"又《搜神后记》卷一:"丁令威,本辽东人,学道于灵虚山。后化鹤归辽,集城门华表柱。时有少年举弓欲射之,鹤乃飞,徘徊空中而言曰:'有鸟有鸟丁令威,去家千年今来归。城郭如故人民非,何不学仙冢累累。'遂高上冲天。"

## 木兰花慢

对西山摇落,又匹马、过并州。恨秋雁年年,长空滴滴,事往情留。白头。几回南北,竟何人谈笑得封侯。愁里狂歌浊酒,梦中锦带吴钩〔一〕。　岩城笳鼓动高秋。万灶拥貔貅。觉全晋山河,风声习气,未减风流。风流。故家人物,慨中宵拊枕忆同游。不用闻鸡起舞,且须乘月登楼〔二〕。

【注释】

〔一〕锦带吴钩:元好问《望归吟》:"少年锦带佩吴钩,独骑匹马觅封侯。"

〔二〕"不用闻鸡"二句:用刘琨、祖逖典。《晋书·祖逖传》:"(逖)与司空刘琨俱为司州主簿,情好绸缪,共被同寝。中夜闻荒鸡鸣,蹴琨觉曰:'此非恶声也。'因起舞。逖、琨并有英气,每语世事,或中宵起坐，相谓曰：'若四海鼎沸，豪杰并起，吾与足下当相避于中原耳。'"又欧阳询《艺文类聚》引《世说》："刘越石为胡骑所围数重，城中窘迫无计，刘始夕乘月登楼清啸。胡贼闻之，皆凄然长叹。中夜吹奏胡笳，贼皆流涕，人有怀土之切。向晓又吹，贼并弃围而走。"

**【拓展与思考】**

赵翼《题元遗山集》："国家不幸诗家幸，赋到沧桑句便工。"请结合具体作品谈一谈元好问词中的家国之感。

## 段克己

(1196—1254)

字复之，号遁庵，稷山人。金末举进士，入元不仕。与弟成己并称“二妙”。后人合编二人诗词为《二妙集》，又有词集《遁庵乐府》一卷。

**【总评】**

吴澄《二妙集序》：中州遗老值元兴金亡之会，或身没而名存，或身隐而名显，其诗文传于今者，窃闻一二矣，有如河东二段先生者，则未之见也。心广而识超，气盛而才雄。……一览如睹靖节，三复不置。已而叹曰：斯人也而丁斯时也，斯时也而毓斯人也。

### 渔家傲

一片花飞春已暮。那堪万点飘红雨〔一〕。白发送春情最苦。愁几许。满川烟草和风絮〔二〕。　　常记解鞍沽酒处。而今绿暗旗亭路。怪底春归留不住。莺作驭。朝来引过西园去。

**【注释】**

〔一〕“一片花飞”二句：杜甫《曲江》其一：“一片花飞减却春，风飘万点正愁人。”

〔二〕“愁几许”二句：贺铸《青玉案》：“试问闲愁都几许。一川烟草，满城风絮，梅子黄时雨。”

## 渔家傲

正月十四日夜有感而作

灯火萧条春日暮。荒山月上闻村鼓。羁客闲愁知几许。千万绪。人间没个安排处[一]。　醉袖翩翩随所寓。泠然便以风为驭。指点虚无云外路。留不住。东将入海随烟雾。

**【注释】**

〔一〕“千万绪”二句：李煜《蝶恋花》：“一片芳心千万绪，人间没个安排处。”

## 水调歌头

癸卯八月十七日，逆旅平阳，夜闻笛声，有感而作

乱云低薄暮，微雨洗清秋。凉蟾乍飞破镜，倒影入南楼。水面金波滟滟，帘外玉绳低转，河汉截天流。桂子堕无迹，爽气袭征裘。　广寒宫，在何处，可神游。一声羌管谁弄，吹彻古梁州。月自于人无意，人被

月明催老，今古共悠悠。壮志久寥落，不寐数更筹。

## 满江红

遁庵主人植菊阶下，秋雨既盛，草莱芜没，殆不可见。江空岁晚，霜余草腐，而吾菊始发数花，生意凄然，似诉余以不遇，感而赋之。因李生湛然归，寄菊轩弟。

雨后荒园，群卉尽、律残无射〔一〕。疏篱下、此花能保，英英鲜质。盈把足娱陶令意〔二〕，夕餐谁似三闾洁〔三〕。到而今、狼藉委苍苔，无人惜。　　堂上客，头空白。都无语，怀畴昔。恨因循过了，重阳佳节。飒飒凉风吹汝急，汝身孤特应难立。漫临风、三嗅绕芳丛〔四〕，歌还泣。

**【注释】**

〔一〕律残无射：无射，十二律吕之一。秋九月，律应无射。

〔二〕“盈把”句：《续晋阳秋》：“陶潜九日无酒，坐宅边菊丛中，采摘盈把。望见白衣人至，乃王弘遣使送酒也。即便就酌。”

〔三〕“夕餐”句：屈原《离骚》：“朝饮木兰之坠露兮，夕餐秋菊之落英。”

〔四〕三嗅：多次嗅闻花香。杜甫《秋雨叹》：“临风三嗅馨香泣。”

**【集评】**

况周颐《蕙风词话》：节韵以下，情深一往，不辨是花是人，读之令人增孔怀之重。

夏承焘、张璋编选《金元明清词选》：这首词题咏晚菊，以寓其身世之感。上片是说秋菊傲霜而开，能保其鲜洁幽美之质。接着以陶潜、屈原的晚节来比菊花，也是自比。下片则自嗟年老，复悲身世，但仍以节概自持。“飒飒凉风”二句，言菊性孤特，难以立身浊世。“汝身”二字，兼寓劝勉其弟洁身自保，不要仕元。末尾以“歌还泣”作结。词意悲怆，寄托遥深，非单纯咏赏秋菊者。

## 望月婆罗门引

癸卯元宵，与诸君各赋词以为乐。寂寞山村，无可道者，因述其昔年京华所见，以《望月婆罗门引》歌之。酒酣击节，将有堕开元之泪者〔一〕。

暮云收尽，柳梢华月转银盘。东风轻扇春寒。玉辇通宵游幸，彩仗驾双鸾。间鸣弦脆管，鼎沸鳌山。　漏声未残。人半醉、尚追欢。是处灯围绣毂，花簇雕鞍。繁华梦断，醉几度、春风双鬓班。回首处、不见长安〔二〕。

**【注释】**

〔一〕开元之泪：苏轼《虞美人》：“应有开元遗老、泪纵横。”

〔二〕“回首”句：李白《登金陵凤凰台》：“总为浮云能蔽日，长安不见使人愁。"辛弃疾《菩萨蛮·书江西造口壁》:"西北望长安,可怜无数山。"此处以"长安"指故国。

**【集评】**

夏承焘、张璋编选《金元明清词选》:这首词作于1243年,金朝已亡,作者隐居不仕。词写于寂寞的山村,是回忆京城灯节之作。上片写京都游幸、赏月观灯的盛况。下片自"繁华梦断"以下,慨叹昔年欢迹杳不可追,空余鬓斑而已。感慨是很深的。

## 段成己
(1199—1279)

字诚之，号菊轩，稷山人。段克己之弟，正大年间进士。授宜阳主簿。金亡，闭门读书近四十年。入元，世祖召为平阳儒学提举，坚辞不就。有《二妙集》(与克己合刻)，词集《菊轩乐府》一卷。

**【总评】**

《四库全书总目·〈二妙集〉提要》:大抵骨力坚劲，意致苍凉，值故都倾覆之余，怅怀今昔，流露于不自知。

### 临江仙

转眼荣枯惊一梦，百年光景悠悠。浮生扰扰笑何楼。试看双鬓上，衰飒不禁秋。

古往今来多少事，一时分付东流。五更枕上调清愁。笛声何处起，明月蓼花洲。

### 满江红

新春用遁庵兄韵

料峭东风，吹醉面、向人如旧。凝伫立、

野禽声里，无言搔首。庭下梅花开尽也，春痕已到江边柳。待人间、事了觅清欢，身先朽。　菟裘计，何时有。林下约，床头酒。怕流年不觉，鬓边还透。往事不堪重记省，旧愁未断新愁又。把春光、分付少年场，从今后。

## 木兰花慢

元宵感旧

金吾不禁夜〔一〕，放箫鼓，恣游遨。被万里长风，一天星斗，吹堕层霄。御楼外、香暖处，看人间、平地起仙鳌。华烛红摇醉勒，瑞烟翠惹吟袍。　老来怀抱转无聊。虚负可怜宵。遇美景良辰，诗情渐减，酒兴全消。思往事，今不见，对清尊、瘦损沈郎腰〔二〕。惟有当时好月，照人依旧梅梢。

**【注释】**

〔一〕金吾不禁夜：苏味道《正月十五日夜》："火树银花合，星桥铁锁开。暗尘随马去，明月逐人来。游妓皆秾李，行歌尽落梅。金吾不禁夜，玉漏莫相催。"刘肃《大唐新语》："神龙之际，京城正月望日，盛饰灯影之会。金吾弛禁，特许夜行。贵豪戚属，及下隶工贾，无不夜游。”

〔二〕“瘦损”句:《南史·沈约传》:“(沈约)与徐勉素善,遂以书陈情于勉,言已老病:‘百日数旬,革带常应移孔;以手握臂,率计月小半分。’”

**【拓展与思考】**

试总结段氏兄弟节令词的风貌与特色。

# 元词

## 【概况】

蒙古的兴起并建立政权当以宋开禧二年、金泰和六年(1206)元太祖铁木真统一蒙古诸部为标志,这一时间断限远早于至元八年(1271)元世祖忽必烈以“大元”为国号。但考虑到蒙古政权与中原文明发生关系并有所体现的时间,本书以金哀宗天兴三年(1234)至元顺帝至正二十八年(1368)为元词的时代断限。

清代及民国学者对元词的整体判断是“词衰于元”,目前学界对于元词的讨论也大多集中于对“词衰于元”这一命题的论证或反驳上。据唐圭璋先生所编《全金元词》,元代计有作者213家,词3721首,涌现出许多名家名作。关于元词分期,学者大多认为可分为前、后二期,具体断限略有不同,本书采用邓绍基《元代文学史》的观点,以元仁宗延祐元年(1314)为前、后二期分界。从词史的整体发展看，元词承接宋、金，苏、辛词行于北，姜、张词行于南，共同构成了元词的整体风貌。同时，与宋、金二代词相比，元词也具备自己的特色，如大量少数民族词人的出现，道教词的发展与兴盛，词曲之间发生的互动与影响等，最终完成了词在元代的演变，影响及于明。

**【参考书目】**

邓绍基主编《元代文学史》，人民文学出版社1998年版。
朱惠国主编《全金元词评注·元词》，西安出版社2014年版。
么书仪《元代文人心态》，人民文学出版社2013年版。

## 耶律楚材
(1190—1244)

字晋卿,号玉泉老人,又号湛然居士。辽东丹王耶律突欲八世孙,金尚书右丞耶律履之子。蒙古窝阔台汗三年(1231),任中书令。元朝立国规制,多出其手。乃马真后三年(1244),忧愤以卒,谥文正。有《湛然居士集》传世。存词1首。

### 鹧鸪天

题七真洞〔一〕

花界倾颓事已迁〔二〕。浩歌遥望意茫然。江山王气空千劫〔三〕,桃李春风又一年〔四〕。

横翠嶂〔五〕,架寒烟〔六〕。野花平碧怨啼鹃。不知何限人间梦,并触沉思到酒边〔七〕。

**【注释】**

〔一〕七真洞:汉茅盈、茅固、茅衷三兄弟,东晋杨羲、许穆、许翙及唐郭崇真皆于茅山得道,因合称“七真”。唐陆龟蒙《和江南道中怀茅山广文南阳博士》其一:“一片轻帆背夕阳,望三峰拜七真堂。”自注:“三茅、二许、一杨、一郭,是为七真。”又全真道亦有南、北七真,马丹阳、丘长春、谭长真、刘长生、郝广宁、王玉阳和孙清静七人,称“北宗七真”。

〔二〕花界:犹香界,原指佛寺,此指道庭。韦应物《游琅琊寺》:

"填壑跻花界。"

〔三〕王气：象征帝王运数的祥瑞之气。《吴录》："刘备曾使诸葛亮至京，因睹秣陵山阜，叹曰：'钟山龙盘，石头虎踞，此帝王之宅。'"刘禹锡《西塞山怀古》："王濬楼船下益州，金陵王气黯然收。"

〔四〕桃李春风：黄庭坚《寄黄几复》："桃李春风一杯酒，江湖夜雨十年灯。"

〔五〕翠嶂：山峰青绿如屏障。

〔六〕架寒烟：唐骆宾王《秋日山行简梁大官》："攒峰衔宿雾，叠巘架寒烟。"

〔七〕并触沉思到酒边：唐杜甫《送路六侍御入朝》："剑南春色还无赖，触忤愁人到酒边。"

**【集评】**

陈廷焯《云韶集》：自是宋元人七律声口。句亦婉至。

陈廷焯《词则》：语亦雄秀，是宋元人七律之佳者。

况周颐《蕙风词话》：耶律文正《鹧鸪天》歇拍云"不知何限人间梦，并触沉思到酒边"，高浑之至，淡而近于穆矣。庶几合苏之清、辛之健而一之。

夏承焘、张璋编选《金元明清词选》：从倾颓的道观兴感，是以扫为生之法。眼前荒凉的台观与远处蓬勃的野草闲花两相映托，更显得人事之无常了。寒烟、怨鸟，触目成愁，寄慨是很深的。况周颐所云"淡"、"穆"二字，犹觉未能尽其胜旨。

## 刘秉忠
(1216—1274)

初名侃，字仲晦，法名子聪，号藏春散人，邢州(今河北邢台)人。蒙古乃马真后年间，留忽必烈幕府。至元元年(1264)，忽必烈令其还俗，复刘姓，赐名秉忠。官至光禄大夫、太保，参领中书省事、同知枢密院事等。卒赠太傅，封赵国公，谥文贞。有《藏春集》传世，附词集《藏春乐府》一卷，存词81阕。

**【总评】**

王鹏运《藏春乐府跋》：往与碧瀣翁论词，谓雄廓而不失之伧楚，蕴藉而不流于侧媚。周旋于法度之中，而声情识力常若有余于法度之外，庶为填词当行。目论者庶不薄填词为小道。藏春之境，雅与之合。

### 木兰花慢

混一后赋

望乾坤浩荡，曾际会、好风云。想汉鼎初成，唐基始建，生物如春。东风吹遍原野，但无言红绿自纷纷。花月流连醉客，江山憔悴醒人。　　龙蛇一屈一还伸。未信丧斯文。复上古淳风，先王大典，不费经纶。天君几时挥手，倒银河直下洗嚣尘。鼓舞五华鸑鷟，讴歌一角麒麟。

**【集评】**

夏承焘、张璋编选《金元明清词选》：歌颂元朝一统之作。有经纶天地、股肱八方的气概。“东风”二句，借造化以言新政，尤觉取譬生动，气象浑成。“花月”、“龙蛇”四句，醒醉、屈伸，今昔对比，交错写来，意本一贯。而用在过片前后，显得章法奇横，是曲子中缚不住的。卒章以偶句歇拍，收到深稳，具见笔力之雄健。通篇一气呵成，声情俱壮，颇能反映元朝开国的气象。

## 江城子

平生行止懒编排。住蒿莱。走尘埃。社燕秋鸿、年去复年来。看尽好花春睡稳，红与紫，任他开。　紫微天上列三台。问英才。几沉埋。沧海遗珠、当著在鸾台。与世浮沉惟酒可，如有酒，且开怀。

## 玉楼春

翠微掩映农家住。水满玉溪花满树。青山随我入门来，黄鸟背人穿竹去。　烟霞隔断红尘路。试问功名知此趣。一壶春酒醉春风，便是太平无事处。

## 南乡子

夜户喜凉飙。秋入关山暑气消。勾引客情缘底物，鹧鸪。落日凄清叫树梢。　古寺漏长宵。一点青灯照寂寥。暮雨夜深犹未住，芭蕉。残叶萧疏不奈敲。

## 南乡子

檀板称歌喉。唱到消魂韵转幽。便觉丝簧难比似，风流。一串骊珠不断头。　惟酒可忘忧。况复卢家有莫愁。醉倒不知天早晚，云收。花影侵窗月满楼。

**【集评】**

严迪昌编选《金元明清词精选》：此词当系刘秉忠未达时栖身禅门间所作。……这阕《南乡子》正是“醒人”伴青灯的心态抒露，此中有自处知足的认知，有民胞物与的忧患；得心明自爽之趣，又具怅然若失之味，心绪既若茧缚，却又吐丝层叠透明。他的情思，剪未断，但也理不乱。元人词从整体上看，疏朗明快少密涩，不免粗浅，却少虚浮雕饰。刘秉忠词能得清疏松秀之长，较少粗放鲠直之弊，在元初词人中堪称高手。

## 白　朴

（1226—1306后）

原名恒，字仁甫，后改名朴，字太素，号兰谷，祖籍隩州（今山西河曲）。父白华，仕金。蒙古军陷汴梁，白华随金主出奔，白朴与其姊乱中失母，依元好问长成。善词曲，入元不仕。后移居金陵，诗酒终老，卒年不详。有《天籁集》，存词百余首。

**【总评】**

王博文《天籁集序》：读之数过，辞语遒丽，情寄高远，音节协和，轻重稳惬。凡当歌对酒，感事兴怀，皆自肺腑流出，予因以"天籁"名之。

朱彝尊《天籁集跋》：兰谷词源出苏、辛，而绝无叫嚣之气，自是名家。

《四库全书总目·〈天籁集〉提要》：朴词清隽婉逸，意惬韵谐，可与张炎《玉田词》相匹。

### 夺锦标

清溪吊张丽华〔一〕

《夺锦标》曲，不知始自何时，世所传者，惟僧仲殊一篇而已〔二〕。予每浩歌，寻绎音节，因欲效颦，恨未得佳趣耳。庚辰卜居建康，暇日访古，采陈后主、张贵妃事，以成素志。按后主既脱景阳井之厄，隋元帅府长史高颎竟就戮丽华于青溪。后人哀之，其地立小祠，祠中塑二女郎，次则孔贵嫔也。今遗构荒凉，庙貌亦不存矣。感叹之余，作乐府《青溪怨》。

霜水明秋，霞天送晚，画出江南江北〔三〕。满目山围故国〔四〕，三阁余香〔五〕，六朝陈迹。有庭花遗谱〔六〕，弄哀音、令人嗟惜。想当时、天子无愁〔七〕，自古佳人难得。

惆怅龙沉宫井，石上啼痕，犹点胭脂红湿〔八〕。去去天荒地老，流水无情，落花狼藉。恨青溪留在，渺重城、烟波空碧。对西风、谁与招魂，梦里行云消息。

**【注释】**

〔一〕张丽华：《陈书·后主张贵妃传》："后主张贵妃名丽华，兵家女也。家贫，父兄以织席为事。后主为太子，以选入宫。是时龚贵嫔为良娣。贵妃年十岁，为之给使，后主见而悦焉，因得幸，遂有娠，生太子深。后主即位，拜为贵妃。……及隋军克台城，妃与后主俱入于井，隋军出之。晋王广命斩贵妃，榜于清溪中桥。……其曲有《玉树后庭花》、《临春乐》等，大指所归，皆美张贵妃、孔贵嫔之容色。其略曰：'璧月夜夜满，琼树朝朝新。'"

〔二〕僧仲殊：北宋僧人、词人，本姓张，名挥，字师利。

〔三〕江南江北：李煜《渡中江望石城泣下》："江南江北旧家乡，三十年来梦一场。"

〔四〕山围故国：刘禹锡《石头城》："山围故国周遭在，潮打空城寂寞回。"

〔五〕三阁：后主建临春、结绮、望仙三阁。

〔六〕庭花遗谱：《庭花》，即《玉树后庭花》，南朝陈后主所作。杜牧《泊秦淮》："商女不知亡国恨，隔江犹唱后庭花。"

〔七〕天子无愁：北齐后主。《北史·齐本纪》："盛为无愁之曲，帝自弹胡琵琶而唱之，侍和之者以百数，人间谓之无愁天子。"

〔八〕"惆怅"三句：《南畿志》："景阳井，在台城内，陈后主与张丽华、孔贵嫔投其中，以避隋兵。旧传栏有石脉，以帛拭之，作胭脂痕，名胭脂井。"

**【集评】**

夏承焘、张璋编选《金元明清词选》：通篇音节谐婉，词意俊迈，运用典实，熨帖无痕。下片"石上啼痕，犹点胭脂红湿"，可谓凄丽入骨。

严迪昌编选《金元明清词精选》：元代几个大戏剧家均具有同情弱者，为女性的不幸际遇和深重灾难鸣不平。……而对女性命运的思辨，从"化蝶"、"连枝"的模式中脱出，强化悲剧性的色调，无疑是一个演进环节。这阕词提供了很有价值的参照。词的艺术功力，表征着白朴词获得有北地和南国两地域词风的交融特性，哀婉而清疏，峭拔又兼具绵丽。情辞熨帖，工稳能不涩滞，流丽中呈风骨。

## 沁园春

夜梦，就树摘桃啖之，于中一枚甘苦，觉而异之，因为之赋。

渺渺吟怀，望佳人兮，在天一方〔一〕。问鲲鹏九万〔二〕，扶摇何力，蜗牛两角，蛮触谁强〔三〕。华表鹤来，铜盘人去，白日青天梦一场。俄然觉，正醯鸡舞瓮〔四〕，野马飞窗〔五〕。　徜徉。玩世何妨。更谁道、狂时不得狂。羡东方臣朔，从容帝所，西真阿母，唤作儿郎。一笑人间，三游海上，毕竟仙家日月长。相随去，想蟠桃熟后，也许偷尝〔六〕。

**【注释】**

〔一〕“渺渺吟怀”三句：《前赤壁赋》：“桂棹兮兰桨，击空明兮溯流光。渺渺兮予怀，望美人兮天一方。”

〔二〕鲲鹏九万：出自《庄子·逍遥游》。

〔三〕“蜗牛两角”二句：《庄子·则阳》：“惠子闻之而见戴晋人。戴晋人曰：‘有所谓蜗者，君知之乎？’曰：‘然。’‘有国于蜗之左角者曰触氏，有国于蜗之右角者曰蛮氏。时相与争地而战，伏尸数万，逐北。旬有五日而后反。’”

〔四〕醯鸡：蠓虫。《列子·天瑞》：“醯鸡生乎酒。”

〔五〕野马：空中游气。《庄子·逍遥游》：“野马也，尘埃也，生物之以息相吹也。”

〔六〕“羡东方臣朔”至歇拍：《汉武故事》载东方朔三次偷食王母蟠桃，谪降人间。

## 丘处机
(1148—1227)

字通密，道号长春子，山东栖霞人。全真道道士，龙门派创始人。金大定七年(1167)拜王重阳为师，改名处机。大定二十八年，受诏觐见。成吉思汗十四年(1219)受邀西行觐见成吉思汗，后主持燕京天长观，成吉思汗下诏改名长春宫(今白云观)，命掌天下道教。有《磻溪集》。

### 凤栖梧

述怀

西转金乌朝白帝。东望银蟾，皓色笼青桂。渐扣南华排菊会。满斟北海醺醺醉。

醉卧终南山色里。山色清高，夜色无云蔽。一鸟不鸣风又细。月明如昼天如水。

### 无俗念

灵虚宫梨花词

春游浩荡，是年年、寒食梨花时节。白

锦无纹香烂漫，玉树琼苞堆雪。静夜沉沉，浮光霭霭，冷浸溶溶月。人间天上，烂银霞照通彻。　　浑似姑射真人，天姿灵秀，意气殊高洁。万化参差，谁信道、不与群芳同列。浩气清英，仙材卓荦，下土难分别。瑶台归去，洞天方看清绝。

**【集评】**

杨慎《词品》：长春，世之所谓仙人词也，而词之清拔如此。

**【拓展与思考】**

结合金元时期的其他道教词人词作，思考金元道教词的风貌、发展及原因。

## 梁　曾
(1242—1322)

字贡父，河北人。中统四年(1263)荐辟中书左三部令史，累迁淮安路总管、集贤殿侍讲学士。晚年寓居淮南。

### 木兰花慢

西湖送春

问花花不语，为谁落、为谁开。算春色三分，半随流水，半入尘埃。人生能几欢笑，但相逢尊酒莫相催。千古幕天席地，一春翠绕珠围。　彩云回首暗高台。烟树渺吟怀。拚一醉留春，留春不住，醉里春归。西楼半帘斜日，怪衔春燕子却飞来。一枕青楼好梦，又教风雨惊回。

**【集评】**

杨慎《词品》：此词格调俊雅，不让宋人也。

沈雄《古今词话》：陡健圆转。

徐釚《词苑丛谈》：观此词，孰云元人诗余不如宋哉！

夏承焘、张璋编选《金元明清词选》：这首《西湖送春》词，上片从问花开始，接说春色三分已尽，而人生能几欢笑，且莫尊酒相催。下片回忆西湖烟树和醉酒送春的情景。末以青楼好梦被无情风雨惊回作结。通篇俊迈流利，“拚一醉”三句，笔法尤为旋折。然而境涉颓唐，是其所短。

**【拓展与思考】**

梁曾词今仅存1首，但历来评价极高，金庸《神雕侠侣》亦引用此词，试作赏析。

## 刘　因
(1249—1293)

初名骃，字梦骥，后改名因，字梦吉，号静修，保定容城人。元世祖至元十九年(1282)，征授承德郎、右赞善大夫，旋以母疾辞归。至元二十八年召为集贤学士、嘉议大夫，固辞不就。至元三十年病逝，追赠翰林学士、资政大夫、上护军，封容城郡公，谥文靖。有《静修集》、《樵庵词》。

**【总论】**

刘熙载《艺概》：东坡谓陶渊明诗臞而实腴，质而实绮，余谓元刘静修之词亦然。

况周颐《蕙风词话》：余遍阅元人词，最服膺刘文靖，以谓元之苏文忠可也。文忠词，以才情博大胜，文靖以性情朴厚胜。

### 玉楼春

未开常探花开未。又恐开时风雨至。花开风雨不相妨，说甚不来花下醉。　百年枉作千年计。今日不知明日事。春风欲劝座中人，一片落红当眼坠。

**【集评】**

陈廷焯《词则》：即“人生行乐耳”意，而语更危悚。

## 鹊桥仙

喜雨

纥干生处，几时飞去。欲去被天留住。野人得饱更无求，看满意、一犁春雨。　田家作苦。浊醪酿黍。准备岁时歌舞。不妨分我一豚蹄，更试听、清秋社鼓。

## 菩萨蛮

回文

水围山影红围翠。翠围红影山围水。西近小桥溪。溪桥小近西。　隐人谁与问。问与谁人隐。孤鹤对言无。无言对鹤孤。

## 念奴娇

饮山亭月夕

广寒宫殿，想幽深、不觉升沉圆缺。天

上人间心共远，如在琼楼玉阙。厚地微茫，高天凉冷，此际红尘歇。翠阴高枕，并教毛骨清澈。　　为问此世，从来几人吟望，转首俱湮灭。虮虱区区尤可笑，几许肝肠如铁。八表神游，一槎高泛，逸兴方超绝。嫦娥留待，桂花且莫开彻。

## 念奴娇

忆仲良

中原形势，壮东南、梦里谯城秋色。万水千山收拾就，一片空梁落月〔一〕。烟雨松楸，风尘泪眼，滴尽青青血。平生不信，人间更有离别。　　旧约把臂燕南，乘槎天上〔二〕，曾对河山说。前日后期今日近，怅望转添愁绝。双阙红云，三江白浪，应负肝肠铁。旧游新恨，一时都付长铗。

**【注释】**

〔一〕空梁落月：杜甫《梦李白》："落月满屋梁，犹疑照颜色。"

〔二〕乘槎：张华《博物志》："旧说天河与海通。近世有人居海渚者，年年八月有浮槎去来不失期。人有奇志，立飞阁于槎上，多赍粮，乘槎而去。"

**【集评】**

王鹏运：樵庵词朴厚深醇，中有真趣洋溢，是性情语，无道学气。

况周颐《蕙风词话》：真挚语见性情，和平语见学养。

夏承焘、张璋编选《金元明清词选》：谯城为故人居地，故结想成梦。燕南，这里指大都（即北京），为相期把晤之处，而又不能践约。南望三江（谯城一带），北瞻双阙（大都），怎能不怅然愁绝呢？全词结撰性情，倾吐肝肺，确有回肠荡气的力量。

严迪昌编选《金元明清词精选》：词笔多贵虚灵，词情则特重厚实。友情词尤需出真情，载现良朋相知首在于知其心，而后得以心灵沟通，哀乐与共。刘因此词写亡友之情深，长忆之哀恸，极得厚实之美力，笔致却又很虚灵，很难得，在友情词专题史上足称上乘之作。

## 赵孟頫
(1254—1322)

字子昂，号松雪道人，又号水晶宫道人、鸥波，浙江吴兴(今湖州)人。宋太祖十一世孙，秦王赵德芳之后。妻管道升。至元二十三年(1286)，为程钜夫举荐，历任集贤直学士、济南路总管府事、江浙等处儒学提举、翰林侍读学士等职。累官翰林学士承旨、荣禄大夫。晚年借病乞归。卒赠江浙等处行中书省平章政事、柱国，追封魏国公，谥文敏。有《松雪斋集》等。

**【总评】**

邵亨贞《追和赵文敏公旧作十首序》：公以承平王孙而婴世变，离黍之悲，有不能忘情者，故深得骚人意度。

《四库全书总目·〈松雪斋集〉提要》：孟頫以宋朝皇族，改节事元，故不谐于物论。观其《和姚子敬韵诗》，有“同学故人今已稀，重嗟出处寸心违”句，是晚年亦不免于自悔。然论其才艺，则风流文采，冠绝当时。不但翰墨为元代第一，即其文章亦揖让于虞、杨、范、揭之间，不甚出其后也。

陈廷焯《云韶集》：子昂以王室苗裔忍于降元，故其词欲言难言，骚情雅致，昔人云穷愈工，诗词亦然也。

吴梅《词学通论》：其词超逸，不拘于法度，而意之所至，时有神韵。……说者谓承平结习未能尽除，不知此正杜牧之鬓丝禅榻、粉碎虚空时也。读公词，宜平恕。

## 蝶恋花

侬是江南游冶子。乌帽青鞋，行乐东风里。落尽杨花春满地。萋萋芳草愁千里。　扶上兰舟人欲醉。日暮青山，相映双蛾翠。万顷湖光歌扇底。一声催下相思泪。

**【集评】**

陈廷焯《词则》：凄凉哀怨，艳词中亦寓忧患之意。

陈廷焯《云韶集》：凄凉哀怨，情不自已。哀感不胜，似韦端已。

## 浪淘沙

今古几齐州。华屋山丘。杖藜徐步立芳洲。无主桃花开又落，空使人愁。　波上往来舟。万事悠悠。春风曾见昔人游。只有石桥桥下水，依旧东流。

## 虞美人

浙江舟中作

潮生潮落何时了。断送行人老。消沉万古意无穷。尽在长空澹澹、鸟飞中。　　海门几点青山小。望极烟波渺。何当驾我以长风。便欲乘桴浮到、日华东。

【集评】

陈廷焯《云韶集》:通首写景,而哀怨之情溢于言表,读者责其人,亦深哀其志也。

## 水调歌头

和张大经赋盆荷〔一〕

江湖渺何许,归兴浩无边。忽闻数声水调,令我意悠然。莫笑盆池咫尺,移得风烟万顷,来傍小窗前。稀疏淡红翠,特地向人妍。　　华峰头,花十丈,藕如船。那知此中佳趣,别是小壶天。倒挽碧筒酾酒,醉卧绿云深处,云影自田田。梦中呼一叶,散发看书眠。

**【注释】**

〔一〕此词又见于张雨《贞居先生词》。

**【拓展与思考】**

此词赋盆景而有卧游千里之境。宋元文人"卧游"之作增多,请思考其原因与心态。

## 浣溪沙

李叔固丞相会间,赠歌者岳贵贵

满捧金卮低唱词,樽前再拜索新诗。老夫惭愧鬓成丝。　罗袖染将修竹翠,粉香吹上小梅枝。相逢不似少年时。

## 太常引

弄晴微雨细丝丝。山色淡无姿。柳絮飞残,荼蘼开罢,青杏已团枝。　栏干倚遍人何处,愁听语黄鹂。宝瑟尘生,翠销香减,天远雁书迟。

## 张　埜
（约 1273—？）

生卒年不详，延祐、至治年间在世。字埜夫，号古山，邯郸人。父张之翰，能词，号西岩老人。官至翰林修撰。有《古山乐府》。

**【背景】**

李长翁《古山乐府序》：诗盛于唐，乐府盛于宋，宋诸贤名家不少，独东坡、稼轩杰作，磊落倜傥之气溢出笔端，殊非雕脂镂冰者所可仿佛。往年仆游京师，古山张公一见，招置馆下，灯窗雪案，披诵公所著乐章，湛然如秋空之不云，烨然如春华之照谷，凄然如猿啼玉涧，昂然如鹤唳青霄，砉然如庖丁鼓刀，翩然如公孙舞剑，千变万态，意高语妙，真可与苏、辛二公齐驱并驾。

# 临江仙

戊午九月二十一日，罢宴直省，和徐工部韵

帘幕酒阑人散后，满庭松竹萧森。捣残秋思是邻砧。翠屏惊旧梦，白发入新吟。　　盖世勋名将底用，悠悠往古来今。一灯孤恨夜窗深。筝间纤笋玉，杯冷软橙金。

## 南乡子

赠歌者怡云，和卢处道韵

霭霭度春空。长妒花阴月影中。曾为清歌还少驻，匆匆。变作春前喜气浓。　一笑为谁容。只许幽人出处同。却恐等闲为雨后，东风。吹过巫山第几峰。

## 青玉案

戊戌元宵客京师赋

千门夜色霏香雾。又春满、朝天路。回首旧游谁与语。金波影里，水晶帘下，总是关心处。　征衫着破愁成缕。留滞京尘甚时去。旅馆萧条情最苦。灯无人点，酒无人举。睡也无人觑。

## 水龙吟

咏游丝

落花天气初晴，随风几缕来何处。飘飘冉冉，悠悠飏飏，欲留还去。雪茧新抽，青虫暗坠，檐蛛轻度。看垂虹百尺，萦回不下，似欲系、春光住。　凭仗何人收取。付天孙、云霄机杼。浮踪浪迹，忍教长伴，章台飞絮。惹起闲愁，织成离恨，万头千绪。望天涯尽日，柔情不断，又闲庭暮。

## 水龙吟

酹辛稼轩墓，在分水岭下

岭头一片青山，可能埋得凌云气。遐方异域，当年滴尽，英雄清泪。星斗撑肠，云烟盈纸[一]，纵横游戏。漫人间留得，阳春白雪，千载下、无人继。　不见戟门华第。见萧萧、竹枯松悴。问谁料理，带湖烟景，瓢泉风味[二]。万里中原，不堪回首，人生如

**寄。且临风高唱，逍遥旧曲，为先生酹。**

**【注释】**

〔一〕云烟盈纸：潘岳《杨荆州诔》："草隶兼善，尺牍必珍。足不辍行，手不释文。翰动若飞，纸落如云。"辛弃疾《西江月》："万事云烟忽过，百年蒲柳先衰。"《水调歌头》："好锁云烟窗户，怕入丹青图画，飞去了无踪。此语更痴绝，真有虎头风。"

〔二〕"带湖"二句：带湖、瓢泉，在今江西上饶，均为辛弃疾落职闲居之所。

**【集评】**

夏承焘、张璋编选《金元明清词选》：稼轩词慷慨纵横，异军突起，不可一世。此词吊其墓，想其人，内容浑厚，感情充沛，气势豪迈，颇得稼轩笔意。

严迪昌编选《金元明清词精选》：张埜与稼轩超越了时空的心事沟通，可说是灵犀一点的具体而微的表现。……元词多议论，但此词不空泛，也无当时严重弥漫的道教玄虚习气。

## 夺锦标

### 七夕

**凉月横舟，银潢浸练，万里秋容如拭。冉冉鸾骖鹤驭，桥倚高寒，鹊飞空碧。问欢情几许，早收拾、新愁重织。恨人间、会少离多，万古千秋今夕。　谁念文园病客〔一〕。夜色沉沉，独抱一天岑寂。忍记穿**

针亭榭，金鸭香寒，玉徽尘积。凭新凉半枕，又依稀、行云消息。听窗前、泪雨萧萧，梦里檐声犹滴。

【注释】

〔一〕文园病客：司马相如曾任文园令，有消渴病。

## 虞 集
(1272—1348)

字伯生，号道园，世称邵庵先生，江西抚州人。早年从吴澄学。历任翰林直学士兼国子祭酒，官至奎章阁侍书学士，领修《经世大典》。与揭傒斯、柳贯、黄溍并称"元儒四家"，与揭傒斯、范梈、杨载并称"元诗四家"。有《道园学古录》、《道园遗稿》等，今存词31首。

### 风入松

寄柯敬仲〔一〕

画堂红袖倚清酣〔二〕。华发不胜簪〔三〕。几回晚直金銮殿，东风软、花里停骖。书诏许传宫烛〔四〕，轻罗初剪朝衫〔五〕。　御沟冰泮水挼蓝〔六〕。飞燕语呢喃。重重帘幕寒犹在，凭谁寄、银字泥缄〔七〕。为报先生归也，杏花春雨江南。

**【注释】**

〔一〕柯敬仲：即柯九思。

〔二〕清酣：清新酣畅。苏轼《西太一见王荆公旧诗偶次其韵》："雨余风日清酣。"

〔三〕华发不胜簪：杜甫《春望》："白头搔更短，浑欲不胜簪。"

〔四〕传宫烛：裴庭裕《东观奏记》："上将命令狐绹为相，夜半幸含春亭召对，尽蜡烛一炬，方许归学士院，乃赐金莲花烛送之。院吏忽见，惊报院中曰：'驾来！'俄而赵公至。吏谓赵公曰：'金莲花乃引驾烛，学士用之，莫折事否？'顷刻而闻傅说之命。"又郑文宝《南唐近事》记韩偓事。又《宋史·苏轼传》："轼尝锁宿禁中，召入对便殿，宣仁后问曰：'卿前年为何官？'曰：'臣为常州团练副使。'曰：'今为何官？'曰：'臣今待罪翰林学士。'曰：'何以遽至此？'曰：'遭遇太皇太后、皇帝陛下。'曰：'非也。'曰：'岂大臣论荐乎？'曰：'亦非也。'轼惊曰：'臣虽无状，不敢自他途以进。'曰：'此先帝意也。先帝每诵卿文章，必叹曰：'奇才，奇才！'但未及进用卿耳。'轼不觉哭失声，宣仁后与哲宗亦泣，左右皆感涕。已而命坐赐茶，彻御前金莲烛送归院。"

〔五〕朝衫：受赐朝衫。柯九思《退直赠月》："西华门外玉骢骄，新赐罗衣退晚朝。"

〔六〕冰泮：冰融化，指农历仲春二月。《诗经·邶风·匏有苦叶》："士如归妻，迨冰未泮。"挼蓝：浸揉蓝草作染料，此处指湛蓝色。白居易《春池上戏赠李郎中》："直似挼蓝新汁色，与君南宅染罗裙。"

〔七〕银字泥缄：指书信。古人书函多用泥封。

**【集评】**

陶宗仪《南村辍耕录》：时虞邵庵先生在馆阁，赋《风入松》词寄之，词翰兼美，一时争相传刻，而此曲遂遍满海内矣。

瞿佑《归田诗话》：虞邵庵在翰林，有诗云："屏风围坐鬓毵毵，绛蜡摇光照暮酣。京国多年情尽改，忽听春雨忆江南。"又作《风入松》词云云。盖即诗意也，但繁简不同尔。曾见机坊以词织成帕，为时所贵重如此。张仲举词云："但留意、江南杏花春雨，和泪在罗帕。"即指此也。

陈廷焯《白雨斋词话》：虞道园词笔颇健，似出仲举之右。然所作寥寥，规模未定，不能接武南宋诸家。惟"报道先生归也，杏花春雨江南"二语，却有自然风韵。

陈廷焯《云韶集》：写柯在禁中数语，已极工雅。好句天然，神韵在唐宋之间。

夏承焘、张璋编选《金元明清词选》：这首寄赠之作，重在自况，写得文采风流，自然雅致。“凭谁”句荡开一笔，流露出对对方的思念，而“为报”句即以自己的归讯相告，可谓紧凑有力。歇拍以景结情，尤为警策。此词一时传诵几遍，为小令中精品。

**【拓展与思考】**

此词歇拍“杏花春雨江南”为元词传唱至今的名句。请思考为何“杏花春雨”的简单意象足以传神地写照出江南烟雨空蒙的情致，引起读者丰富的审美想象。

## 浣溪沙

风力清严扫暮烟。纤尘不碍月婵娟。太虚那得有中边。　大地山河空复影，九霄宫阙旧无传。几承剑气一飘然。

## 法驾导引

庐山寻真观题

阑干曲，正面碧崔嵬。岚气著衣成紫雾，墨香横壁长苍苔。为白玉蟾记。柏影扫空台。　江海客，欲去更徘徊。雾发云鬟何处在，风泉雪磴几时来。鹤翅九秋开。

## 一剪梅

春别

豆蔻梢头春色阑。风满前山。雨满前山。杜鹃啼血五更残。花不禁寒。人不禁寒。　　离合悲欢事几般。离有悲欢。合有悲欢。别时容易见时难。怕唱阳关。莫唱阳关。

## 苏武慢

全真冯尊师，本燕赵书生，游汴，遇异人，得仙学。所赋歌曲，高洁雄畅，最传者《苏武慢》二十篇。前十篇道遗世之乐，后十篇论修仙之事。会稽费无隐独善歌之，闻者有凌云之思，无复流连光景者矣。予山居每登高望远，则与无隐歌而和之。无隐曰，公当为我更作十篇。居两年，得两篇半，殊未快意也。昭阳协洽之年，当嘉平之月，长儿之官罗浮。予与客清江赵伯友，临川黄观我、陈可立游，东叔吴文明、平阳李平幼子翁归，泛舟送之。水涸，转鄱阳湖，上豫章，遇风雪，十五六日不能达三百里。清夜秉烛，危坐高唱，二三夕间，得七篇半。每一篇成，无隐即歌之。冯尊师天外有闻，能乘风为我一来听耶？明春，舟中又得二篇，并《无俗念》一首。后三年，仙游山彭致中取而刊之，与瓢笠高明共一笑之乐也。道园道人虞集伯生记。

放棹沧浪，落霞残照，聊倚岸回山转。乘雁双凫，断芦漂苇，身在画图秋晚。雨送滩声，风摇烛影，深夜尚披吟卷。算离情、何必天涯，咫尺路遥人远。　空自笑、洛下书生，襄阳耆旧，梦底几时曾见。老矣浮丘，赋诗明月，千仞碧天长剑。雪霁琼楼，春生瑶席，容我故山高宴。待鸡鸣、日出罗浮，飞渡海波清浅。

**【集评】**

夏承焘、张璋编选《金元明清词选》：至正三年(1343)虞集长子赴官罗浮，集泛舟送之鄱阳湖上。风雪阻途，十五六日不能达三百里。词即作于舟中，用冯尊师词意，故多神仙家言。(见《鸣鹤余音》序。)此词上片实写，沿途景物，历历如绘。“咫尺路遥人远”，与道途阻滞关合，十分工切，不是泛笔。下片重在抒怀，用虚笔出之。“空自笑”三句，怀念旧交；“老矣浮丘”三句，指冯尊师；“雪霁”以下自况；歇拍三句，点出了行人的目的地——罗浮，而又以仙家语出之，令人读之有神观飞越之快。

**【拓展与思考】**

虞集此组作品有《苏武慢》20 篇，《无俗念》1 篇，请另选一篇试作赏析。

## 张　翥

(1287—1368)

字仲举，号蜕庵，晋宁（今山西临汾）人。至正初，荐为国子助教，历官侍讲学士、侍读兼祭酒，官至翰林学士承旨。曾从仇远学词，尽得其音律之奥。今存《蜕庵诗集》四卷，《蜕岩词》二卷。

**【总评】**

《四库全书总目·〈蜕岩词〉提要》：以一身历元之盛衰，故其诗多忧时伤乱之作。其词乃婉丽风流，有南宋旧格。其《沁园春》题下注曰："读白太素《天籁集》，戏用韵效其体。"盖白朴所宗者，多东坡、稼轩之变调；翥所宗者，犹白石、梦窗之余音。门径不同，故其言如是也。又《春从天上来》题下注曰："广陵冬夜，与松云子论五音二变十二调，且品箫以定之。清浊高下，还相为宫，犁然律吕之均，雅俗之正。"则其于倚声之学，讲之深矣。

### 踏莎行

江上送客

芳草平沙，斜阳远树。无情桃叶江头渡[一]。醉来扶上木兰舟，将愁不去将人去。

薄劣东风，夭斜落絮。明朝重觅吹笙路。碧云红雨小楼空，春光已到销魂处。

【注释】

〔一〕桃叶：王献之《桃叶》："桃叶复桃叶，渡江不用楫。但渡无所苦，我自迎接汝。"今南京有桃叶渡。

【集评】

杨慎《词品》：张仲宗，号芦川，填词最工。其《踏莎行》云：……唐李端诗："江上晴楼翠霭间，满阑春水满窗山。青枫绿草将愁去，远入吴云暝不还。"此词"将愁不去将人去"一句反用之。夭斜，音歪斜。白乐天诗："钱塘苏小小，人道最夭斜。"自注：夭音歪。若不知其出处，不见其工。词虽一小技，然非胸中有万卷，下笔无一尘，亦不能臻其妙也。

夏承焘、张璋编选《金元明清词选》：这首是送别所欢的情词，芳悱缠绵，有一往情深之致。

## 浪淘沙

临川文昌楼望月

醉胆望秋寒。星斗阑干。小窗人影月明间。客里不知归是梦〔一〕，只在吴山。

行路自来难。长铗休弹〔二〕。黄尘到底涴儒冠〔三〕。一片白鸥湖上水，闲了渔竿。

【注释】

〔一〕"客里"句：李煜《浪淘沙》："梦里不知身是客，一晌贪欢。"

〔二〕"行路"二句：用冯谖客孟尝君事，言仕途奔波之苦。《战国策·齐策四》："齐人有冯谖者，贫乏不能自存，使人属孟尝君，愿寄食门下。……左右以君贱之也，食以草具。居有顷，倚柱弹其剑，歌曰：'长铗归来乎！食无鱼。'左右以告。孟尝君曰：'食之，比门下之客。'居有顷，复弹其铗，歌曰：'长铗归来乎！出无车。'左右皆笑之，以告。孟尝君曰：'为之驾，比门下之车客。'于是乘其车，揭其剑，过其友曰：'孟尝君客我。'后有顷，复弹其剑铗，歌曰：'长铗归来乎！无以为家。'左右皆恶之，以为贪而不知足。孟尝君问：'冯公有亲乎？'对曰：'有老母。'孟尝君使人给其食用，无使乏。于是冯谖不复歌。"

〔三〕涴：污染。

**【集评】**

张德瀛《词征》：李后主词："梦里不知身是客，一晌贪欢。"张蜕岩词："客里不知身是梦，只在吴山。"行役之情，见于言外，足以知畦径之所自。

## 南乡子

驿夫夜唱孤雁〔一〕，隔舫听之，令人凄然

野唱自凄凉。一曲孤鸿欲断肠。恰似竹枝哀怨处，潇湘。月冷云昏觅断行。　离思楚天长。风闪青灯雨打窗。惊起小红楼上梦，悠扬。只在佳人锦瑟旁。

**【注释】**

〔一〕孤雁：曲名。梅尧臣《赠月上人弹琴》："吴王城畔锁深房，月下空弹孤雁曲。"

## 蝶恋花

柳絮

陌上垂杨吹絮罢。愁杀行人，又是春归也。点点飞来和泪洒。多情解逐章台马。

瘦尽柔丝无一把。细叶青鬟，闲却当时画。惆怅此情何处写。黄昏淡月疏帘下。

## 临江仙

凉山舟中

其二

羡煞渔村无畔岸，茫茫杨柳蒹葭。雨余秋涨没汀沙。惊鸿投别渚，浴鸟坐沉槎。

残日篱头闲晒网，垂髫来卖鱼虾。得钱沽酒径归家。一声横笛外，烟火隔芦花。

## 满江红

次韵耶律舜中樟亭观潮[一]

望入西泠，乍一线、涛头涌白。疑海上、鳌翻山动，鹏抟风积。银汉迢遥槎有信，秋光浩荡云无迹。快醉挥、吟笔倒琼瑰，冯夷宅[二]。　沙草远，迷烟碛。云树老，欹宫壁。叹潮生潮落，几时休息。事往空遗亡国恨，鸟飞不尽吴天碧。正销凝、何处夕阳楼，人横笛。

**【注释】**

〔一〕耶律舜中：元仁宗延祐间人，曾任宣慰安抚使。樟亭：樟亭驿，旧址在杭州候潮门外。

〔二〕冯夷：即河伯。《庄子·大宗师》："冯夷得之，以游大川。"

## 六州歌头

孤山寻梅

孤山岁晚，石老树查牙[一]。逋仙去[二]，谁为主，自疏花[三]。破冰芽。乌帽骑驴处，近修竹，侵荒藓，知几度，踏残雪，趁晴霞。空谷佳人，独耐朝寒峭，翠袖笼纱〔四〕。甚江南江北〔五〕，相忆梦魂赊。水绕云遮。思无涯。　又苔枝上〔六〕，香痕沁，幺风语〔七〕，冻蜂衙。瀛屿月，偏来照，影横斜〔八〕。瘦争些。好约寻芳客，问前度，那人家。重呼酒，摘琼朵，插鬟鸦。唤起春娇扶醉，休孤负，锦瑟年华。怕流芳不待，回首易风沙。吹断城笳。

**【注释】**

〔一〕查牙：树枝参差不齐貌。

〔二〕逋仙：指林逋（967—1028），字君复，宋隐士，隐居孤山，不娶，种梅养鹤自娱，人谓“梅妻鹤子”。

〔三〕疏花：姜夔《暗香》：“但怪得、竹外疏花，香冷入瑶席。”

〔四〕“空谷佳人”三句：杜甫《佳人》：“绝代有佳人，幽居在空谷。……天寒翠袖薄，日暮倚修竹。”

〔五〕甚江南江北：姜夔《疏影》：“昭君不惯胡沙远，但暗忆、江南江北。”

〔六〕苔枝：苔梅。姜夔《疏影》：“苔枝缀玉。有翠禽小小，枝上同宿。”

〔七〕幺风：苏轼《西江月·梅花》：“海仙时遣探芳丛。倒挂绿毛幺凤。”

〔八〕“瀛屿”三句：林逋《山园小梅》：“疏影横斜水清浅，暗香浮动月黄昏。”

**【集评】**

夏承焘、张璋编选《金元明清词选》：上片写寻梅：乌帽骑驴，孤山踏雪,浮想联翩,情景无限。下片写赏梅:却重在烘托,从侧面着笔,写幺风、蜂衙、冷月和瘦影,而不用直笔,却自然清妙。末尾"流芳"三句,表现了珍惜名花,不要错过芳时的心情。脉络井井,铺叙有致。卓人月以为有"飞鸿戏海,舞鹤游天"之致,推许之高,由此可见。

## 绮罗香

### 雨中舟次洹上

燕子梁深,秋千院冷,半湿垂杨烟缕。怯试春衫,长恨踏青期阻。梅子后、余润留寒,藕花外、嫩凉消暑。渐惊他、秋老梧桐,萧萧金井断蛩暮。　　薰篝须待被暖,催雪新词未稳,重寻笙谱。水阁云窗,总是惯曾听处。曾信有、客里关河,又怎禁、夜深风雨。一声声、滴在疏篷,做成情味苦。

**【集评】**

吴衡照《莲子居词话》:仲举《雨中舟次洹上》,先写四时之雨,云:"水阁云窗,总是惯曾听处。"二语总束。接云:"曾信有、客里关河,又怎禁、夜深风雨。"二语跌醒。接云:"一声声、滴在疏篷,做成情味苦。"二语煞足。章法绝奇,从辛稼轩《贺新郎》化出。

陈廷焯《词则》:刻意为白石,冲味微减,姿态却饶。

**【拓展与思考】**

结合辛弃疾《贺新郎·别茂嘉十二弟》(绿树听鹈鴂)分析此词章法。

## 瑞龙吟

癸丑岁冬，访游弘道乐安山中，席宾米仁则用清真词韵赋别，和以见情。

鳌溪路。潇洒翠壁丹崖，古藤高树。林间猿鸟欣然，故人隐在，溪山胜处。　久延伫。浑似种桃源里，白云窗户。灯前素瑟清尊，开怀正好，连床夜语。　应是山灵留客，雪飞风起，长松掀舞。谁道倦途相逢，倾盖如故。阳春一曲，总是关心句。何妨共、矶头把钓，梅边徐步。只恐匆匆去。故园梦里，长牵别绪。寂寞闲针缕。还念我，飘零江湖烟雨。断肠岁晚，客衣谁絮。

## 多丽

西湖泛舟，夕归施成大席上，以“晚山青”为起句，各赋一词。

晚山青。一川云树冥冥。正参差、烟凝紫翠，斜阳画出南屏。馆娃归、吴台游鹿，铜仙去、汉苑飞萤。怀古情多，凭高望极，且将尊酒慰飘零。自湖上、爱梅仙远，鹤梦几时醒。空留得、六桥疏柳，孤屿危亭。

待苏堤、歌声散尽，更须携妓西泠。藕花深、雨凉翡翠，菰蒲软、风弄蜻蜓。澄碧生秋，闹红驻景，采菱新唱最堪听。见一片、水天无际，渔火两三星。多情月、为人留照，未过前汀。

**【集评】**

杨慎《词品》：清奇宕丽。

许昂霄《词综偶评》：西湖晚景，形容曲尽。背驼明月进钱塘者，何足语此。

万树《词律》：玩其词句，非蜕岩无此手笔……此词作者虽多，求其谐协婉丽，无逾此篇者。起句他家多不用韵……然如本词可谓精当之至，学者所当模仿也。

陈廷焯《词则》：景中带情，不失宋贤矩矱。

吴梅《词学通论》：仲举此词，气度冲雅，用韵尤严，较两宋人更细。《多丽》一调，终以此为正格。

夏承焘、张璋编选《金元明清词选》：这首西湖词，兼有流连风景与咏怀古迹之意。上片“晚山青”至“斜阳画出南屏”各句，是写西湖傍晚暮山凝紫的景色。接着“馆娃归”至“且将尊酒慰飘零”几句，是致慨南宋的灭亡。下片“待苏堤”至“采菱”句一段，中间形象地用“雨凉翡翠”、“风弄蜻蜓”来点出湖中夏末秋初的景物，有如实景，非常贴切。末用渔火和月光相照映，点缀湖中夜景作结。可与周密

《西湖十景》词相比。

**【拓展与思考】**

一般认为，南宋姜张词一脉在张翥手中得以完成。请思考张翥雅词的特点与成就。

## 萨都剌

（约1272—1355）

字天锡，号直斋，回族（一说蒙古族）。泰定四年（1327）进士，授镇江录事司达鲁花赤，秩满，入翰林国史院。官至闽海道廉访司知事。晚年寓居杭州。性喜山水，不知所终。有《雁门集》三卷，集中《天锡词》一卷。

**【总评】**

陈廷焯《云韶集》：天锡词淋漓悲壮，着纸欲飞，词坛战将也。

### 木兰花慢

彭城怀古

古徐州形胜，消磨尽、几英雄。想铁甲重瞳，乌骓汗血，玉帐连空。楚歌八千兵散，料梦魂应不到江东。空有黄河如带，乱山回合云龙。　　汉家陵阙起秋风，禾黍满关中。更戏马台荒，画眉人远，燕子楼空。人生百年如寄，且开怀一饮尽千钟。回首荒城斜日，倚阑目送飞鸿。

**【集评】**

陈廷焯《词则》：声调高朗，直逼幼安。

陈廷焯《云韶集》：天锡词自是稼轩、放翁一派，风骨虽少逊，而词气雄迈，亦不亚苏、辛也。一笔撇开，结笔只宜写景，自有神味。

夏承焘、张璋编选《金元明清词选》：词中隶事用典，当如水入盐，融化无痕。或用翻腾之法，别出新意乃佳。此词彭城怀古，上片用西楚霸王项羽兵败乌江事，下片用项羽戏马台及盼盼燕子楼事。一吊英雄，一悲美人。驱使典故，运用自然。读来回肠荡气，感人至深。唯结句语近颓唐，是其不足。

## 念奴娇

登石头城，次东坡韵

石头城上，望天低吴楚，眼空无物。指点六朝形胜地，惟有青山如壁。蔽日旌旗，连云樯橹，白骨纷如雪。一江南北，消磨多少豪杰。　寂寞避暑离宫，东风辇路，芳草年年发。落日无人松径里，鬼火高低明灭。歌舞尊前，繁华镜里，暗换青青发。伤心千古，秦淮一片明月。

**【集评】**

许昂霄《词综偶评》：“鬼火高低明灭”以上，俱是触目生慨。“歌舞尊前”三句，略推开。“伤心千古”二句，仍收归石城。

陈廷焯《云韶集》：怀古苍茫。天锡长于吊古，古诗亦然，不独工倚声也。一片凄凉之景，自应以悲壮之笔出之。

夏承焘、张璋编选《金元明清词选》：这首《登石头城》词步和苏轼《赤壁》词原韵。上片起句以“石头城上”发调，大气包举，雄浑有力。接着点出石头城所在地。“蔽日旌旗”二句，似指元朝与南宋争战后的凄惨情况。下片“寂寞避暑离宫”五句，写昔日繁华宫苑，于今唯有阴房鬼火。“歌舞尊前”以下，则联系己身已老，岁月无多，对秦淮明月而发思古之幽情。通首思笔俱畅，不为原韵所限，是难得的佳作。

## 卜算子

泊吴江夜见孤雁

明月丽长空，水净秋宵永。悄无乌鹊向南飞，但见孤鸿影。　　自离边塞路，偏耐江波静。西风鸣宿梦魂单，霜落蒹葭冷。

## 小阑干

去年人在凤凰池〔一〕。银烛夜弹丝。沉水香消，梨云梦暖，深院绣帘垂〔二〕。　　今年冷落江南夜，心事有谁知。杨柳风柔，海棠月淡，独自倚阑时。

**【注释】**

〔一〕凤凰池：中书省代称，后指翰林院等文臣清要之地。《晋书·荀勖传》：“勖自中书监除尚书令，人贺之，勖曰：‘夺我凤凰池，诸君何贺耶？'"

〔二〕"沉水香消"三句：沉水，即沉香。梨云：王建《梦梨花》："落落漠漠路不分，梦中唤作梨花云。"

**【集评】**

王奕清《历代词话》引《词苑》：笔情何减宋人。

陈廷焯《云韶集》：一去年，一今年，笔笔直叙，不杂一他意而情态愈见有余。

吴梅《词学通论》：清婉可诵。

夏承焘、张璋编选《金元明清词选》：这首词大约是作者贬官江南后所写的。上片写在翰林院应官时，宾僚宴集情景。下片是写贬官江南后独倚栏干的寂寞心情。把两处的春夜景色做了对比，含蓄地表示了作者的感触。

**【拓展与思考】**

请仿照此词笔法，分别以"去年"、"今年"为上下阕开篇，填《小阑干》词一首。

## 酹江月

### 过淮阴

短衣瘦马，望楚天空阔，碧云林杪。野水孤城斜日里，犹忆那回曾到。古木鸦啼，纸灰风起，飞入淮阴庙〔一〕。椎牛酾酒〔二〕，英雄千古谁吊。　何处漂母荒坟〔三〕，清明落日，肠断王孙草〔四〕。鸟尽弓藏成底

**事[五]，百事不如归好。半夜钟声，五更鸡唱，南北行人老。道傍杨柳，青青春又来了。**

**【注释】**

〔一〕淮阴庙：指淮阴侯韩信之庙。

〔二〕椎牛：杀牛祭祀。

〔三〕漂母：漂洗衣物的老妇。《史记·淮阴侯列传》："信钓于城下，诸母漂，一母见信饥，饭信，竟漂数十日。信喜，谓母曰：'吾必有以重报母。'母怒曰：'大丈夫不能自食，吾哀王孙而进食，岂望报乎！'"

〔四〕王孙草：淮南小山《招隐士》："王孙游兮不归，春草生兮萋萋。"

〔五〕鸟尽弓藏：《史记·淮阴侯列传》："上令武士缚信，载后车。信曰：'果若人言，"狡兔死，良狗烹；高鸟尽，良弓藏；敌国破，谋臣亡"。天下已定，我固当烹。'"

**【集评】**

陈廷焯《词则》：措辞凄警。是"过"字神理。相题行文，不然竟似淮阴吊古题矣。

陈廷焯《云韶集》：先写城势。慷慨悲歌，唤起淮阴。凄恻。结笔绵远。

继昌《左庵词话》：雁门诸作，多感慨苍莽之音，是咏古正格。

**【拓展与思考】**

谈谈萨都剌怀古词的成就。

## 倪　瓒
(1301—1374)

字元镇，号云林居士，又号荆蛮民、幻霞子等，无锡人。博学，好古，有洁癖，家雄于财，居有清闷阁。元顺帝至正初，忽散家财，乘舟往来太湖、松江间。工诗画，为元季四家之一。清人辑有《清闷阁全集》，词集有《云林乐府》。

### 江城子

感旧

窗前翠影湿芭蕉。雨潇潇。思无聊。梦入故园，山水碧迢迢。依旧当年行乐地，香径杳，绿苔饶。　　沉香火底坐吹箫。忆妖娆。想风标。同步芙蓉，花畔赤阑桥。渔唱一声惊梦觉，无觅处，不堪招。

### 江城子

满城风雨近重阳[一]。湿秋光。暗横塘。萧瑟汀蒲，岸柳送凄凉。亲旧登高前日梦，松菊径，也应荒。　　堪将何物比愁长。

**绿泱泱。绕秋江。流到天涯，盘屈九回肠。烟外青蘋飞白鸟，归路阻，思微茫。**

【注释】

〔一〕满城风雨近重阳：惠洪《冷斋夜话》："黄州潘大临工诗，多佳句，然甚贫。东坡、山谷尤喜之。临川谢无逸以书问有新作否。潘答书曰：'秋来景物，件件是佳句，恨为俗氛所蔽翳。昨日闲卧，闻搅林风雨声，欣然起，题其壁曰：'满城风雨近重阳。'忽催租人至，遂败意，止此一句奉寄。"后人遇重阳风雨，常以"满城风雨近重阳"起句。

【拓展与思考】

请试以"满城风雨近重阳"起句，填《江城子》一阕。

## 人月圆

**伤心莫问前朝事，重上越王台。鹧鸪啼处，东风草绿，残照花开〔一〕。　怅然孤啸，青山故国，乔木苍苔。当时明月，依依素影，何处飞来〔二〕。**

【注释】

〔一〕"伤心"以下至换拍：李白《越中览古》："宫女如花满春殿，只今惟有鹧鸪飞。"窦巩《南游感兴》："伤心欲问前朝事，唯见江流去不回。日暮东风青草绿，鹧鸪飞上越王台。"

〔二〕"怅然"以下至歇拍：刘禹锡《石头城》："山围故国周遭在，潮打空城寂寞回。淮水东边旧时月，夜深还过女墙来。"

**【集评】**

陈廷焯《云韶集》：此种笔墨，悲壮风流，独有千古。情景兼到，神味无穷，虽令白石着笔，亦不过是。

《白雨斋词话》：风流悲壮。南宋诸巨手为之，亦无以过。词岂以时代限耶？

况周颐《蕙风词话》：云林词《人月圆》云："怅然孤啸……"李重光《浪淘沙》云："晚凉天净月华开。想得玉楼瑶殿影，空照秦淮。"同一不堪回首。

## 人月圆

**惊回一枕当年梦，渔唱起南津。画屏云嶂，池塘春草〔一〕，无限消魂。　旧家应在，梧桐覆井，杨柳藏门〔二〕。闲身空老，孤篷听雨，灯火江村。**

**【注释】**

〔一〕池塘春草：谢灵运《登池上楼》："池塘生春草，园柳变鸣禽。"

〔二〕"旧家"三句：萧纲《金乐歌》："槐香欲覆井，杨柳正藏鸦。"

**【集评】**

王奕清《历代词话》：词意高洁。

陈廷焯《云韶集》：感慨不尽，凄秀绝伦。

夏承焘、张璋编选《金元明清词选》：这首小令上片首两句笼罩全篇。"画屏"二句，乃回忆梦中之景。下片"梧桐"二句是回忆梦中之人。末尾“孤篷”二句承“渔唱”而来，才写现在景物。如此穿插写来，结构严密。

## 太常引

伤逝

门前杨柳密藏鸦。春事到桐花。敲火试新茶。想月佩、云衣故家。　苔生雨馆，尘凝锦瑟，寂寞听鸣蛙。芳草际天涯。蝶栩栩、春晖梦华。

**【集评】**

卓人月、徐士俊《古今词统》：幽异空冷，便是老迂一幅画。

## 柳梢青

赠妓小琼英

楼上玉笙吹彻。白露冷、飞琼佩玦。黛浅含颦，香残栖梦，子规啼月。　扬州往事荒凉，有多少、愁萦思结。燕语空梁，鸥盟寒渚，画阑飘雪。

**【集评】**

王奕清《历代词话》:又何其婉转多风如是。

## 南乡子

东林桥雨篷梦归

篷上雨潺潺。篷底幽人梦故山。涧户林扉元不闭，萧闲。只有飞云可往还。　波冷玉珊珊。一壑松风引佩环。咏得池塘春草句，更阑。行尽千峰半霎间。

## 邵亨贞
(1309—1401)

字复孺，号清溪，云间(今上海松江)人，原籍严陵(今浙江桐庐)。曾任松江训导。有《野处集》、《蚁术诗选》、《蚁术词选》等，存诗300余首，词143首。

**【总评】**

郑文焯《蚁术词选跋》：兹编拟古诸作，或犹凝滞于物，未尽切情。然其好学深思，匪苟为嗣音而已。若夫流连光景，感旧伤时，《黍离》一歌，托寄遥远。后录益臻所造精微，足张一帜于风靡波颓之际，独与古人精神往来，歌哭出地，繁变得中。讵可以去古愈远，惩于鄙俚之音而少之哉?

陈廷焯《云韶集》：复孺词风流楚楚，去宋渐远。

又：复孺小令极有远韵。

况周颐《历代两浙词人小传序》：下逮有元，仇仁近趾美于前，其词清丽和雅；邵复孺耀藻于后，其词遒秀精密：盖犹有两宋之遗音焉。

### 虞美人

壬子岁元夕，与郴仲义同客横泖[一]，义约予偕作词，纪节序。予应之曰："古人有观灯之乐，故形之咏歌，今何所见而为之乎?"义曰："姑写即景可也。"夜枕不寐，遂成韵语。时予有子夏之戚[二]，每无欢声。诘朝相见，而义词竟不成云。

其二

无情世事催人老。不觉风光好。江南无处不萧条。何处笙歌灯火、作元宵。　　承平父老头颅改。就里襟怀在。相逢不忍更论心。只向路旁握手、共沉吟。

【注释】

〔一〕郝仲义：名经，字仲谊，一作仲义，号观梦道士、西清居士，海陵（今江苏泰州）人。元进士，官至浙江省考试官。工词曲。横泖：横浦、泖湖，均在松江（今属上海）。

〔二〕子夏之戚：又称“西河之戚”，指丧子之痛。《史记·仲尼弟子列传》：“子夏居西河教授，为魏文侯师，其子死，哭之失明。”

## 浣溪沙

早春

残雪楼台试晚晴。锁香帘幕酿微酲。浅寒灯市有人行。　　别院金刀裁白苎，谁家银烛度瑶筝。早春天气已关情。

## 清平乐

### 梨花

绿房深窈。疏雨黄昏悄。门掩东风春又老。琪树生香缥缈。　一枝晴雪初干。几回惆怅东阑。料得和云入梦，翠衾夜夜生寒。

## 蝶恋花

燕子楼边春意早〔一〕。楼上红妆，何似当时好。一自画眉人去了〔二〕。梦魂暗逐天涯草。　蹋蹋马蹄江路杳。数尽归期，屈指东风老。惆怅一春欢事少。几回月落纱窗晓。

**【注释】**

〔一〕燕子楼：在今江苏徐州。白居易有《燕子楼序》，传楼为唐尚书张建封爱妾关盼盼所居，张死后，关念旧不嫁，独居此楼十余年。

〔二〕画眉人：《汉书·张敞传》："为妇画眉，长安中传张京兆眉怃。有司以奏敞，上问之，对曰：'臣闻闺房之内，夫妇之私，有过于画眉者。’上爱其能,弗备责也。”薛道衡《豫章行》:“空忆常时角枕处,无复前日画眉人。”

## 虞美人

天台洞口桃开了。无奈刘郎老〔一〕。多情何苦叹途穷。人与花枝都在、暗尘中。
个人那日犹痴小。帘底秋波渺。别来几度见春风〔二〕。应是门前花落、水流东。

**【注释】**

〔一〕“天台”二句:用汉代刘晨、阮肇天台遇仙事。《艺文类聚》引刘义庆《幽明录》:“汉帝永平五年,剡县刘晨、阮肇共入天台山,度山,出一大溪,溪边有二女子,姿质妙绝,遂留半年。怀土求归。既出。亲旧零落,邑屋改异,无复相识。讯问得七世孙。”

〔二〕别来几度见春风:欧阳修《朝中措》:“手种堂前垂柳,别来几度春风。”

## 浪淘沙

佳丽古神州。画出营丘。龙飞凤舞小瀛洲。一自水流东去后,多少离愁。　湖上泛龙舟。歌吹悠悠。翠华黄屋旧曾游。王气消沉遗恨在,烟水空流。

## 摸鱼子

岁晚感怀寄南金

见梅花、一番惊感，天时人事如许。星霜冉冉东流水，牢落少年心绪。时自语。甚门外、风埃绿鬓生尘土。故人间阻。奈岁晚相思，云寒怅望，此意转凄楚。　　髫年梦，俯仰已成今古。人生几度欢聚。故乡景物浑非旧，愁里匆匆时序。能记否。记翦烛西窗，暝坐听风雨。春来更苦。奈酒量微增，诗情未减，何处唤俦侣。

## 贺新郎

沙德润、任以南相与追和贯酸斋《琵琶词》韵〔一〕，拉予同赋。第元韵出入，读之不纯也。

马上貂裘裂。料明妃、几番回首，旧家陵阙〔二〕。留得胡沙千年恨，写入冰弦四列。想历遍、关河风雪。弹动伊凉哀怨曲〔三〕，把梨园、风韵都销歇。南部乐，向谁说。

多情只记潇湘瑟。纵而今、宫移羽换，此怀难竭。便有传来中原谱，终带穹庐烟月。甚长是、未歌先咽。顾曲周郎今已矣[四]，满江南、谁是知音客。人世事，几圆缺。

【注释】

〔一〕贯酸斋：即贯云石(1286—1324)，回鹘人，别号酸斋。

〔二〕“料明妃”二句：杜甫《咏怀古迹》其三：“千载琵琶作胡语，分明怨恨曲中论。”姜夔《疏影》：“昭君不惯胡沙远，但暗忆、江南江北。”

〔三〕伊凉：《伊州》、《凉州》，唐大曲名。

〔四〕顾曲周郎：《三国志·吴书·周瑜传》：“瑜少精意于音乐，虽三爵之后，其有阙误，瑜必知之，知之必顾，故时人谣曰：‘曲有误，周郎顾。’”

## 兰陵王

岁晚忆王彦强而作[一]

暮天碧。长是登临望极。松江上，云冷雁稀，立尽斜阳耿相忆。凭阑起叹息。人隔。吴王故国。年华晚，烟水正深，难折梅花寄寒驿[二]。　东风旧游历。记草暗书帘，苔满吟屐。无情征旆催离席。嗟月堕寒影，夜移清漏，依稀曾向梦里识。恍疑见颜色〔三〕。　　空惜。鬓毛白。恨莫趁金鞍，犹误尘迹。何时弭棹苏台侧。共漉酒纱帽〔四〕，放歌瑶瑟。春来双燕，定到否，旧巷陌。

【注释】

〔一〕王彦强：王中立，字彦强，一字振之，松江人。官至松江知府。善绘花鸟，为词人同乡兼好友。

〔二〕"难折"句：《太平御览》引盛弘之《荆州记》："陆凯与范晔相善，自江南寄梅一枝诣长安与晔，并赠诗曰：'折花逢驿使，寄与陇头人。江南无所有，聊赠一枝春。'"

〔三〕恍疑见颜色：杜甫《梦李白》："落月满屋梁，犹疑照颜色。"

〔四〕漉酒纱帽：《南史·陶渊明传》："郡将候潜，值其酒熟，取头上葛巾漉酒，毕，还复著之。"

【集评】

吴梅《词学通论》：及邵复孺出，合白石、玉田之长，寄烟柳斜阳之感。其《扫花游》、《兰陵王》诸作尤近梦窗，殿步一朝，良无愧怍。

夏承焘、张璋编选《金元明清词选》：这首词是长调，分上、中、下三片。凡三片的词，前两片意多相近，换意多在下片。此词上片写岁晚登临，怀念故人。中片承上，追忆往日游历的情景和别后的忆念与梦思。下片转写老境的蹉跎。结拍"春来双燕"几句，则又一笔荡开，故发一问，而寄情无限。此词钩锁精密，曲折相关。结句以缩为收，留下了想象的余地。

# 明词

## 【概况】

明代文学的断限起于洪武元年(1368),终于崇祯十七年(1644)。本书拟将明词分为四个时期,分别为明初词坛(1368—1398),建文至成化词坛(1399—1487),弘治至嘉靖词坛(1488—1566),明末词坛(1567—1644)。

关于明词定位,清人陈廷焯《白雨斋词话》有一著名论断:"词兴于唐,盛于宋,衰于元,亡于明,而再振于我国初,大畅厥旨于乾嘉以还也。"吴梅《词学通论》也认为"词亡于明",可见有清以来对明词的评价。但随着当代词集整理与词学研究的深入,仍有必要重新考察"词亡于明"这一话题。就词家词作数量而言,《全明词》、《全明词补编》计收词人1900余家,词作26000余首,在数量上与宋词相当,远超金、元。其次,涌现出大量的名家名作。此外,至明末云间词派,已经开始将《诗》比兴寄托的原则运用到词的写作中，开启了清词尊体的思路。最后，有学者认为，明词具备独特的风格与特色，即尚艳、好浅、趋俗，区别于宋词、清词，是词史的重要组成部分。

**【参考书目】**

饶宗颐初纂，张璋总纂《全明词》，中华书局 2004 年版。

周明初、叶晔编《全明词补编》，浙江大学出版社 2007 年版。

张仲谋《明词史》（修订本），人民文学出版社 2015 年版。

余意《明代词史》，北京大学出版社 2016 年版。

罗宗强《明代文学思想史》，中华书局 2013 年版。

左东岭《明代文学思想研究》，商务印书馆 2013 年版。

## 刘 基
(1311—1375)

字伯温，处州青田(今属浙江)人。元统元年(1333)进士，至正二十年(1360)为朱元璋聘至应天。洪武三年(1370)封诚意伯。洪武八年因病回乡，卒于家。有《诚意伯文集》，附词集《写情集》。洪武十三年，次子刘仲璟付刻《写情词》，凡四卷，收词242首，今存词243首。

**【总评】**

叶蕃《写情集序》：先生于元季，蚤蕴伊吕之志，遭时变更，命世之才，沉于下僚，浩然之气，厄于不用，因著书立言，以俟知者。其经济之大，则垂诸《郁离子》；其诗文之盛，则播于《覆瓿集》；风流文采英余，阳春白雪雅调，则发泄于长短句也。或愤其言之不听，或郁乎志之弗舒，感四时景物，托风月情怀，皆所以写其忧世拯民之心，故名之曰《写情集》。厘为四卷。其辞藻绚烂，慷慨激烈，盎然而春温，肃然而秋清，靡不得其性情之正焉。宜其遇知圣主，君臣同心，拨乱世，反之治，以辅成大一统之业，垂宪于万世也。先生当是之时，深知天命之有在。其盖世之姿，雄伟之志，用天下国家之心，得不发为千汇万状之奇而龙翔虎跃也？呜呼！千载之前，千载之后，英迈挺卓，能几人哉！

朱彝尊《词综·发凡》：温雅芊丽，咀宫含商。

许田《屏山词话》：刘青田系元时人，故词绝似天锡、蜕岩诸公，足为有明一代之冠。余绝爱其咏蛙、咏愁及游丝数阕，寄托遥远，音韵窈渺，非流连光景，资酒边灯下之吟唱已也。

陈廷焯《白雨斋词话》：伯温词秀炼入神，永乐以后诸家远不能及。

王国维《人间词话》：明初诚意伯词，非季迪、孟载诸人所敢望也。

吴梅《词学通论》：公诗为开国第一，词则与季迪并称。其佳处虽不逮宋人，固足为朱明冠冕也。小令颇有思致，如《临江仙》、《小重山》、《少年游》诸作,清逸可诵,惟气骨稍薄耳。盖明初诸家,尚不失正宗,所可议者,气度之间,终不如两宋。……迨季世陈卧子出,能以秾丽之笔,传凄婉之神,始可当一代高手。此明词大略也。公词于长调不擅胜场。小令如《谒金门》云:"风袅袅。吹绿一庭春草。"《转应曲》云:"秋雨。秋雨。窗外白杨自语。"《青门引》云:"相怜自有明月,照人肺腑清如水。"《渔家傲》云:"乱鸦啼破楼头鼓。"《踏莎行》云:"愁如溪水暂时平,雨声一夜依然满。"《渡江云》云:"定巢新燕子,睡起雕梁,对立整乌衣。"此皆清俊绝伦者也。

## 水龙吟

鸡鸣风雨潇潇〔一〕,侧身天地无刘表〔二〕。啼鹃迸泪,落花飘恨〔三〕,断魂飞绕。月暗云霄,星沉烟水,角声清袅。问登楼王粲〔四〕,镜中白发,今宵又添多少。　极目乡关何处,渺青山、髻螺低小〔五〕。几回好梦,随风归去,被渠遮了。宝瑟弦僵,玉笙指冷,冥鸿天杪〔六〕。但侵阶莎草,满庭绿树,不知昏晓。

**【注释】**

〔一〕鸡鸣风雨潇潇:《诗经·郑风·风雨》:"风雨凄凄,鸡鸣喈喈。既见君子,云胡不夷?风雨潇潇,鸡鸣胶胶。既见君子,云胡不瘳?风雨如晦,鸡鸣不已。既见君子,云胡不喜?"《毛诗序》:"乱世则思君子不改其度焉。"

〔二〕侧身天地无刘表:侧身,忧惧不安之意,《诗·大雅·云汉序》："遇灾而惧，侧身修行。" 孔颖达疏："侧者，不正之言，谓反侧也。忧不自安，故处身反侧。" 杜甫《将赴成都草堂途中有作》："侧身天地更怀古。"刘表，汉末荆州刺史，中原战乱，荆州安定，士多依之。

〔三〕"啼鹃"二句：杜甫《春望》："感时花溅泪，恨别鸟惊心。"

〔四〕登楼王粲：王粲依荆州刘表，意不自得，且有家国丧乱之痛，作《登楼赋》，赋中既表达了"虽信美而非吾土兮，曾何足以少留"的思归之意，又有"惟日月之逾迈兮，俟河清其未极。冀王道之一平兮，假高衢而骋力"的建功立业之志。

〔五〕髻螺：盘成螺形的发髻，此处指青山。

〔六〕冥鸿：高飞的鸿雁。扬雄《法言》："鸿飞冥冥，弋人何慕焉。"词句暗用嵇康《赠兄秀才入军》："目送归鸿，手挥五弦。"

**【集评】**

陈霆《渚山堂词话》：刘伯温有《写情集》，皆词曲也。惟其大阕颇窒滞，惟小令数首，觉有风味。故予所选小令独多，然视宋人亦远矣。刘未遇时，尝避难江湖间。往见有《水龙吟》一阕云……此词当是无聊中作。"风雨潇潇"、"不知昏晓"，则有感于时代之昏浊，而世无刘表、"登楼王粲"，则自伤于身世之羁孤。然孰知其不得志于前元者，乃天特老其材，将以贻诸皇明也哉？是则适为大幸也。

夏承焘、张璋编选《金元明清词选》引徐珂：伯温为元进士，入明以佐命功显，封诚意伯。此词为未遇时作。

夏承焘、张璋编选《金元明清词选》：这首词是作者未显达前所作。上片"鸡鸣风雨潇潇"二句，似说元末动荡的形势，却没有刘表这样的人物可以投依。接下"啼鹃迸泪"三句，是"感时花溅泪"之意。"月暗"以下几句，以王粲作客他乡、登楼作赋自比。下片承"登楼"意，凭高眺远，未能还家，而弦僵指冷，只有目送飞鸿，聊寄乡思而已。"不知昏晓"，与起句关合，反映了他对形势的看法。这首词出豪雄于婉约，所谓百炼钢化为绕指柔者近之。

严迪昌编选《金元明清词精选》：此词所有意象无不在前人笔下屡见，但刘基却运用强化、叠进的手法，如画手着色不怕重彩似的，激活出一种情感的力度。从而予人以凝重、沉郁、盘结难解的压抑感。这需要一股情韵生气贯联，否则徒见藻绘而难达到上述效果。这股“气”就是“侧身天地无刘表”的慷慨不平的怨怒气，唯其如此，也就与历史上的王粲那种一介书生式的失意牢骚区划开来。……任何“陈辞”、“熟词”一旦被真实深切的情思重铸后，其潜在的意蕴仍能出新，这肯定是条规律。更需注意的是，形似雷同的语言，经各自所怀之“气”鼓动后，效应亦自迥异，这乃个性的艺术力量表现。刘基此词虽也用“啼鹃”、“落花”、“宝瑟”、“玉笙”等，读时绝无软性感，当然更无脂粉气。它所表现的力度是英雄失落的凄紧所致，与常见的伤春悲秋，文人情怀的浪费挥洒，不能同日而语。

## 如梦令

昨夜五更风雨。吹尽一汀红树。旷野寂无人，漠漠淡烟荒楚。日暮。日暮。谁与暝鸦为主？

## 如梦令

题画

草际斜阳红委。林表晴岚绿靡。何许一渔舟，摇动半江秋水。风起。风起。棹入白蘋花里。

**【集评】**

陈廷焯《云韶集》:题画妙,以假为真,从少陵“堂上不合生枫树,怪底江山起烟雾”化出。

## 怨王孙

鳞羽。路阻。佳人何处。木落山寒,江空岁暮。明镜飞上青天。照无眠。　海风裂地鲸鱼死。三万里。水击蓬莱徙。不禁清泪,暗里洒向孤灯。结成冰。

## 菩萨蛮

冰澌着树成云朵。林稍白月欹将堕。户下有啼乌。如悲良夜徂。　兰芳销翠被。凄恻惊眠起。起坐待天明。飞霜入鬓清。

## 菩萨蛮

越城晚眺

西风吹散云头雨。斜阳却照天边树。树

色荡湖波。波光艳绮罗。　征鸿何处起。点点残霞里。月上海门山。山河莽苍间。

## 眼儿媚

烟草萋萋小楼西。云压雁声低。两行疏柳，一丝残照，数点鸦栖。　春山碧树秋重绿，人在武陵溪。无情明月，有情归梦，同到幽闺。

**【集评】**

陈霆《渚山堂词话》："云压雁声低"与"春山碧树秋重绿"二语动人，或谓未经前人道破。以予所见，亦转换"云开雁路长"与"春草秋更绿"耳。

陈廷焯《云韶集》："云压雁声低"五字警绝。深深楚楚，元人得意之笔。

## 浪淘沙

感事

天际草离离。鸿雁南归。冷烟凝恨锁斜晖。蝴蝶不知身是梦，飞上寒枝。　惆怅倚阑时。总是伤悲。绝怜红叶似芳菲。清露自凋枫自落，没个人知。

【集评】

吴衡照《莲子居词话》：青田“蝴蝶不知身是梦，飞上寒枝”，翻用《南华》，有作熟还生之妙。

## 青门引

采采黄金蕊。遥见晚山横翠。重门深掩一庭风，沽来潃酒，能得几回醉。　草黄云白鸿千里。落日寒烟起。相怜自有明月，照人肺腑清如水。

【集评】

沈雄《古今词话》引江尚质语：“相怜自有明月，照人肺腑清如水。”……皆妙丽入神句。

## 摸鱼儿

伤春

问春光、尚余几许。伤心前夜风雨。夭桃艳杏都吹尽，兰茝变成荒楚。春欲去。但渺渺、青烟白水迷津渚。多情杜宇。有恨血滋宵，哀音破晓，千叫一延伫。　蓬莱路。还是鲸涛间阻。神仙缥缈何处。琼楼玉殿深留景，不见下方尘土。谁最苦。暝色滞、双飞燕子归无主。那堪诉与。又暗壁残灯，重门转漏，呜咽梦中语。

## 高 启
(1336—1374)

字季迪,号槎轩,长洲(今江苏苏州)人。洪武初,以荐参修《元史》,授翰林院国史编修官,后擢户部右侍郎,辞官归。因为好友魏观作《郡治上梁文》,有"龙蟠虎踞"四字,获罪腰斩。有《高太史大全集》,存诗900余首,词32首。

**【总评】**

胡玉缙《四库未收书目提要续编·扣舷集》:启诗才富健,允称巨擘。其词则驿骑于宋、元之间,虽未能深造,而和雅流丽,秀雅天成,亦不愧为作手。盖诗人之言,清新华妙,与词人之妖冶淫荡者殊也,使终其天年,当不止是。乃知明祖之诛之,实天之忌之矣。

陈廷焯《云韶集》:青丘词,信笔写去,不留滞于古,别有高境。

### 念奴娇

自述

策勋万里,笑书生、骨相有谁曾许〔一〕。壮志平生还自负,羞比纷纷儿女。酒发雄谈,剑增奇气,诗吐惊人语。风云无便,未容黄鹄轻举〔二〕。　何事匹马尘埃,东西南北,十载犹羁旅。只恐陈登容易笑〔三〕,负却

**故园鸡黍。笛里关山，樽前日月，回首空凝伫。吾今未老，不须清泪如雨。**

**【背景】**

元至正二十一年(1361)，嘉兴相士薛月鉴访高启，言其有万里封侯之相。高启作词自述，另有《赠薛相士》诗。

**【注释】**

〔一〕"策勋万里"句：用班超事。范晔《后汉书·班超传》："永平五年，兄固被召诣校书郎，超与母随至洛阳。家贫，常为官佣书以供养。久劳苦，尝辍业投笔叹曰：'大丈夫无它志略，犹当效傅介子、张骞立功异域，以取封侯，安能久事笔砚间乎？'左右皆笑之。超曰：'小子安知壮士志哉？'其后行诣相者，曰：'祭酒，布衣诸生耳，而当封侯万里之外。'超问其状。相者指曰：'生燕颔虎颈，飞而食肉，此万里侯相也。'"

〔二〕黄鹄轻举：用田饶事。《韩诗外传》："田饶事鲁哀公而不见察，田饶谓哀公曰：'臣将去君，黄鹄举矣。'哀公曰：'何谓也？'曰：'君独不见夫鸡乎！……鸡有此五德，君犹日瀹而食之者，何也？则以其所从来者近也。夫黄鹄一举千里，止君园池，食君鱼鳖，啄君黍粱，无此五者，君犹贵之，以其所从来者远矣。臣将去君，黄鹄举矣！'"李白《古风》其十五："燕昭延郭隗，遂筑黄金台。剧辛方赵至，邹衍复齐来。奈何青云士，弃我如尘埃。珠玉买歌笑，糟糠养贤才。方知黄鹄举，千里独徘徊。"

〔三〕只恐陈登容易笑：《三国志·陈登传》："许汜与刘备并在荆州牧刘表坐。表与备共论天下人，汜曰：'陈元龙湖海之士，豪气不除。'……备问汜：'君言豪，宁有事邪？'汜曰：'昔遭乱过下邳，见元龙。元龙无客主之意，久不相与语，自上大床卧，使客卧下床。'备曰：'君有国士之名，今天下大乱，帝王失所，望君忧国忘家，有救世之意，而君求田问舍，言无可采，是元龙所讳也，何缘当与君语？如小人，欲卧百尺楼上，卧君于地，何但上下床之间邪？'"

# 沁园春

## 雁

木落时来，花发时归，年又一年。记南楼望信〔一〕，夕阳帘外，西窗惊梦〔二〕，夜雨灯前。写月书斜，战霜阵整，横破潇湘万里天。风吹断，见两三低去，似落筝弦。
相呼共宿寒烟。想只在、芦花浅水边〔三〕。恨呜呜戍角，忽催飞起，悠悠渔火，长照愁眠。陇塞间关，江湖冷落，莫恋遗粮犹在田〔四〕。须高举，教弋人空慕，云海茫然〔五〕。

**【注释】**

〔一〕南楼：赵嘏《寒塘》有句“乡心正无限，一雁过南楼”。又高启有《南楼集》。

〔二〕“西窗”句：用李商隐《夜雨寄北》。

〔三〕芦花浅水边：司空曙《江村即事》：“钓罢归来不系船，江村月落正堪眠。纵然一夜风吹去，只在芦花浅水边。”

〔四〕莫恋遗粮犹在田：杜甫《同诸公登慈恩寺塔》：“黄鹄去不息，哀鸣何所投。君看随阳雁，各有稻粱谋。”反用其意。

〔五〕“须高举”三句：扬雄《法言》：“鸿飞冥冥，弋人何慕焉。”陶宗仪《南村辍耕录·论秦蜀》：“如两生、四皓、伏生之流，鸿飞冥冥，弋人何慕，肯摇唇鼓吻，自投于陷阱哉！”

**【集评】**

陈廷焯《白雨斋词话》:此作句句精秀,虽非宋人风格,因自成明代杰作,"横破"七字,精湛而雄秀,真才子之笔。先生能言之,而终自不免,何也?

夏承焘、张璋编选《金元明清词选》:这首雁词末句"须高举,教弋人空慕,云海茫然",意谓自己应像大雁高飞,免受弋人射杀。而作者虽匿迹韬光,终不免腰斩之祸,实堪喟叹。

严迪昌编选《金元明清词精选》:词史上足称咏"雁"佳制者有三,在高启之前有南宋末年张炎的《解连环·孤雁》,之后则推清初朱彝尊《长亭怨慢·雁》一阕。如果说,张炎之名句"写不成书,只寄得、相思一点",传述出失群孤冷、落寞凄寂的幽苦心绪;朱彝尊的"渐欹斜、无力低飘,正目送、碧罗天暮。写不了相思,又蘸凉波飞去"表现的是落魄江湖时期那种旧巢已破、新枝无栖的凄惶迷惘的失落感的话,那么,高启的"须高举,教弋人空慕,云海茫然"之唱所抒露的乃是种惊悸中仍不无孤高自信的情态。凡此种种,无不烙有深深的时代印痕和个性特征。咏物之作贵在寄意,然而意之相寄又必凭借物象。有物无意,其作非空即浅;有意无物则易导致或泛或涩,均不是佳构。……"莫恋遗粮犹在田"是自警,也是共勉,为全篇警策句,与现实王权之不合作态度揭明。词之"物"、"我"化合,此句亦系关键。这阕咏雁词笔致细处能不密涩,情思疏旷而别见深沉,最能体现高青丘词风特点。令人大憾的是,"弋人"罗网之细密远胜词人思虑之周详,任你怎样"高举",终竟落入其掌中,"空慕"的转成青丘子自己,可悲。

**【拓展与思考】**

试比较几首咏雁名作,理解咏物词"咏物而不滞于物"的审美理想。

## 沁园春

寄内兄周思谊

忆昔初逢，意气相期，一何壮哉！拟献三千牍，叫开汉阙，蹑一双屩，走上燕台。我劝君酬，君歌我舞，天地疏狂两秀才。惊回首，漫十年风月，四海尘埃。　摩挲旧剑在苔。叹同掩、衡门尽草莱。视黄金百镒，已随手去，素丝几缕，欲上头来。莫厌栖栖，但存耿耿，得失区区何足哀。心惟愿，长对尊中酒满，树上花开。

**【拓展与思考】**

高启的生平、命运历来让文人感慨。分析其坐罪之因，除《上梁文》与《宫女图》外，同时与近代的学者均提到当时惨酷的文人生态。如《明通鉴》："寰中士大夫不为君用，罪至抄札。"黄景昉《国史唯疑》："高季迪编修辞户部侍郎之擢，力请罢归，意但求免祸耳，非有他也。卒死魏观难。时方严不为君用之禁，其肯为山林宽乎？"试比较两首《沁园春》的内容、心态，结合作者生平，理解明初的文人命运与时代氛围。

## 江城子

江上偶见

芙蓉裙衩最宜秋。柳边头。自撑舟。一道眼波，斜共晚波流。蓦地逢人回首笑，不识恨，却知羞。　夕阳犹在水西楼。慢归休。欲相留。教唱弯弯，月子照湖州。不怕鸳鸯惊起了，怕江上，有人愁。

**【集评】**

赵尊岳《惜阴堂汇刻明词·〈扣舷词〉提要》：词凡三十二首，虽较柔脆，而思理才情，咸臻上乘。旖旎特甚者，如《江城子》……《天仙子》："此夜江云迷叠嶂，好梦欲归难倚杖。已凉未冷恼人天，眠一晌，坐一晌。白发朝朝应几丈。"

## 疏帘淡月

秋柳

残丝恨结。是弱舞初阑，困眠才歇。绿少黄多，错认早春时节。西风也送谁离别。断长条、似人攀折。谩思曾见，燕边分翠，马头吹雪。　君莫问、隋宫汉阙。总寒烟细雨，晓风残月。不带流莺，却带断蝉悲咽。老来肠绪应愁绝。江南横管吹切。莫欺憔悴，明年依旧，万阴成列。

## 行香子

芙蓉

如此红妆。不见春光。向菊前、莲后才芳。雁来时节，寒沁罗裳。正一番风，一番雨，一番霜。　　兰舟不采，寂寞横塘。强相依、暮柳成行。湘江路远，吴苑池荒。恨月蒙蒙，人杳杳，水茫茫。

**【集评】**

陈廷焯《云韶集》：笔致自佳。情辞婉转，感叹有神。

吴梅《词学通论》：青邱乐府，大致以疏旷见长。《行香子·赋芙蓉》，亦一时传诵者也。

《续修四库全书总目提要·扣舷词》：是编凡三十二阕，《古今词话》云："青邱乐府，大致以疏旷见长。盖启天资聪颖，故所作圆融流丽，工力虽未臻两宋，然在明初词中，自可名其家矣。其最著《行香子·咏芙蓉》云……可谓极清远绸缪之致者矣。"

## 水龙吟

画红竹

淇园丹凤飞来，几时留得参差翼。箫声吹断，彩云忽堕，碧云犹隔。想是湘灵，泪弹多处，血痕都积。看萧疏瘦影，隔帘欲动，应似落花狼藉。　莫道清高也俗，再相逢、子猷还惜。此君未老，岁寒犹有，少年颜色。谁把珊瑚，和烟换去，琅玕千尺。细看来、不是天工，却是那春风笔。

## 石州慢

春思

落了辛夷，风雨顿催，庭院潇洒。春来长恁，乐章懒按，酒筹慵把。辞莺谢燕，十年梦断青楼，情随柳絮犹萦惹。难觅旧知音，把琴心重写。　妖冶。忆曾携手，斗草阑边，买花帘下。看鹿卢低转，秋千高打。如今何处，总有团扇轻衫，与谁更走章

**台马。回首暮山青，又离愁来也。**

【集评】

沈雄《古今词话》:青邱乐府大致以疏旷见长,而《石州慢》又极缠绵之极,绿杨芳草,年少抛人,晏元献何必不作妇人语。

## 杨　基

(1326—1378)

字孟载，号眉庵，原籍嘉州(今四川乐山)，后家吴中。元末入张士诚幕为记室，后辞去。明初为荥阳知县，累官至山西按察使，后被谗夺官，罚服劳役，死于工所。有《眉庵集》十二卷，存词70余首。

**【总评】**

胡应宸《兰皋明词汇选》：卧子论廉访诗如三吴少年，轻俊可喜，所乏庄雅。予谓庄雅固诗人首推，轻俊实词家至宝。盖诗不庄雅必无风格，词不轻俊必无神韵。况其苍雅幽艳，又有不专以轻俊见者，然则孟载之诗与词，未易同日语矣。

### 清平乐

折柳

欺烟困雨。拂拂愁千缕。曾把腰肢羞舞女。赢得轻盈如许。　犹寒未暖时光。将昏渐晓池塘。记取春来杨柳，风流全在轻黄。

**【集评】**

陈霆《渚山堂词话》：杨孟载《清平乐·新柳》："犹寒未暖时光。将昏渐晓池塘。记取春来杨柳，风流全在轻黄。"状新柳妙处，数句尽之，古今人未曾道著。歌此阕者，想见芳春媚景，暝色入帘，残月戒曙，身在芳塘之上，徘徊容与也。唐人所谓“最是一年春好处，绝胜烟柳满皇都”、“诗家清景在新春，绿柳才黄半未匀”，虽谙此风致，然特概言耳。

朱庸斋《分春馆词话》：明初杨基《眉庵词》，承元人张翥遗绪，小词清新典丽，笔触细致。其《清平乐》云：……五六句仿佛少游，得北宋空灵之致。

夏承焘、张璋编选《金元明清词选》：韩愈以“草色遥看近却无”（《早春呈水部张十八员外》）为一年春好之处，其立意与本词“风流全在轻黄”正同。俱能从新生事物着眼，便显得高卓不凡。

## 踏莎行

### 暮春见花

白皱沾苔，红轻惹絮。落花堆积无层数。当时开拆赖东风，飘零还是东风妒。　　宿雨初晴，低烟欲暮。绵绵芳草迢迢路。绿阴深处听啼莺，莺声更在深深处。

**【集评】**

陈霆《渚山堂词话》：杨眉庵《落花词》云：“当时开拆赖东风，飘零还是东风妒。”意甚凄婉。又云：“绿阴深处听啼莺，莺声更在深深处。”语意蕴藉，殆不减宋人也。

**【拓展与思考】**

胡玉缙《四库未收书目提要续编·眉庵词》：“诗、词之界甚严。北宋人词，类皆清新雅正，可以入诗；南宋人诗，类皆流艳巧侧，可以入词;至元,而诗与词几更无别。基生当元季,其诗语之类词者殊夥,朱彝尊《静志居诗话》尝摘出数十联。其词则婉约流利,韶秀独绝,不得不推为词家正宗。盖惟诗近于词,故其词尤胜也。徐泰《诗谈》称其诗‘天机云锦,自然美丽,独时出纤巧,不及高启之冲雅’云云,此即其诗词界限不分处,今移以评其词,则‘云锦美丽’,可为定论矣。”又《续修四库全书总目提要·眉庵词》:“眉庵词饶有新致。《静志居诗话》谓孟载诗‘芳草渐于歌馆密,落花偏向舞筵多’、‘细柳已黄千万缕,小桃初白两三花’等语,试填入《浣溪纱》,皆绝妙好词也。基天资明敏,故出语新俊,如《清平乐》云……《点绛唇》云:‘柳上梅边,那时庭院初相遇。杜鹃啼处。蓦地抛人去。’《浣溪纱》云:‘烟澹澹中青草合。雨丝丝里绿阴多。园林佳处是清和。’又云:‘春纵不归终不住,人重相见更相期。此时端的断肠时。’并清新圆融,便媚柔和。明初词中可与青田、青邱媲美矣。”根据以上材料,结合具体作品,思考诗词互参关系中体现的文体区别、文体与风格的关系、破体为文的优势与问题。

## 贺新郎

### 句曲闲居春暮

自离江西省幕谪句曲,已徂春矣。寓居无聊,未免感时抚事,爰填古词,用拨新闷云。

风晴树阴薄。正帘栊、杨花飞尽,楝花吹落。一径青苔无人到,翠葆时翻露箨。听树顶、长鸣孤鹤。半沼香萍风约住,见新荷、影里双鱼跃。多少恨,顿忘却。　疏狂莫笑今非昨。想当时、狂歌醉舞,转头都错。内苑樱桃纤纤手，劝荐金盘杏酪。梦不到、南薰池阁。世事多因忙里误，算人生、只有闲中乐。且对酒，任漂泊。

## 摸鱼儿

感秋

问黄花、为谁开晚，青青犹绕西圃。秋光赖有芙蓉好，那更薄霜轻雾。江远处。但只见、寒烟衰草山无数。凭阑不语。恨一点飞鸿，数声柔橹，都不带愁去。　　当时梦，空忆邯郸故步。山阳笛里曾赋。黄金散尽英雄老，莫倚善题鹦鹉。君看取。且信提携，如意尊前舞。浮名浪许。要插柳当门，种桃临水，归老旧游路。

**【拓展与思考】**

此词是作者为高启之死而作。请联系元明之际文人生态理解作品。

## 瞿 佑

(1347—1433)

字宗吉，号存斋，又号吟堂，钱塘（今浙江杭州）人。洪武间为仁和训导、临安教谕。永乐间因诗获罪，谪戍保安。洪熙元年（1425）遇赦放还。有《存斋遗稿》、《剪灯新话》等，词集《乐府遗音》，存词225首。

**【总评】**

陈敏政《乐府遗音序》：存斋瞿先生……尤长于诗词，□通音律。其所作乐府，皆可咏可歌。……长短句、南北词直与宋之苏、辛诸名公齐驱。非独词调高古，而其间寓意讽刺，所以劝善而惩恶者，又往往得古诗人之遗意焉。

钱谦益《列朝诗集小传》：宗吉风情丽逸，著《剪灯新话》及乐府歌词，多偎红倚翠之语，为时传诵。

### 鹧鸪天

登吴山瑞云寺阁

醉赴瑶池赏碧莲。经过此地驻吟鞭。长空驻鸟消沉外[一]，落日征鸿灭没边[二]。

吹短笛，问飞仙。海波今见几桑田。雨巾风帽谁知我[三]，透入青冥一点烟[四]。

**【注释】**

〔一〕“长空”句：杜牧《登乐游原》：“长空澹澹孤鸟没，万古销沉向此中。看取汉家何事业，五陵无树起秋风。”

〔二〕辛弃疾《永遇乐·登建康赏心亭》：“落日楼头，断鸿声里。江南游子，把吴钩看了，栏干拍遍，无人会、登临意。”

〔三〕雨巾风帽谁知我：林外《洞仙歌》：“雨巾风帽。四海谁知我。一剑横空几番过。”

〔四〕青冥：青天。

## 八声甘州

至正丙午季秋重到孤苏，登楼有感

倚危楼翘首问天公，何时故乡归。对碧云千里，绿波一道，山色周围。风景不殊畴昔，城郭是耶非〔一〕。满目新亭泪〔二〕，独自沾衣。　　遥望白云飞处，念堂堂甘旨，久误庭闱。况兵尘四起，海内故人稀。负元龙、旧时豪气〔三〕，恨金戈、无计挽斜晖〔四〕。阑干外、白鸥惊起，未信忘机〔五〕。

**【注释】**

〔一〕城郭是耶非：《搜神后记》：“丁令威，本辽东人，学道于灵虚山，后化鹤归辽，集城门华表柱。时有少年举弓欲射之，鹤乃飞，徘徊空中而言曰：‘有鸟有鸟丁令威，去家千年今始归，城郭如故人民非，何不学仙冢累累！’遂高上冲天。”

〔二〕新亭泪:《世说新语》:“过江诸人,每至美日,辄相邀新亭,借卉饮宴。周侯中坐而叹曰:‘风景不殊,正自有山河之异!’皆相视流泪。唯王丞相愀然变色曰:‘当共戮力王室,克复神州,何至作楚囚相对?’”

〔三〕元龙豪气:《三国志》:“陈登者,字元龙,在广陵有威名。又掎角吕布有功,加伏波将军,年三十九卒。后许汜与刘备并在荆州牧刘表坐,表与备共论天下人,汜曰:‘陈元龙湖海之士,豪气不除。’”

〔四〕恨金戈、无计挽斜晖:《淮南子·览冥训》:“鲁阳公与韩构难,战酣日暮,援戈而㧑之,日为之反三舍。”

〔五〕鸥鹭忘机:《列子·黄帝篇》:“海上之人有好鸥鸟者,每旦之海上,从鸥鸟游,鸥鸟之至者百住而不止。其父曰:‘吾闻鸥鸟皆从汝游,汝取来,吾玩之’。明日之海上,鸥鸟舞而不下也。”

## 木兰花慢

### 秋晚城南闲步

向郊原散步,知岁月,又秋深。莽衰草寒烟,汀蒲掩翠,野菊堆金。荒村。悄无人迹,但一渠流水绕城阴。落日群鸦聚散,长空孤鸟消沉。　渔樵旧侣杳难寻。袖手自微吟。对满目青山,横岗断垅,枯木乔林。峰峦四围环绕,恨重重隔断故乡音。安得身生羽翼,抟风飞过遥岑。

## 木兰花慢

### 金故宫太液池白莲

记前朝旧事，曾此地，会神仙。向鸩鹊桥头，花迎风辇，浪捧龙船。繁华已成尘土，但一池秋水浸长天。白鹭曾窥舞扇，青鸾惯递吟笺。　　多情惟有旧时莲。照影夕阳边。甚冷艳幽香，浓涵晚露，澹抹昏烟。堪嗟后庭玉树，共幽兰远向汝南迁。留得宫墙杨柳，一般憔悴风前。

## 杨 慎

(1488—1559)

字用修，号升庵，四川新都人。杨廷和子。正德六年(1511)状元，嘉靖三年(1524)因议大礼遭廷杖削籍，谪云南永昌卫。嘉靖三十八年卒于贬所。天启中，追谥文宪。有《升庵集》、《升庵长短句》、《词品》、《批点草堂诗余》、《词林万选》等，存词367首。

**【总评】**

周逊《刻词品序》：当代词宗。

胡薇元《岁寒居词话》：明人词，以杨用修升庵为第一。

毛先舒《诗辨坻》：有沐兰浴芳、吐云含雪之妙，其流丽辉映，足雄一带，较于《花间》、《草堂》，可谓俱撮其长矣。

胡应宸《兰皋明词汇选》：诗余圣手，自李氏、晏氏、子野、美成外，即推温韦。然识者犹尚其艳，议其促。升庵正妙在艳而不促。

陈廷焯《白雨斋词话》：用修小令，合者有五代人遗意，而时杂曲语，令读者短气。

### 转应曲

银烛。银烛。锦帐罗帏影独。离人无语消魂。细雨斜风掩门。门掩。门掩。数尽寒城更点。

**【集评】**

陈廷焯《云韶集》：其词丽，其笔秀。其句调凄切，在明代便算高手。

吴梅《词学通论》：以词曲论之，如《转应曲》："花落。花落。日暮长门寂寞。"又："门掩。门掩。数尽寒城漏点。"《昭君怨》云："楼外东风到早。染得柳条黄了。低拂玉阑干。怯春寒。"皆不弱两宋人之作。

夏承焘、张璋编选《金元明清词选》：此调始于唐戴叔伦，又名《调笑令》。笔意回环，音调婉转。此词措辞与戴词神似，非仅貌袭。

严迪昌编选《金元明清词精选》：此词三转其韵，形影身心随之三转而渐转渐清晰。第一韵写影，以秾丽的背景（房帏设备）突现"影独"，愈华贵愈清冷。第二韵写形，语默之形相与"细雨斜风"之淅沥构成反差。……第三韵从白天关不住"细雨斜风"，转入夜半三更，"门掩"掩不住"寒城更点"。长夜不寐，心头寒苦，静数更鼓声的心理活动被写尽。"数尽"即数到头，到更点敲完，一夜到天明。此"寒"字真入骨。整个时间推移，情思加浓，全在转韵回环中完成。换韵和平仄互调，以及叠韵的拓宽容量的功能，杨慎把握和运用得极纯熟。仄韵急促，平韵绵悠，与情境的相符之妙，也是此词动人处。

## 南歌子

和王海月

黄鹤蓬莱岛，青凫杜若洲。愁人寂夜梦仙游。不信一身流落、向南州。　　万里家山路，三更海月楼。离怀脉脉思悠悠。何日锦江春水、一扁舟。

## 浣溪沙

燕子衔春入画楼。猧儿撼晓动帘钩。一场残梦五更头。　彩凤琴中弹别调，锦鳞书里诉离愁。相思相忆几时休。

## 浪淘沙

春梦似杨花。绕遍天涯。黄莺啼过绿窗纱。惊散香云飞不去，篆缕烟斜。　油壁小香车。水渺云赊。青楼珠箔那人家。旧日罗巾今日泪，湿尽铅华。

**【集评】**

陈廷焯《云韶集》：情致自佳。凄艳之词，叔原遗响。

## 西江月

天上乌飞兔走，人间古往今来。沉吟屈指数英才。多少是非成败。　富贵歌楼舞榭，凄凉废冢荒台。万般回首化尘埃。只有青山不改。

## 临江仙

滚滚长江东逝水，浪花淘尽英雄。是非成败转头空。青山依旧在，几度夕阳红。　白发渔樵江渚上，惯看秋月春风。一壶浊酒喜相逢。古今多少事，都付笑谈中。

**【集评】**

夏承焘、张璋编选《金元明清词选》：这首题为秦汉开场词，上片只写古来多少英雄成败，只如大浪淘沙转眼成空。下片写江上渔樵闲话，清谈快论，娓娓动听。全篇并未提出秦汉以来任何具体英雄故事，而给人以丰富的想象，此以扫为生法也。前人丁绍仪《听秋声馆词话》以“清空”二字评之，诚然。

严迪昌编选《金元明清词精选》：在时、空的悟解中，“青山依旧在”是不变，“几度夕阳红”是变，“古今多少事”没一件不在变与不变的相对运动中流逝，杨慎愈老愈深悟这一点。他靠着它，从“是非成败”的纠葛中解脱出来，活了过来。所以，淡语、轻松语、超脱语，不是人人说得来，说得好，说得深刻的。淡语深刻，绝非文字技巧能获致，但又非凭借举重若轻，漫不经意似的文字功力不可。此或即所谓“无技巧”境界。

**【拓展与思考】**

以上二首为杨慎晚年为《廿一史弹词》（原名《历代史略十段锦词话》）所作开场词，请了解此类作品的艺术特色及影响。

## 长相思

雨声声。夜更更。窗外萧萧滴到明。梦儿怎么成。　　望盈盈。盼卿卿。鬼病恹恹太瘦生。见时他也惊。

**【拓展与思考】**

结合杨慎词作理解明词俗化、曲化的一面。

## 水调歌头

赏牡丹

春宵微雨后，香径牡丹时。雕阑十二〔一〕，金刀谁剪两三枝〔二〕。六曲翠屏深掩〔三〕，一架银筝缓送，且醉碧霞卮〔四〕。轻寒香雾重〔五〕，酒晕上来迟。　　席上欢，天涯恨，雨中姿。向人如诉，飘泊粉泪半低垂。九十春光堪惜，万种心情难写，彩笔寄相思〔六〕。晓看红湿处，千里梦佳期。

**【注释】**

〔一〕雕阑十二：李商隐《碧城》："碧城十二曲阑干，犀辟尘埃玉辟寒。”《太平御览》卷六七四引《上清经》:“元始天尊居紫云之阙,碧霞为城。”

〔二〕金刀:金剪。

〔三〕六曲翠屏:李商隐《屏风》:“六曲连环接翠帷,高楼半夜酒醒时。掩灯遮雾密如此,雨落月明俱不知。”晏殊《蝶恋花》:“六曲阑干偎碧树。杨柳风轻,展尽黄金缕。谁把钿筝移玉柱,穿帘海燕双飞去。”

〔四〕碧霞卮:陆凤藻《小知录》:“青田杯,青玉为之,王母献汉武。”

〔五〕“轻寒”句:指微雨。秦观《浣溪沙》:“漠漠轻寒上小楼。晓阴无赖似穷秋。淡烟流水画屏幽。　　自在飞花轻似梦,无边丝雨细如愁。宝帘闲挂小银钩。”香雾:熏香之烟气。此处也指牡丹着雨的色态。

〔六〕“彩笔”句:用江淹典。又李商隐《牡丹》:“石家蜡烛何曾剪,荀令香炉可待熏。我是梦中传彩笔,欲书花叶寄朝云。”

## 陈　霆
(1479—1560 前后)

字声伯，号水南，浙江德清人。弘治十五年(1502)进士，官至山西提学佥事。不久辞官回乡。嘉靖中，屡荐不出，隐居著述。有《水南稿》十九卷，存词二百二十余首，又有《渚山堂词话》。

**【总评】**

《四库全书总目·〈水南稿〉提要》：是集所载诸诗，意境颇为潇洒，而才气坌涌，信笔而成，故往往不暇检点。……惟诗余一体较工，其豪迈激越，犹有苏辛遗范。末附诗话二卷，中间论词一条，谓“明代骚人多不务此，间有知者，十中之一二”，则其自负亦不浅矣。

### 念奴娇

中秋上刘太守

南楼今夜，恍人间天上，不知何夕。鱼浪纤云都卷尽，万里明河一色[一]。仙桂扶疏，羽衣凉冷，人在清虚窟[二]。嫦娥过我，飞轮碾破秋碧。　太守东阁初开[三]，风流樽俎，催召西清客[四]。未要铜盘烧绛炬，自有清辉飞入。潦倒诗狂，婆娑酒态，醉舞嫌天窄[五]。尘心洗净，玉壶报道欹侧。

【注释】

〔一〕“鱼浪”二句：鱼浪，指鳞纹细浪。明河，星河。

〔二〕“仙桂”三句：神仙所着衣为羽衣，曹植《平陵东行》：“阊阖开，天衢通，被我羽衣乘飞龙。”此处亦指衣衫轻薄。清虚，清虚府或清虚殿，即月宫。

〔三〕“太守”句：东阁开，出自《汉书·公孙弘传》：“数年至宰相封侯，于是起客馆，开东阁以延贤人。”颜师古注：“阁者，小门也，东向开之，避当庭门而引宾客。”后用作咏宰相招揽贤才的典故。

〔四〕西清：司马相如《上林赋》：“青龙蚴蟉于东葙，象舆婉僤于西清。”郭璞注引张揖：“西清者，葙中清净处也。”后指帝王宫内游宴之处。又宋龙图、天章、宝文诸阁，通称“西清诸阁”，因其位序在正殿西南。

〔五〕“潦倒”三句：贯云石《双调清江引》：“弃微名去来心快哉。一笑白云外。知音三五人，痛饮何妨碍。醉袍袖舞嫌天地窄。”

## 点绛唇

### 渔舟吹笛

碧水澄秋，丝纶卷尽斜阳影。小舟维定。蓼岸西风冷。　横管孤吹，有调无人听。长江静。眠鸥惊醒。冲入苍烟暝。

## 踏莎行

### 晚景

流水孤村〔一〕，荒城古道〔二〕。槎牙老木乌鸢噪〔三〕。夕阳倒影射疏林〔四〕，江边一带芙蓉老〔五〕。　风暝寒烟，天低衰草。登楼望极群峰小。欲将归信问行人，青山尽处行人少〔六〕。

**【注释】**

〔一〕流水孤村：秦观《满庭芳》："山抹微云，天连衰草，画角声断谯门。暂停征棹，聊共引离尊。多少蓬莱旧事，空回首、烟霭纷纷。斜阳外，寒鸦万点，流水绕孤村。"

〔二〕荒城古道：白居易《赋得古原草送别》："远芳侵古道，晴翠接荒城。"

〔三〕槎牙老木乌鸢噪：王安石《虎图》："槎牙死树鸣老乌，向之俯噣如哺雏。"

〔四〕夕阳倒影射疏林：马致远《拨不断》："夕阳倒影松阴乱。"

〔五〕江边一带芙蓉老：李贺《江楼曲》："楼前流水江陵道，鲤鱼风起芙蓉老。"

〔六〕欲将归信问行人，青山尽处行人少：欧阳修《踏莎行》："寸寸柔肠，盈盈粉泪。楼高莫近危阑倚。平芜尽处是春山，行人更在春山外。"

**【集评】**

陈廷焯《云韶集》：有情有景，有笔有词，居然作手。写出旅次荒景。

夏承焘、张璋编选《金元明清词选》:此词善于熔化古人成句,流转自然,一如己出。然新意不多,是其所短。

## 酹江月

### 梅

疏枝冷干,向水边篱落,背人幽独。凭仗东君能慰藉,特遣阳和先属。比雪裁花,临池顾影,百卉皆羞缩。一清相映,白驹人在空谷。　　曾记腊雪晴时,瘦藤敝氅,行绕孤山麓。月到横梢钟已静,时有禽翻霜竹。饮散罗浮,信迟驿使,幽梦应难续。小轩孤倚,七弦弹遍冰玉。

## 陈 铎

(1488? —1521?)

字大声，号秋碧，又号七一居士，下邳(今江苏新沂)人。弘治、正德间人，袭济川卫指挥使。词曲兼擅，有“乐王”之称。有词集《草堂余意》，乐府《秋碧乐府》等，存词147首。

**【背景】**

周晖《金陵琐事》：指挥陈铎以词曲驰名，偶因卫事谒魏国公于本府。徐公问：“可是能词曲之陈铎乎？”陈应之曰：“是。”又问：“能唱乎？”铎遂袖中取出牙板，高歌一曲。徐挥之去，乃曰：“陈铎是金带指挥，不与朝廷作事，牙板随身，何其卑也。”

顾起元《客座赘语》：大声为武弁，尝以运事至都门。客召宴，命教坊子弟度曲侑之，大声随处雌黄，其人距不服，盖初未知大声之精于音律也。大声乃手揽其琵琶，从座上快弹唱一曲，诸子弟不觉骇伏，跪地叩头曰：“吾侪未尝闻且见也。”称之曰“乐王”。自后教坊子弟，无人不愿请见者，归来问馈不绝于岁时。

况周颐《蕙风词话》：《坐隐先生精选草堂余意》……词全和《草堂》韵，每音调名下，径题元作者姓名。唯一人两调相连，则第二阕题陈大声。

**【总评】**

陈霆《渚山堂词话》；江东陈铎大声，尝和《草堂诗余》，几及其半，辄复刊布江湖间。论者谓其以一人心力，而欲追袭群贤之华妙，徒负不自量之讥。盖前辈和唐音者，胥以此故，为大力所不许。大声复冒此禁，何也？然以其酷拟前人，故其篇中亦时有佳句。四言如“娇云送马，高林回鸟，远波低雁”，五言如“飞梦去江干，又添驴背寒”、“饥乌啄琼树，寒波净银塘”、“香浮残雪动，影弄寒蟾小”，六言如“长日余花自落，无风弱柳还摇”……凡此颇婉约清丽，使其用为己调，当必擅声一时，而以之追步古作，遂蹈村妇斗美毛、施之失，盖不善用其长者也。

况周颐《蕙风词话》：陈大声词，全明不能有二。《坐隐先生草堂余意》……其词境约略在余心目中，兼《乐章》之敷腴，《清真》之沉着，《漱玉》之绵丽，南渡作者，非上驷未易方驾。明词往往为人指摘，一陈先生掩百瑕而有余。

又：其词超澹疏宕，不琢不率，和何人韵，即仿其人体格。即如淮海、清真、漱玉诸大家，置本集中，虽识者不能辨。昔人谓词绝于明，观于大声之作，斯言殆未为信。

又：陈大声《草堂余意》具淡、浓二字之妙，足与两宋名家颉颃。

## 浪淘沙

一夜雨和风。损尽花容。玉阑西畔画楼东。蜂蝶似知春色去，留恋芳丛。　离思苦匆匆。无了无穷。不胜憔悴对残红。纵是去年花也落，有个人同。

## 少年游

玳瑁陈筵[一]，芙蓉簇障[二]，春色注金橙。白雪腔新，沉香火暖，玉手弄瑶笙。

银河流去参横午[三]，报道又残更。醉兴方浓，有人门外，骑马踏霜行。

**【注释】**

〔一〕玳瑁:沈佺期《独不见》:“卢家少妇郁金堂,海燕双栖玳瑁梁。九月寒砧催木叶,十年征戍忆辽阳。白狼河北音书断,丹凤城南秋夜长。谁为含愁独不见,更教明月照流黄。”后常以“玳瑁筵”(简称“玳筵”)一词来描述筵席的精美与豪华。王勃《落花落》:“影拂妆阶玳瑁筵,香飘舞馆茱萸幕。”

〔二〕障:步障。

〔三〕参横:参,参星,今猎户座腰带三星。参星横斜,指夜深,一说将晓。曹植《善哉行》:“月没参横,北斗阑干。”苏轼《六月二十日夜渡海》:“参横斗转欲三更,苦雨终风也解晴。”

## 浣溪沙

且称红颜劝酒杯。习家池上好亭台。好光阴去不能回。　　独艳却留春后放,美人偏向雨中来。夕阳有意待徘徊。

**【拓展与思考】**

此为仿晏殊《浣溪沙》(一曲新词酒一杯)所作。请仿作一首。

## 浣溪沙

波映横塘柳映桥。冷烟疏雨暗亭皋。春城风景胜江郊。　　花蕊暗随蜂作蜜,溪云还伴鹤归巢。草堂新竹两三梢。

**【集评】**

夏承焘、张璋编选《金元明清词选》：风景小幅，苍秀入骨。“花蕊”一联，自然流转。结句轻轻即收，不着议论，而并其委婉。

## 摸鱼儿

谁叫落、满林红雨。子规声催将春去。惜春合向花前醉，莫计酒杯行数。春不住。全不顾、绿阴冷淡城南路。问春不语。怪东风、为谁作恶，只管吹狂絮。　青楼梦，懊恨当年错误。惹教燕莺相妒。离情欲倩江淹赋。切处向人难诉。歌与舞。俱消歇、客衣蓬鬓犹尘土。何劳自苦。几欲不思量，沉吟又有，一点不忘处。

**【拓展与思考】**

请找出以上诸作所仿原作，并作比较赏析。

## 张　綖
(1487—1543)

字世文，一作世昌，自号南湖居士，高邮人。正德八年(1513)举人，八上春官不第，官至光州知州。有《诗余图谱》。首倡词有婉约、豪放之分。词效秦观，有《南湖诗余》，存词100首。

**【总评】**

朱曰藩《张南湖先生诗集序》：先生从王西楼游，早传斯技之旨，每填一篇，必求合某宫某调第几声，其声出入第几犯，务俾抗坠圆美，合作而出。故能独步于绝响之后，称再来少游。

邹祗谟《远志斋词衷》：张光州南湖《诗余图谱》，于词学失传之日，创为谱系，有筚路蓝缕之功。虞山《诗选》云："南湖少从王西楼游，刻意填词，必求合某宫某调，某调第几声，其声出入第几犯，抗坠圆美，必求合作。"则此言似属溢论。大约南湖所载，俱系习见诸体，一按字数多寡、韵脚平仄，而于音律之学，尚隔一尘。

### 临江仙

十里红楼依绿水，当年多少风流。高城重上使人愁。远山将落日，依旧上帘钩。　一曲琵琶思往事，青衫泪满江州。访邻休问杜家秋[一]。寒烟沙外鸟，残雪渡傍舟。

**【注释】**

〔一〕杜家秋：即杜秋。杜牧有《杜秋娘诗》序："杜秋，金陵女也。年十五，为李锜妾。后锜叛灭，籍之入宫，有宠于景陵。穆宗即位，命秋为皇子傅姆。皇子壮，封漳王。郑注用事，诬丞相欲去己者，指王为根。王被罪废削，秋因赐归故乡。予过金陵，感其穷且老，为之赋诗。"

## 菩萨蛮

星河昨夜天如洗。满楼客梦西风里。秋水浸银塘。芙蓉印骨凉。　倚阑愁未散。又是新来雁。莫望短长亭。归心正渺冥。

## 蝶恋花

紫燕双飞深院静。簟枕纱厨，睡起娇如病。一线碧烟萦藻井。小鬟茶进龙香饼。　拂拭菱花看宝镜。玉指纤纤，撚唾撩云鬓。闲折海榴过翠径。雪猫戏扑风花影。

**【集评】**

沈谦《填词杂说》：张世文"新草池塘"、"紫燕双飞"二首，风流蕴藉，不减周秦。"雪猫戏扑风光影"，尤称警策。

沈雄《古今词话》：维扬张世文为《图谱》，绝不似《啸余谱》、《词体明辨》之有舛错，而为之规规矩矩，亦填词家一助也。乃其自制《鹊踏枝》有云……更自新蒨蕴藉，振起一时者。

**【拓展与思考】**

明人朱曰藩《张南湖先生诗集序》谓张綖被称为“再来少游”，王象晋合辑秦观、张綖词为《秦张两先生诗余合璧》二卷，请联系具体作品谈一谈张綖对秦观词的学习。

## 夏　言

(1482—1548)

字公谨,贵溪(今属江西)人。正德十二年(1517)进士,嘉靖十五年(1536)为华盖殿大学士,参机务,为首辅。因请复河套事为严嵩所诬,下狱死。诗文宏正,善词,有《桂洲词》,存词三百余首。

**【总评】**

钱谦益《列朝诗集小传》:少师得君专政,声势烜赫。诗余小令,草稿未削,已流布都下,互相传唱。殁后未百年,黯然无闻,《花间》、《草堂》之集,无有及贵溪氏名者,求如前代所谓曲子相公,亦不可得,可一慨也。

王国维《桂翁词跋》:有明一代,乐府道衰。《写情》、《扣舷》,尚有宋元遗响。仁宣以后,兹事几绝。独文愍以魁硕之才,起而振之。豪壮典丽,与于湖、剑南为近。方其得路,入正郊庙,出扈禁跸。一词朝传,万口暮诵,同时名公皆模拟其体格,门生故吏争相传刻。虽居势使然,抑其风采文采,自有以发之者欤? 洎夫再秉均衡,独任边事,主疑于上,谗间于下,至于白首而对狱吏,朝衣而赴东市,进无帏盖之报,退靡盘水之恩。君臣之际,斯为苦矣。帝杀其躯,天夺其胤。怙权不如介溪,而刑祸为深;文采过于钤山,而著述独晦。身后之事,又可悲矣。然没不二十年,南都坊肆,乃复梓其遗集。维时永陵倦勤,华亭当国,虽靡投鼠之忌,宁无吠尧之嫌? 岂文章事业,自有公论,有不可泯灭者欤? 又以知生前诸刻,非尽出于属吏之贡谀也。

## 浣溪沙

### 暮春

庭院沉沉白日斜。绿阴满地又飞花。瞢腾春梦绕天涯。　帘幕受风低乳燕，池塘过雨急鸣蛙。酒醒明月照窗纱。

**【集评】**

夏承焘、张璋编选《金元明清词选》：白日西斜，春深夏浅，扶头一醉，便觉月上窗纱。"瞢腾春梦绕天涯"为一篇主旨，把主人公珍惜流年的情绪，曲折写出，显得高华有致。

## 浣溪沙

宫漏沉沉夏日长〔一〕。雨余殿阁昼生凉。南风微送院荷香。　草阁抛书移白日，竹床欹枕听沧浪〔二〕。梦魂时复到江乡。

**【注释】**

〔一〕宫漏沉沉夏日长：沉沉，深沉，深邃。《史记·陈涉世家》："入宫，见殿屋帷帐，客曰：'夥颐！涉之为王沉沉者！'"裴骃《集解》引应劭："沉沉，宫室深邃之貌也。"李昂、柳公权《夏日联句》："人皆苦炎热，我爱夏日长。熏风自南来，殿阁生微凉。"

〔二〕“草阁”二句：蔡确《夏日登车盖亭》其二：“纸屏石枕竹方床，手倦抛书午梦长。睡起莞然成独笑，数声渔笛在沧浪。”

## 如梦令

爱月夜眠迟

庭院月明清影。露下瑶阶风冷。斗转与参横，人在梧桐金井。夜静。夜静。坐对不知更永。

## 如梦令

掬水月在手

宝镜碧空才展。玉指银盘新盥。孤影落清波，欲把广寒抟转。休叹。休叹。人与嫦娥不远。

## 如梦令

弄花香满衣

花覆秋千影里。翠袖雕阑斜倚。纤手探

花枝，弄落一天红雨。香气。香气。熏透遍身罗绮。

## 减字木兰花

漫成

无人知道。世上难逢开口笑。往事堪悲。一日风波十二时。　翻云覆雨。眼底纷纷何足数。流水高山。不对知音且罢弹。

## 木兰花令

睡起感事

闭门那管风和雨。无奈黄鹂啼碧树。一场春梦竟难明，千里家山更何处。　怀抱无端谁可语。闲拈世事从头数。愁如急浪滚将来，身似弱云飞不去。

## 减字木兰花

七月六日晚出阁偶占

黄扉尽日。吮墨研朱挥彩笔。晚出龙楼。眉月青天挂玉钩。　凉生碧树。白玉河桥东畔路。谁道官闲。身在蓬莱未是仙。

## 浣溪沙

雨不止作

闭门连夕雨声寒。晓起萧萧更倚阑。清如茅屋住江干。　天际阴云横作阵，泥中莎草乱成团。长安大道几时干。

**【拓展与思考】**

请思考以上四首词的主题及反映出的词人心境。

## 大江东去

再咏葡萄

一种灵株，细摩挲、不似人间之物。偃蹇虬枝连密叶，风雨暗生墙壁。的的悬珠，累累如贯，颗颗凝霜雪。交梨火枣，品题未许称杰。　绝怜白玉盘行，黄金笼贮，瑶席清辉发。凉沁诗脾甘露爽，坐使襟尘消灭。玉女盆头，仙人掌上，直欲披玄发。夜深苍海，骊龙吐出明月。

## 法驾导引曲

辛丑夏，仁寿宫醮坛鹤降，应制五阕，其一

白鹤下，白鹤下。遥自九天来。圆顶丹砂千岁火，修胫紫甲万年苔。玉骨本仙胎。

## 望江南

西苑除夕

岁云暮，除夕是明朝。襆被未离西苑直，佩环方候紫宸朝。秉烛醉宫醪。

## 万年欢

西苑贺上祷雪有应

瑞满长空，见彤云密布，琼花飘雪。坛上炉烟，馥馥沉檀和屑。风里宝幡双结。瞻缥缈、霓旌素节。导引皓鹤千群，遥下玉楼银阙。　铜龙漏咽。正九关鱼钥沉沉，夜光皎洁。平晓迷漫，迤逦瑶台相接。圣主忧民念切。对此际、龙颜开悦。况正属、腊内春前，一白胜于三白。

**【拓展与思考】**

夏言词有较多应酬、应制之作，请思考此类应酬词的风格特征、不足及其原因。

## 王世贞
(1526—1590)

字元美，号凤洲，又号弇州山人，太仓人。父王忬，弟王世懋。嘉靖二十六年(1547)进士，授刑部主事，因忤严嵩，出为山东副使，官至南京刑部尚书。擅诗文，与李攀龙、谢榛等力倡复古，并称"后七子"，主盟文坛二十年。著作甚富，有《弇州山人四部稿》等，存词86首。

**【背景】**

王世贞《艺苑卮言》：词须宛转绵丽，浅至儇俏。挟春月烟花，于闺檐内奏之。一语之艳，令人魂绝，一字之工，令人色飞，乃为贵耳。至于慷慨磊落，纵横豪爽，抑亦其次，不作可耳。作则宁为大雅罪人，勿儒冠而胡服也。

钱谦益《列朝诗集小传》：元美著作日益繁富，而其地望之高，游道之广，声力气势，足以翕张贤豪，吹嘘才俊。于是天下咸望走其门，若玉帛职贡之会，莫敢后至。操文章之柄，登坛设墠，近古未有。

**【总评】**

吴梅《词学通论》：其词小令特工，如《浣溪沙》云："权把来书钩午梦，起沽村酿泼春愁。"《虞美人》云："鸭头虚染最长条，酝造离亭清泪几时消。"又："珊瑚翠色新丰酒，解醉愁人否。"皆当行语。

## 少年游

愁

万群哀雁破苍茫。无语立斜阳。远山几点，高城千堞，纵是向昏黄。　　欲将杯酒和情斗，情至酒先降。剽掠腰围，拨抉心泪，酿作鬓毛霜。

## 望江南

即事

歌起处，斜日半江红。柔绿篙添梅子雨〔一〕，淡黄衫耐藕丝风〔二〕。家在五湖东。

**【注释】**

〔一〕梅子雨：黄梅雨。贺铸《青玉案》："试问闲愁都几许。一川烟草，满城风絮，梅子黄时雨。"

〔二〕藕丝风：如藕丝般微细的风。洪咨夔《朝中措·送同官满归》："荷花香里藕丝风。人在水晶宫。"

**【集评】**

胡薇元《岁寒居词话》：犹有唐二主风韵。

夏承焘、张璋编选《金元明清词选》：此词写景如画，亦清丽可喜。

## 水调歌头

### 上巳日

三月又三日，上巳复清明。问君几许高兴，儿女队中行。数点洗尘芳雨，一脉养花天气〔一〕，信马出郊坰。年少五陵子〔二〕，金弹惹流莺〔三〕。　过油壁〔四〕，低粉面，按银筝。管弦丝竹何限，应自胜兰亭。共酌几杯春醑，也插一枝杨柳，归袖任纵横。听取九门钥，隐隐下西清〔五〕。

【注释】

〔一〕养花天气：苏轼《哨遍·春词》："初雨歇，洗出碧罗天，正溶溶养花天气。"又欧阳修《鹤冲天》："养花天气半晴阴。"杜安世《朝中措》："养花天气近清明。丝雨酿寒轻。"

〔二〕五陵：汉长陵、安陵、阳陵、茂陵、平陵，在长安附近，豪族外戚多居于此。

〔三〕金弹：用韩嫣事。《西京杂记》："韩嫣好弹，常以金为丸，所失者日有十余，长安为之语曰：'苦饥寒，逐金丸。'儿童每闻嫣出弹，辄随之，望丸之所落，辄拾焉。"

〔四〕油壁：油壁车。苏小小："妾乘油壁车，郎骑青骢马。何处结同心，西陵松柏下。"李贺《苏小小墓》："油壁车，夕相待。"

〔五〕“听取”二句：九门钥，指宫门下钥。西清：宫中西部诸殿，后指翰林内阁等清贵之地。此处或用清明宫中赐新火典，欧阳修《清明赐新火》：“鱼钥侵晨放九门，天街一骑走红尘。桐华应候催佳节，榆火推恩忝侍臣。多病正愁饧粥冷，清香但爱蜡烟新。自怜惯识金莲烛，翰苑曾经七见春。”

## 水调歌头

记丁未清明为上巳，予与同人出游西郭，杯酒落魄，颇谐幽兴，遂成《水调歌头》一阕。今为庚申，十又四年矣，复遇上巳前一日清明，偶与张郎及一二兄弟，信步旧游，虽风景不殊，而憔悴非昔，幽忧菀结，徒增凄怆。因复按前调，遂成一词，并书遗张及一二兄弟，庶有和者，消予磊块哉！

迟日卷残雪，蒲柳弄新晴。满城儿稚欢笑，为我报清明。花破青楼冶女，草媚上阑游骑〔一〕，金粉出辎軿〔二〕。几处上坟返，香泪湿盈盈。　对新景，追往事，叹飘零。十年回首一梦，今日负平生。依旧禁烟时月，也解来朝修禊，憔悴不胜情。满眼夕阳色，都在汉宫城〔三〕。

**【注释】**

〔一〕上阑：即“上兰”，旧在长安城西，与下杜均为长安繁华之地。此处代指女子居所附近。

〔二〕辎軿：辎车和軿车的并称。后泛指有屏蔽的车子。

〔三〕“满眼”二句：李白《忆秦娥》：“乐游原上清秋节。咸阳古道音尘绝。音尘绝。西风残照，汉家陵阙。”

**【拓展与思考】**

钱谦益有“弇州晚年定论”之说，王锡爵、胡应麟等也提及嘉靖三十九年王忬之死对王世贞心态的影响。以上二词分别作于嘉靖二十六年(1547)、嘉靖三十九年，均为上巳清明所作，比较二作的风格和作者心态变化。

## 一剪梅

登道场山望何山作

小篮舆踏道场山。坐里青山。望里青山。渐看红日欲衔山。湖上青山。湖底青山。　一弯斜抹是何山。道是何山。又问何山。姓何高士住何山。除却何山。更有何山。

## 汪廷讷
(1573—1619)

字昌朝,号坐隐、松萝道人,安徽休宁人。擅词曲,有《坐隐先生诗余》,存词61首。

### 南乡子

秋夜

秋色满山扉。草树苍苍月正辉。此夜星河流掌上,依稀。弹入冰琴第几徽。　尘事苦多违。试问西园今是非。欲了残棋清不寐,霏微。露冷苍华鹤正归。

**【集评】**

赵尊岳《惜阴堂汇刻明词·〈坐隐先生诗余〉提要》:词如干首,无不纬以弈事,足见癖嗜之深,亦兰苑之别裁矣。

## 施绍莘
(1588—1640)

字子野,号峰泖浪仙,华亭(今上海松江)人。屡试不第,泛舟太湖,放浪山水间。擅词曲,慕张子野花影词,有《花影集》五卷,存词191首。

**【背景】**

施绍莘《西佘山居记》:居山中……更作一钓船,曰随庵,风日和美,一叶如萍,半载琴书,半携花酒,红裙草衲,名士隐流,或交舄并载。每历九峰,泛三泖,远不过西湖、太湖而止。所得新词,随付弦管,兴尽而返,阖门高卧。有贵势客强欲见者,令小童谢曰:"顷方买花归,兹复钓鱼去矣。"

**【总评】**

《四库全书总目·〈花影集〉提要》:是集前三卷为乐府,后二卷为诗余,多作于崇祯中。大抵皆红愁绿惨之词,所谓亡国之音哀以思也。

### 梦江南

秋思

人何处,人在碧云楼。雨雁带愁横浦树,风花惊梦扑帘钩。应是倦梳头。

其三

人何处，人在水云天。轻雨等烟笼旧事，暮山如梦隔前缘。应是袖红绵。

## 浣溪沙

半是花声半雨声。夜分淅沥打窗棂。薄衾单枕一人听。　　密约不明浑梦境，佳期多半待来生。凄凉情况是孤灯。

## 谒金门

春欲去。如梦一庭空絮。墙里秋千人笑语〔一〕。花飞撩乱处。　　无计可留春住〔二〕。只有断肠诗句。万种消魂多寄与。斜阳天外树。

**【注释】**

〔一〕“墙里秋千”句：苏轼《蝶恋花》：“墙里秋千墙外道。墙外行人，墙里佳人笑。”

〔二〕无计可留春住：欧阳修《蝶恋花》：“门掩黄昏，无计留春住。泪眼问花花不语。乱红飞过秋千去。”

**【集评】**

陈廷焯《词则》：情韵既深，笔力亦健，浪仙最高之作。

夏承焘、张璋编选《金元明清词选》：此词惨绿愁红，别深寄托。“斜阳天外树”，即稼轩之“休去倚危楼，斜阳正在，烟柳断肠处”。《花影集》词多作于崇祯中，故多哀苦之词，是一种时代情绪的反映。

## 点绛唇

雨景

轻雨如丝，小桃收艳深烟里。平芜如地。一片芊绵翠。　隔水高楼，楼上人余醉。醒犹睡。极凄凉处。门掩芭蕉暮。

## 易震吉

字起也，号月槎，上元（今江苏南京）人。明崇祯七年（1634）进士。授刑部主事，官至江西参政副使。著有《秋佳轩诗余》十二卷，存词1184首，为明人作词篇帙最富者。

**【总评】**

徐汧《秋佳轩诗余序》：填词家大率工为纤冶，靡曼自诡，雕章间出，逸态横生，峬峭风流，盖可知矣。月槎独以矜廉洁清之怀，发其历落萧散之思，跨凌阡陌，蝉蜕畦径，奇绝异语，往往而有。钟嵘评刘公干“壮气爱奇，动多振绝”；阳休之序陶渊明“放逸之致，栖托仍高”，举似月槎，庶几有当乎！

赵尊岳《惜阴堂汇刻明词·〈秋佳轩诗余〉提要》：词笔取径稼轩一流，力求以疏秀取胜，虽不能至，犹较颦眉龋齿增色泽为善矣。

### 武陵春

舟夜

白酒离乡偏有味，渴极爱江清。吹灭篷窗一尺檠。凉月浸舟明。　　客况年来同泛梗，浑不记莼羹。夹岸芦花雪浪生。酣睡老秋声。

## 鹧鸪天

春日

尘外空斋掩夕晖。纸屏八摺座闲围。新苔径滑青山屐，怒草烟齐白板扉。　尝笋嫩，荐樱肥。桃花落尽柳花飞。江村恰卖鲥鱼酒，醉倒春风燕子矶。

## 孙承宗
(1563—1638)

字稚绳,号恺阳,北直隶高阳(今河北高阳)人。万历三十二年(1604)进士,天启二年(1622)官至兵部尚书兼东阁大学士,奉命经略蓟辽。崇祯三年(1630),因祖大寿兵败事被谗,退居高阳。崇祯十一年,清军陷高阳,全家死难。福王时追赠太傅,谥文忠。工诗词,有《高阳集》,存词49首。

**【总评】**

赵尊岳《惜阴堂汇刻明词·〈孙文忠公词〉提要》:文忠行谊,具见国史。方其舍纶阁之重,慨请行边,词臣赋诗以赠,一时传为盛事,窃比于范希文、辛稼轩也。词凡四十七首,附集以传。清雄挺秀,落落有致,其尤似辛者,《水龙吟》云……其澹宕处,若《浣溪沙》……夫以心事而与"风骀荡"、"雨潺湲"同其闲适,则亦非秋士幽人不能道其情绪,词心所寄,可以知之。独惜明运不纲,忠贞如孙高阳者,犹不能获其大效,以至于甲申之变,思宗殉国,而未由挽救,斯真可为痛悼者矣。

### 水龙吟

平章三十年来〔一〕,几人合是真豪杰。甘泉烽火〔二〕,临淮部曲,骨惊心折。一老龙钟,九扉鱼钥,单车狐搰〔三〕。念河山百二,玉镡罢手,都付与,中流楫。　快得熊罴就列〔四〕。更双龙、陆离光揭。一朝推毂〔五〕，万古快瞻，百年殊绝。玄菟新陴，卢龙旧塞，贺兰雄堞〔六〕。看群公、撑拄乾坤，大力了心头血。

【注释】

〔一〕平章：商量评议。

〔二〕甘泉烽火：甘泉，秦汉宫名，旧址在陕西淳化甘泉山上。汉文帝时匈奴十四万骑叩关，下彭阳，烧回中宫，烽火及甘泉宫。词句指清兵入侵。

〔三〕单车狐搰：《国语》："狐埋之而狐搰之，是以无成功。"又《后汉书·张纲传》："汉安元年，选遣八使徇行风俗，皆耆儒知名，多历显位，唯纲年少，官次最微。余人受命之部，而纲独埋其车轮于洛阳都亭，曰：'豺狼当路，安问狐狸！'"

〔四〕熊罴就列：雄壮之师。陆云《南征赋》："乃有熊罴之旅，虓阚之将。"

〔五〕推毂：选拔重用。

〔六〕"玄菟新陴"三句：玄菟，古郡名，汉武帝置，现辽宁东部及朝鲜咸镜道一带。卢龙，唐置卢龙节度使，今河北省卢龙县一带。贺兰，山名，今宁夏与内蒙古界山，古边塞。陴，女墙。

【集评】

夏承焘、张璋编选《金元明清词选》：这首上片"平章三十年来"二句，是慨叹治国无人。……这首词横放杰出，矫矫不群，风格酷肖稼轩。

# 沁园春

## 秋思

匹马东来，掩泪新亭〔一〕，江山笑予。看诸峰罗列，霜描白发，大瀛环绕，云溅征衣。化鹤应回〔二〕，凤凰何处〔三〕，惟有明月依戟枝。凝望眼，叹人民城郭，何是何非。　是谁夺却燕支。算麟阁云台须有时〔四〕。问一行直抵，黄龙痛饮〔五〕，何如合坐，绿野弹棋〔六〕。独上高楼，风烟欲净，遥见白云随钓矶。天恩远，念玉关人老〔七〕，曰汝其归。

**【注释】**

〔一〕掩泪新亭：《世说新语》："过江诸人，每至美日，辄相邀新亭，借卉饮宴。周侯中坐而叹曰：'风景不殊，正自有山河之异！'皆相视流泪。唯王丞相愀然变色曰：'当共戮力王室，克复神州，何至作楚囚相对？'"

〔二〕化鹤应回、人民城郭：《搜神后记》："丁令威，本辽东人，学道于灵虚山，后化鹤归辽，集城门华表柱。时有少年举弓欲射之，鹤乃飞，徘徊空中而言曰：'有鸟有鸟丁令威，去家千年今始归，城郭如故人民非，何不学仙冢累累！'遂高上冲天。"

〔三〕凤凰何处：李白《登金陵凤凰台》："凤凰台上凤凰游，凤去台空江自流。"

〔四〕麟阁云台：麒麟阁，西汉阁名，在未央宫中，宣帝时图霍光等十一位功臣于其上，又称麒麟阁十一功臣。云台阁，东汉阁名，在洛阳南宫，明帝时命人画二十八将于其上，又称云台二十八将。

〔五〕黄龙痛饮：《宋史·岳飞传》："金将军韩常欲以五万众内附，飞大喜，语其下曰：'直抵黄龙府，与诸君痛饮尔！'"

〔六〕绿野弹棋：绿野堂，《旧唐书·裴度列传》："自是，中官用事，衣冠道丧。度以年及悬舆，王纲版荡，不复以出处为意。东都立第于集贤里，筑山穿池，竹木丛萃，有风亭水榭，梯桥架阁，岛屿回环，极都城之胜概。又于午桥创别墅，花木万株，中起凉台暑馆，名曰绿野堂。引甘水贯其中，酾引脉分，映带左右。度视事之隙，与诗人白居易、刘禹锡酣宴终日，高歌放言，以诗酒琴书自乐，当时名士，皆从之游。"弹棋：一种棋类游戏。

〔七〕玉关人老：《后汉书·班超传》："超自以久在绝域，年老思土，十二年，上疏曰：'……臣不敢望到酒泉郡，但愿生入玉门关。'"

## 浣溪沙

望云

谁泻南溟玉一湾。诸峰罗列小庭间。画屏十二斗烟鬟。　彩笔欲描风澹荡，锦囊不贮雨潺湲。日来心事与俱闲。

## 小重山

坐壮歌亭

秋晓呦呦双鹿鸣。一行白鹭起、水波明。画梁新燕斗新晴。花间语，字字计归程。　　坐对海云生。倚天谁泼墨、笔纵横。万樯风色送潮声。疏钟落，和月听严更。

## 陈子龙
（1608—1647）

初名介，后改名子龙，初字人中，后改字卧子，又字懋中，晚号大樽、海士、轶符、于陵孟公等。崇祯二年（1629）与夏允彝等结几社，与李雯、宋徵舆并称“云间三子”。崇祯十年进士，擢兵科给事中，命甫下而明亡，任南明弘光朝廷兵科给事中。南京失陷后，在松江起兵，兵败后避匿山中，后联络太湖义军起事，事泄被捕，永历元年（1647）五月十三日投水殉国。有词集《江蓠槛》、《湘真阁存稿》，与宋徵舆、李雯合刻《幽兰草》，等等。

**【背景】**

陈子龙《三子诗余序》：言情之作，必托于闺襜之际。代有新声，而想穷拟议，于是以温厚之篇，含蓄之旨，未足以写哀而宣志也。思极于追琢而纤刻之辞来，情深于柔靡而婉娈之趣合，志溺于燕嫔而妍绮之境出，态趋于荡逸而流畅之调生。是以镂裁至巧，而若出自然；警露已深，而意含未尽。虽曰小道，工之实难。

**【总评】**

王士禛《分甘余话》：余少时评陈卧子《湘真词》，如香车金犊，流连阡陌，转令人思草头一点之乐。

邹祗谟《远志斋词衷》：阮亭尝为予言，词至云间，《幽兰》、《湘真》诸集，言内意外，已无遗议。柴虎臣所谓华亭肠断，宋玉魂消，称诸妙合，谓欲专诣。

顾璟芳《兰皋明词汇选》：大樽先生文高两汉，诗轶三唐，苍劲之色，正与老节相符，乃其词独风流婉约，堪付十八歌喉，传称河南亮节，作字不胜绮罗。广平铁心，《梅赋》偏工柔艳，吾于先生益信。

王士禛、邹祇谟《倚声初集》：大樽诸词神韵天然，风味不尽，如瑶台仙子独立却扇时。《湘真》一刻，晚年所作，寄意更绵邈凄恻。

谭献《复堂词话》：词至南宋之季，几成绝响。元之张仲举稍存比兴。明则卧子直接唐人，为天才。

钱基博《中国文学史》：子龙之词，则直造唐人之奥宇。……惟陈子龙之《湘真阁》、《江篱槛》诸词，风流婉丽，足继南唐后主，则得于天者独优也。观其所作，神韵天然，风味不尽，如瑶台仙子，独立却扇时；而《湘真》一刻，晚年所作，寄意更绵邈凄恻，言内意外，已无遗议。

## 谒金门

五月雨

莺啼处。摇荡一天疏雨。极目平芜人尽去。断红明碧树。　　费得炉烟无数。只有轻寒难度。忽见西楼花影露。弄晴催薄暮。

**【集评】**

邹祇谟《远志斋词衷》：缥缈澹宕，全见用笔之妙。

## 浣溪沙

杨花

百尺章台撩乱吹[一]。重重帘幕弄春晖。怜他飘泊奈他飞。　　澹日滚残花影下，软风吹送玉楼西。天涯心事少人知。

【背景】

陈寅恪先生《柳如是别传》认为陈子龙杨花词均为柳氏而作。

【注释】

〔一〕章台：章台为汉时长安街道名，多指冶游处。又据孟棨《本事诗》，韩翃有宠姬柳氏，后柳氏被番将沙吒利劫去，翃作此调寄之，曰："章台柳。章台柳。昔日青青今在否。纵使长条似旧垂，也应攀折他人手。"后以章台柳指青楼女子。

【集评】

王士禛《倚声初集》：不着色相，咏物神境。

## 醉落魄

### 春闺风雨

青楼绣甸。韶光一半无人见。海棠梦断前春怨。几处垂杨，不耐东风卷。　飞花狼藉深深院。满帘寒雨炉烟篆。黄昏相对残灯面。听彻三更，玉枕欹将半。

## 如梦令

### 艳情

红烛逢迎何处。笑倚玉人私语。莫上软金钩，留取水沉浓雾。难去。难去。门外尺深花雨。

## 如梦令

### 本意

天上仙裾无缝。环珮飘摇风送。倚遍小阑干，咫尺烟迷云冻。如梦。如梦。瀛海玉箫双凤。

## 南柯子

### 春月

淡淡花梢去，融融翠影流。碧天无际迥含愁。留得一庭清露、上帘钩。　花软飞红定，烟深惨绿收。为谁相送海西头。应有玉箫吹断、凤凰楼。

## 唐多令

寒食

时闻先朝陵寝，有不忍言者。

碧草带芳林。寒塘涨水深。五更风雨断遥岑。雨下飞花花上泪，吹不去、两难禁。

双缕绣盘金。平沙油壁侵。宫人斜外柳阴阴〔一〕。回首西陵松柏路，肠断也、结同心〔二〕。

**【注释】**

〔一〕宫人斜：亦称"内人斜"，宫墙内埋葬宫女处，《秦京杂记》："咸阳旧墙内谓之内人斜，宫人死者葬之，长二三里，风雨闻歌哭声。"

〔二〕"回首"句：李贺《苏小小墓》："幽兰露，如啼眼。无物结同心，烟花不堪剪。草如茵，松如盖。风为裳，水为佩。油壁车，夕相待。冷翠烛，劳光彩。西陵下，风吹雨。"

**【集评】**

夏承焘、张璋编选《金元明清词选》：此亦感念亡国之作。托体骚辨，所指甚大。"雨下飞花花上泪，吹不去、两难禁"，可谓凄恻之至。

## 点绛唇

春日风雨有感

满眼韶华，东风惯是吹红去。几番烟雾。只有花难护。　梦里相思，故国王孙路。春无主。杜鹃啼处。泪染胭脂雨。

## 柳梢青

春望

绣岭平川。汉家故垒，一抹苍烟。陌上香尘，楼前红烛，依旧金钿。　十年梦断婵娟。回首处、离愁万千。绿柳新蒲，昏鸦春雁，芳草连天。

## 二郎神

### 清明感旧

韶光有几，催遍莺歌燕舞。酝酿一番春，秾李夭桃娇妒。东君无主。多少红颜天上落，总添了、数抔黄土。最恨是、年年芳草，不管江山如许。　何处。当年此日，柳堤花墅。内家妆、搴帷生一笑，驰宝马、汉家陵墓。玉雁金鱼谁借问〔一〕，空令我、伤今吊古。叹绣岭宫前，野老吞声〔二〕，漫天风雨。

**【注释】**

〔一〕玉雁金鱼：皇陵里的殉葬品。马祖常《骊山》："华清梦断飞尘起，玉雁衔香堕野田。"尹廷高《会稽古陵》："地冷玉鱼犹未朽，海深金雁亦能飞。"

〔二〕野老吞声：杜甫《哀江头》："少陵野老吞声哭。"

**【集评】**

夏承焘、张璋编选《金元明清词选》：上片歇拍"最恨是、年年芳草，不管江山如许"句，及下片结尾"叹绣岭宫前，野老吞声，漫天风雨"句，均是嗟叹明朝的覆没。笔健而辞婉，音凄而意远，情文相生，结处余慨不尽。

严迪昌编选《金元明清词精选》："感旧"所感者为二：一是旧友，

二是旧朝。而旧友如夏允彝之成“数抔黄土”，又正是为的旧朝。故交新坟是眼前事，“汉家陵墓”则在天涯处。但不管是燕北还是江南，春神失主宰，“红颜”尽凋落则是遗恨通同。当年的“搴帷一笑”的“内家妆”们的踏青祭陵的盛况，已全被“野老吞声”的急风暴雨所摧去。词从上片葬祭故人的哀思驰向先朝陵寝的神伤，凄音远响，成为一代明词的终结伟制。“二郎神”的健举骨韵，慨伤情心渐多以议论语势出之，是值得注意的一种启变迹象。委婉的意象群，在激越的思绪前，会显出不敷其用，力不足载情的。

**【拓展与思考】**

夏承焘、张璋编选《金元明清词选》：“陈子龙为明末著名的民族英雄，事迹著于史书。观以上诸阕小令，洗尽铅华，独标清丽。婀娜韶秀，出于刚健之中，无剑拔弩张之势。所谓宋璟铁石心肠，竟有妩媚的梅花之赋，今古才人率多如此。挽明词颓风，开清代中兴之运，《湘真》一集，实为发端。”《湘真阁词存》均作于作者殉国的丁亥(1647)暮春，请结合作者所处时代，理解作品的寄托之意。

## 李雯
(1608—1647)

字舒章，松江人。崇祯十五年(1642)举人。入清官中书舍人，顺治三年(1646)丁忧南归，次年卒。有《蓼斋集》、《蓼斋后集》(附词一卷，初名《仿佛楼草》)。

### 少年游

冬暮

绿窗烟黛锁梅梢，落日近横桥。玉笛才闻，碧霞初断，赢得水沉消。　　口脂试了樱桃润，余晕入鲛绡。七曲屏风，几重帘幕，人静画楼高。

### 少年游

楼高望绝楚云重，春水漫流红。鹏鸪声暖，海棠深处，浓绿锁眉峰。　　王孙宝马随南陌，年少惯相逢。怎是轻佻，惹人牵系，更错怨东风。

## 虞美人

春雨

廉纤断送荼蘼架。衣润笼香罢。鹧鸪啼处不开门。生怕落花时候、近黄昏。　艳阳惯被东君妒。吹雨无朝暮。丝丝只欲傍妆台。欲作一春红泪、满金杯。

## 浪淘沙

杨花

金缕晓风残。素雪晴翻。为谁飞上玉雕阑。可惜章台新雨后，踏入沙间。　沾惹忒无端。青鸟空衔。一春幽梦绿萍闲。暗处消魂罗袖薄，与泪偷弹。

## 一斛珠

雨痕新过。回廊月影青林度。有情院子无情坐。槛外吟蛩，先把秋声做。　天涯有客凭栏语。山空水落凉千树。梵钟不警愁来处。踏破苍林，肃肃惊飞羽。

## 菩萨蛮

忆未来人

蔷薇未洗胭脂雨。东风不合催人去。心事两朦胧。玉箫春梦中。　斜阳芳草隔。满目伤心碧。不语问青山。青山响杜鹃。

**【集评】**

谭献《箧中词》：亡国之音。

严迪昌编选《金元明清词精选》：这是一阕词情凄迷的“闺怨”之作，也是一篇用心良苦的预后文字。何谓“未来人”？从词的表层形态言，无疑指有约未践者，“我”心所期者；按词的底蕴，知人论世笺之，此“未来人”实指对“后来人”，包括当年的盟友们在内的日后重逢、身后论评的知我罪我的一切人。所以这是首很特殊的长短句。系用词的形式自我记录特定的人生转折期的心绪，以作为个人历史鉴证留待他日的文字。词作于顺治元年（1644）夏，李雯应荐出仕之时。……故谭献《箧中词》以“亡国之音”四字品之,是中的之语。顺治三年(1646)李雯归父葬。重访陈子龙,“相向而泣,旋别去”,时在翌年春初。不久陈子龙被俘殉国,李雯亦病卒返京途中,真成“玉箫春梦”。

## 夏完淳

(1631—1647)

字存古,号小隐,又号灵首,华亭人。为夏允彝之子,师从陈子龙。随父抗清。父殉国后,与陈子龙继续抗清,兵败被俘,不屈而死,年仅十六。有《南冠草》等,后人辑有《夏节愍全集》,存词42首。

**【总评】**

沈雄《古今词话》:夏存古《玉樊堂词》,向得之曹顾庵五集中。见其词致,慷慨淋漓,不须易水悲歌,一时凄感。闻者不能为怀。留此数阕,以当《东京梦华录》也。

王昶《西崦山人词话》:凄凉掩抑,以《离骚》香草之旨,而寓《国风》黍离之痛。

### 卜算子

断肠

秋色到空闺,夜扫梧桐叶。谁料同心结不成,翻就相思结。　　十二玉阑干,风动灯明灭。立尽黄昏泪几行,一片鸦啼月。

**【集评】**

夏承焘、张璋编选《金元明清词选》:这首词虽写闺怨,但美人香草寄托遥深。"立尽黄昏泪几行",寓有国破家亡凄凉的身世之感。

## 一剪梅

咏柳

无限伤心夕照中。故国凄凉，剩粉余红。金沟御水自西东。昨岁陈宫。今岁隋宫。　往事思量一晌空。飞絮无情，依旧烟笼。长条短叶翠濛濛。才过西风。又过东风。

**【集评】**

严迪昌编选《金元明清词精选》：人在时空中本应是万物之主，然而身际家国破败之时，面对无动于衷的物象，只觉得空茫无着，无能为力。人不如柳，痛苦可想而知，但是人的崇高、人的灵性，又岂非正在有痛苦？所以，咏柳系借柳之无情以反观一己之痴苦，全篇除首句“伤心”字样外，纯以意象结撰，词体小令，容量见大。

## 满江红

无限伤心，吊亡国、云山故道。蓦蓦地、杜鹃啼罢，棠梨开早。愁随花絮飞来也，四山锁尽愁难扫。叹年年、春色倍还人，谁年少。　梨花雪，丝风晓。柳枝雨，笼烟袅。

禁三千白发，镜华虚照。锦袖朱颜人似玉，也应同向金樽老。想当时、罗绮少年场，生春草。

## 烛影摇红

寓怨

辜负天工，九重自有春如海。佳期一梦断人肠，静倚银釭待。隔浦红兰堪采。上扁舟、伤心欸乃。梨花带雨，柳絮迎风，一番愁债。　　回首当年，绮楼画阁生光彩。朝弹瑶瑟夜银筝，歌舞人潇洒。一自市朝更改。暗销魂、繁华难再。金钗十二，珠履三千，凄凉千载。

**【集评】**

况周颐《蕙风词话》：声哀以思，与《莲社词》“双阙中天”阕，托旨略同。

赵尊岳《惜阴堂汇刻明词·〈夏内史词〉提要》：其忠愤之怀，字里行间，一一流露，可谓入宋贤之堂室者已。

夏承焘、张璋编选《金元明清词选》：这首词作于南都陷落之后。上片写故乡松江的眼前景物，触目烟花都成愁怨。下片回忆当年南都旧事，绮楼歌吹，都随逝水。表现出一个青年志士对国家倾覆的无限感伤。

## 王夫之
(1619—1692)

字而农，号姜斋，又号夕堂，衡阳人。崇祯十五年(1642)举人，崇祯十六年北上会试，遇李自成、张献忠兵乱不行。明亡后参与抗清活动，瞿式耜荐于桂王，中年后退居湘西，闭门著书。著述甚多，有《诗广传》、《楚辞通释》、《姜斋诗话》(《诗绎》、《夕堂永日绪论内编》、《南窗漫记》)、《唐诗选评》、《明诗评选》、《鼓棹》、《潇湘怨词》等。

**【总评】**

叶恭绰《广箧中词》：故国之思，体兼骚、辨。船山词言皆有物，与并时批风抹露者迥殊，知此方可以言词旨。

### 蝶恋花

衰柳

为问西风因底怨。百转千回，苦要情丝断。叶叶飘零都不管。回塘早似天涯远。　阵阵寒鸦飞影乱。总趁斜阳，谁肯还留恋。梦里鹅黄拖锦线。春光难借寒蝉唤。

【集评】

夏承焘、张璋编选《金元明清词选》:这首咏衰柳词托物寄怀,意在言外。如上片“叶叶飘零都不管。回塘早似天涯远”,下片“梦里鹅黄拖锦线。春光难借寒蝉唤”句,是喻明朝大势已去,已经无法挽救了。语婉而意深,把一种眷恋故国的悲怆之情蕴藉而深致地表达了出来。

## 菩萨蛮

述怀

万心抛付孤心冷。镜花开落原无影。只有一丝牵。齐州万点烟。　苍烟飞不起。花落随流水。石烂海还枯。孤心一点孤。

【集评】

叶恭绰《广箧中词》:宛转关情,心灰肠断。

## 烛影摇红

瑞霭金台[一],琼枝光射龙楼雪[二]。群仙笑指九阊开[三],朱凤翔丹穴。云暗雁风高揭[四]。向海屋、重标珠阙[五]。文鹓飞舞,日暖霜轻,小春佳节[六]。　迢递谁知,碧鸡影里催啼鴂[七]。骖鸾不得玉京游[八],难

**挽瑶池辙。黄竹歌声悲咽〔九〕。望翠甍、双鸳翼折〔一〇〕。金茎露冷〔一一〕，几处啼乌，桥山夜月〔一二〕。**

**【注释】**

〔一〕端霭金台:祥瑞的云气笼罩金台。王恽《羽林万骑歌》:“东城瑞霭朝日鲜。”

〔二〕琼枝光射龙楼雪:雪白的花枝光照楼台。韦应物《神女歌》:“皓雪琼枝殊异色。”

〔三〕“群仙”句:九阊,九重天门。王维《和贾至舍人早朝大明宫之作》:“九天阊阖开宫殿。”言唐王在福州登基的盛况。

〔四〕“云暗”句:指南明行都陷落。

〔五〕“向海屋”句:转写永历称帝,永历元年,设行宫于广东肇庆。

〔六〕小春佳节:桂王登基在十月,旧以十月为小春。

〔七〕“碧鸡”句:碧鸡,山名,昆明南。屈原《离骚》:“恐鹈鴂之先鸣兮,使夫百草为之不芳。”

〔八〕“骖鸾”句:指永历帝由云南逃往缅甸,局势已难挽回。

〔九〕“黄竹”句:《穆天子传》:“日中大寒,北风雨雪,有冻人。天子作诗三章以哀民。”李商隐《瑶池》:“瑶池王母绮窗开,黄竹歌声动地哀。”此句言唐王、桂王相继去世,人们在唱挽歌。

〔一〇〕甍:屋脊。双鸳:鸳鸯瓦。

〔一一〕金茎露冷:用汉武帝金铜仙人承露盘故事。《三辅故事》:“汉武帝以铜作承露盘,高二十丈,大十围,上有仙人掌承露,和玉屑饮,以求仙也。”

〔一二〕桥山:《史记·五帝本纪》:“黄帝崩,葬于桥山。”此句言永历被杀。

**【集评】**

夏承焘、张璋编选《金元明清词选》:此伤永历之词。……这首词运用了一些象征性的事物，曲折迷离地记录了这一段悲痛的史实。遗臣孤愤，哀怨尤深。

【拓展与思考】

王夫之词象征手法的使用。

## 绮罗香

读邵康节遗事，属纩之际，闻户外人语，惊问所语云何，且云："我道复了幽州。"声息如丝，俄顷逝矣！有感而作。

流水平桥，一声杜宇，早怕洛阳春暮。杨柳梧桐，旧梦了无寻处。拚午醉、日转花梢，甚夜阑、风吹芳树。到更残、月落西峰，泠然胡蝶忘归路。　关心一丝别挂，欲挽银河水，仙槎遥渡。万里闲愁，长怨迷离烟雾。任老眼、月窟幽寻，更无人、花前低诉。君知否、雁字云沉，难写伤心句。

【集评】

夏承焘、张璋编选《金元明清词选》：此词伤念世乱，不胜异代同悲之感。咏邵雍即所以自咏。缠绵悱恻，忠爱之遗，洵为词中独造之境。

## 方以智
(1611—1671)

字密之,号曼公,又号鹿起、龙眠愚者等,法名弘智,桐城人。崇祯十三年(1640)进士,官至翰林院检讨。明亡后变服为僧,秘密抗清。康熙十年(1671)冬被捕,经惶恐滩头,卒于舟中,一说投水死。有《浮山集》、《流寓草》等。

### 行香子

三叠峡玉川门

划破虚空。堕落珠宫。漫夸张、鬼斧神工。半间茅屋,八面玲珑。有一条溪,千丈石,万株松。　急雨斜风。电卷雷轰。是谁来、掷杖成龙。千年古意,分付诗翁。在两崖间,三弄外,一声中。

### 青杏儿

遍地酒杯香。知多少、带累柴桑。剩得古来双袖在,锦袍白眼,青衫红泪,攒杀眉梁。　开口断人肠。只消这、一字难当。

渔父千年无处着，烊半炉麸炭，一瓢泉水，吞却鄱阳。

## 忆秦娥

花似雪。东风夜扫苏堤月。苏堤月。香销南国，几回圆缺。　　钱塘江上潮歌歇〔一〕。江边杨柳谁攀折。谁攀折。西陵渡口，古今离别。

**【注释】**

〔一〕“钱塘江上”句：苏轼《八声甘州·寄参寥子》：“有情风、万里卷潮来，无情送潮归。问钱塘江上，西兴浦口，几度斜晖。不用思量今古，俯仰昔人非。”

## 满庭芳

锦绣园林，芙蓉筵席，从来狼藉东风。玉楼香泪，可惜吊残红。千古章台坑里，活埋却、多少王公。黄昏后，苍天偌大，没处放英雄。　　晓窗蝴蝶散，变成花片，出入虚空。问桑田沧海，半晌朦胧。打叠千篇万卷，五更尽、枕上疏钟。惊心处，半生冰冷，只在一声中。

## 满江红

梧州冰舍作

烂破乾坤，知消受、新诗不起。正热闹、黄金世界，红妆傀儡。兰蕙薰残罗绮骨，笙歌饯送沙场鬼。被一声、霹雳碎人间，春心死。　泪珠儿，从今止。眼珠儿，从今洗。见青山半卷，碧云千里。鸣涧响遮归鹤语，冷风剪破雕龙纸。几万重、楼阁一时开，团瓢里。

**【拓展与思考】**

结合具体作品，理解明清之际遗民作家的词作风格与艺术成就。

## 沈宜修
(1590—1635)

字宛君。出身吴兴沈氏。沈琉女,叶绍袁妻,叶燮、叶小鸾母,沈自徵姊。善诗词,有《鹂吹集》,存诗634首,词190首。

### 望江南

暮秋

河畔草,一望尽凄迷。金勒不嘶新寂寞,青袍难觅旧葳蕤。野烧又风吹。　蝴蝶去,何处问归期。一架秋千寒月老,数声鶗鴂故园非。空自怨萋萋。

### 忆王孙

天涯随梦草青青。柳色遥遮长短亭。枝上黄鹂怨落英。远山横。不尽飞云自在行。

**【集评】**

夏承焘、张璋编选《金元明清词选》：词咏本意。"王孙游兮不归，春草生兮萋萋"，本楚辞《招隐士》之句，此为怀远之作。芳草、柳色、黄鹂、落英，耳目所触，莫非愁惨，而以自在飞云相映托，益显出征人不归之难耐。反拗一句，见出匠心。

## 忆秦娥

寒夜不寐忆亡女

西风冽。竹声敲雨凄寒切。凄寒切。寸心百折，回肠千结。　瑶华早逗梨花雪。疏香人远愁难说。愁难说。旧时欢笑，而今泪血。

## 水龙吟

庚午秋日，余作《水龙吟》二阕，儿辈俱属和，书之扇头。今又经三载，偶检箧中，扇上之词宛然，二女已物是人非矣，可胜肠断。不禁泪沾衫袖，因续旧韵赋此。

空明击碎流光，回肠一霎难寻旧。芳华消尽，凉蟾何意，半垂疏柳。飞叶恨惊，凝云愁结，重重还又。怆秋宵寥廓，夜虫凄楚，伤心几回低首。　　盼望音容永绝，断肠只剩文如绣。横烟拂汉，征鸿将度，月寒花皱。斜日衔江，围山欹陌，昔年时候。痛而今、泪与江流，总向西风同奏。

## 叶小鸾
(1616—1632)

字琼章。沈宜修、叶绍袁女，张倩倩养女。临嫁而亡。有诗词集《返生香》，存诗 112 首，词 90 余首。

**【背景】**

沈宜修《季女琼章传》：四岁能诵《离骚》。不数遍，即能了了。又令识字，他日故以谬戏之，儿云："非也，母误耶?"舅与妗甚怜爱之。十岁归家，时初寒，清灯夜坐，槛外风竹潇潇，帘前月明如昼。余因语云："桂寒清露湿。"儿即应云："枫冷乱红凋。"尔时喜其敏捷，有柳絮因风之思 。悲夫！岂竟为不寿之征乎？……九月十五日粥后，犹教六弟世倌暨幼妹小繁读《楚辞》。即是日，婿家行催妆礼至，而儿即于是夕病矣。于归已近，竟成不起之疾。十月十日，父不得已，许婿来就婚，即至房中对儿云："我已许彼矣，努力自摄，无误佳期。"儿默然。父出，即唤红于问曰："今日何日 ?"云十月初十。儿叹曰："如此甚速，如何来得及。"未免以病未有起色，婿家催迫为焦耳。不意至次日天明，遂有此惨祸也。闻病者体重则危，儿虽惫，举体轻便，神气清爽。临终略无惛迷之色，会欲起坐，余恐久病无力，不禁劳动，扶枕余臂间，星眸炯炯，念佛之声，明朗清彻，须臾而逝。余并呼数声，儿已不复闻矣。

**【总评】**

陈维崧《妇人集》：琼章尤英彻，如玉山之映人，诗词绝有思致。

陈廷焯《白雨斋词话》：叶小鸾词笔哀艳，不减朱淑真。求诸明代作者，尤不易见也。

胡文楷《历代妇女著作考》引《玉镜阳秋》：七古及绝句，视姊为胜。诗余清丽相当，而时有至语。拟其恣制，正如花红雪白，光悦宜人。而一语缠绵，复耐人寻咀。骈俪之文，涉笔便工。

## 南歌子

秋夜

门掩瑶琴静，窗消画卷闲。半庭香雾绕阑干。一带淡烟红树、隔楼看。　云散青天瘦，风来翠袖寒。嫦娥眉又小檀弯。照得满阶花影、只难攀。

**【集评】**

夏承焘、张璋编选《金元明清词选》：此词气韵韶秀，音调和雅。过片以下尤为剔透玲珑。“瘦”字意新。表现出女性词人特有的细腻、谐婉的格调来。

## 虞美人

残灯

深深一点红光小。薄缕微烟袅。锦屏斜背汉宫中。曾照阿娇金屋、泪痕浓。　朦胧穗落轻烟散。顾影浑无伴。怆然午夜漫凝思。恰似去年秋夜、雨窗时。

**商景兰**
（1605—1676）

字媚生，山阴人。礼部尚书商周祚女，祁彪佳室。善诗词。有《锦囊诗余》。

**【背景】**

朱彝尊《静志居诗话》：商夫人又二媳四女咸工诗，每暇日登临，则令媳女辈载笔床砚匣以随，角韵分题，一时传为盛事。而门墙院落，葡萄之树，芍药之花，题咏几遍，过梅市者，望之若十二瑶台焉。

## 烛影摇红

咏鲱堂忆旧

春入华堂，玉阶草色重重暗。寒波一片映阑干，望处如银汉。风动花枝深浅。忽思量、时光如箭。歌声撩乱。环珮叮当，繁华未断。　　游赏池台，沧桑顷刻风云换。中宵笳角恼人肠，泣向庭闱远。何处堪留顾盼。更可怜、子规啼遍。满壁图书，一枝残蜡，几声长叹。

# 临江仙

## 坐河边新楼

水映玉楼楼上影，微风飘送蝉鸣。淡云流月小窗明。夜阑江上桨，远寺暮钟声。

人倚阑干如画里，凉波渺渺堪惊。不知春色为谁增。湖光摇荡处，突兀众山横。

## 郑如英

字无美，小名妥。金陵旧院妓。

**【背景】**

钱谦益《列朝诗集小传》：金陵旧院妓，首推郑氏。妥晚出，韶丽惊人。亲铅椠之业。与期莲生者目成，生寄《长相思》曲，用十二字为目，酬和成帙。冒伯麟集妥与马湘兰、赵今燕、朱泰玉之作，为《秦淮四美人选稿》。伯麟称妥手不去书，朝夕焚香持课，居然有出世之想。

余怀《板桥杂记》：顿老琵琶，妥娘词曲，只应天上，难得人间。

### 临江仙

芙蓉楼怀郑逢奇

夜半忽惊风雨骤，晓来寒透衾裯。萧条景色懒登楼。衡阳归雁杳，幽恨上眉头。

台空院废人依旧，月沉云淡花羞。芙蓉寂寞小亭秋。黄花伤晚落，相对倍添愁。

## 柳如是
(1618—1664)

号我闻居士，吴江人。本为名妓，与宋徵舆、陈子龙等往来，后归钱谦益。钱死后，为族人逼债，自尽。善词曲，有《戊寅草》、《湖上草》等，存词30余首，其中《梦江南》20首为陈子龙而作。

### 梦江南

怀人，其十一

人何在，人在蓼花汀。炉鸭自沉香雾暖，春山争绕画屏深。金雀敛啼痕。

其十七

人何在，人在雨烟湖。篙水月明春腻滑，舵楼风满睡香多。杨柳落微波。

其十八

人何在，人在玉阶行。不是情痴还欲住，未曾怜处却多心。应是怕情深。

## 金明池

### 咏寒柳

有怅寒潮，无情残照，正是萧萧南浦。
更吹起、霜条孤影，还记得、旧时飞絮。况
晚来、烟浪斜阳，见行客、特地瘦腰如舞。
总一种凄凉，十分憔悴，尚有燕台佳句。
春日酿成秋日雨。念畴昔风流，暗伤如许。
纵饶有、绕堤画舸，冷落尽、水云犹故。忆
从前、一点东风，几隔着重帘，眉儿愁苦。
待约个梅魂，黄昏月淡，与伊深怜低语。

**【集评】**

谢章铤《赌棋山庄词话》：居然作者，味其词，正有无数伤心处也。

陈寅恪《柳如是别传》：河东君之作品，应推此诗（按：指柳氏《次韵奉答》）及《金明池·咏寒柳》词为明末最佳之诗词，当日胜流均不敢与抗手，何物钱岱勋或钱青雨竟能为之乎？造此诬谤者，其妄谬可不必辨。然今日尚有疑河东君之诗词非其本人所作者，浅识陋学，亦可悯矣。

**【拓展与思考】**

请结合明清其他女性作者作品及生平，理解明清女性的生存状态与文学成就。

# 清词

## 【概况】

清词断限起于顺治元年(1644),迄于宣统三年(1911)。按照词学的发展,可分为清初词坛(1644—1679)、盛清词坛(1680—1799)、清中后期词坛(1800—1874)和晚清词坛(1875—1911)。

一般认为,清代是一个词学中兴的时期,陈廷焯《白雨斋词话》曾做过总结:“词兴于唐,盛于宋,衰于元,亡于明,而再振于我国初,大畅厥旨于乾嘉以还也。”就词史发展而言,“清词中兴”这一论断大致是可以成立的。清词的成就主要体现在以下几个方面:一、作家与作品的增多。宋词、明词的数量均为20000余首,清词仅顺、康、雍、乾四朝,就有3000余家约100000首,远迈前代。在这些作家作品中,涌现出大量的名家名作。钱仲联先生曾选《清词三百首》,其质量并不逊于朱彊村所选《宋词三百首》。此外,清代出现了许多优秀的女性作家,且其中出现了豪放一脉的作品。二、词学研究在清代也进一步深化，出现了大量的词谱、总集、选集等。清人对词体的认识远远超过了金、元、明三朝。三、出现了大量的词社、词派，体现出不同的词学群体宗尚与风格，并达到了极高的水准。四、词的内容与题材得到拓展，尤其在晚清，出现了大量反映社会问题、民族问题和重大政治事件的作品。五、词体在清代摆脱了“小道”的地位，有了尊体的自觉，为词的创作指明了向上一路。六、出现了大量词学批评、词学理论的经典著作。

可以说，清词是传统词学的总结期，也为当代词学学科的建立奠定了基础。

**【参考书目】**

严迪昌《清词史》，江苏古籍出版社 2001 年版。

张宏生《清代词学的建构》，江苏古籍出版社 1998 年版。

钱仲联选注《清词三百首》，岳麓书社 1992 年版。

## 吴伟业
(1609—1672)

字骏公,号梅村,别署鹿樵生、灌隐主人、大云道人,江苏太仓人。崇祯四年(1631)会元、榜眼,官至国子监左庶子。顺治十年(1653)被迫应博学鸿儒科,官至国子监祭酒。顺治十三年丁忧南还。有《梅村家藏稿》五十八卷,《梅村诗余》,传奇《秣陵春》,杂剧《通天台》、《临春阁》,等等。

**【总评】**

《四库全书总目·〈梅村诗余〉提要》:其少作大抵才华艳发,吐纳风流,有藻思绮合、清丽芊绵之致。及乎遭逢丧乱,阅历兴亡,激楚苍凉,风骨弥为遒上。

陈廷焯《白雨斋词话》:吴梅村词,虽非专长,然其高处,有令人不可捉摸者,此亦身世之感使然。

## 贺新郎

病中有感

万事催华发。论龚生、天年竟夭[一],高名难没。吾病难将医药治,耿耿胸中热血[二]。待洒向、西风残月。剖却心肝今置地,问华佗、解我肠千结。追往恨,倍凄咽。　故人慷慨多奇节。为当年、沉吟不

**断，草间偷活〔三〕。艾炙眉头瓜喷鼻，今日须难决绝〔四〕。早患苦、重来千叠。脱屣妻孥非易事〔五〕，竟一钱、不值何须说。人世事，几完缺。**

**【注释】**

〔一〕龚生：龚胜，西汉时人。王莽篡国，征胜为上卿，胜不受，绝食死。

〔二〕“耿耿”句：《临终诗》其三：“胸中恶气久漫漫。”

〔三〕草间偷活：见《晋书·周顗传》。王敦叛乱，有人劝周顗躲避，顗正色道：“吾备位大臣，朝廷丧败，宁可复草间求活，外投胡越耶？”

〔四〕“艾炙”句：《隋书·麦铁杖传》：“及辽东之役，请为前锋。顾谓医者吴景贤曰：‘大丈夫性命自有所在，岂能艾炷灸頞，瓜蒂喷鼻，治黄不差，而卧死儿女手中乎？’”

〔五〕脱屣妻孥：《汉书·郊祀志》：“诚得如黄帝，吾视去妻子，如脱屣耳。”

**【集评】**

陈廷焯《白雨斋词话》：《贺新郎·病中有感》一篇，梅村绝笔也。悲感万端，自怨自艾。千载下读其词，思其人，悲其遇，固与牧斋不同，亦与芝麓辈有别。

**【拓展与思考】**

刘献廷《广阳杂记》：“吴梅村于壬子（按，当为辛亥）元旦，梦两青衣来呼曰：‘先帝召汝！’梅村以为章帝也，急往，乃见烈皇帝，伏哭不能起。烈皇帝曰：‘何伤！当日不止汝一人也。’”梅村《临终诗》：“忍死偷生廿载余，而今罪孽怎消除。受恩欠债应填补，总比鸿毛也不如。”遗言：“吾一生遭际万事忧危，无一刻不历艰险，无一境不尝艰辛，实为天下大苦人。吾死后，敛以僧装，葬吾于邓尉灵岩相近，墓前立一圆石，题‘吴伟业之墓’。”结合以上材料理解《贺新郎》中的愧悔心理。

## 龚鼎孳

(1615—1673)

字孝升，号芝麓，安徽合肥人。崇祯七年(1634)进士，崇祯十五年授兵科给事中。崇祯十六年因参权臣被系入狱。李自成入京，降闯，后降清，康熙三年(1664)迁刑部尚书，康熙五年改兵部，康熙八年转礼部，康熙十二年休致，谥端毅。乾隆三十四年(1769)诏夺其谥，入《贰臣传》。有《定山堂诗余》四卷。

**【背景】**

邓之诚《清诗纪事初编》：官刑部尚书，宛转为傅山、陶汝鼐、阎尔梅等开脱，得免于死。艰难之际，善类或多赖其力。又颇振恤孤寒，钱谦益所谓“长安三布衣，累得合肥几死”。吴伟业谓“倾囊橐以恤穷交，出气力以援知己”，以是遂忘其不善而著其善。得享重名，亦由此矣。

### 贺新凉

和曹实庵舍人赠柳敬亭[一]

鹤发开元叟[二]。也来看、荆高市上[三]，卖浆屠狗[四]。万里风霜吹短褐[五]，游戏侯门趋走。卿与我、周旋良久。绿鬓旧颜今改尽，叹婆娑、人似桓公柳[六]。空击碎，唾壶口[七]。　　江东折戟沉沙后。

过青溪、笛床烟月〔八〕，泪珠盈斗。老矣耐烦如许事，且坐旗亭呼酒。判残腊、销磨红友〔九〕。花压城南韦杜曲〔一〇〕，问球场、马弰还能否。斜日外，一回首。

**【注释】**

〔一〕曹实庵：即曹贞吉，生平见下。

〔二〕开元叟：用杜甫《江南逢李龟年》意，将柳敬亭比作李龟年。一说指历过开元盛世的白发遗民。

〔三〕荆高市：荆，荆轲；高，高渐离。都是战国末期的燕国人，此指燕京。

〔四〕卖浆屠狗：卖浆，卖酒的人。《史记·樊哙列传》："以屠狗为事。"《史记·信陵君列传》："公子闻赵有处士毛公藏于博徒，薛公藏于卖浆家。"

〔五〕短褐：短衣，后代指贫贱之人。

〔六〕桓公柳：《世说新语·言语篇》："桓公北征，经金城，见前为琅琊时种柳，皆已十围，慨然曰：'木犹如此，人何以堪！'攀枝执条，泫然流泪。"此处双关。吴伟业赠柳敬亭词："只有敬亭，依然此柳，雨打风吹絮满头。"

〔七〕"空击碎"二句：《世说新语·豪爽》："王处仲每酒后，辄咏'老骥伏枥，志在千里；烈士暮年，壮心不已。'以如意打唾壶，壶口尽缺。"张元幹《石州慢》："两宫何处，塞垣只隔长江，唾壶空击悲歌缺。万里想龙沙，泣孤臣吴越。"

〔八〕笛床：笛别称。

〔九〕红友：指酒。《鹤林玉露》："苏轼南迁北归，至宜兴县黄土村，当地人携酒来饷，曰：'此红友也。'"

〔一〇〕韦杜曲：韦曲、杜曲，唐长安樊川胜地，为韦、杜两家聚居处。《新唐书》："城南韦杜，去天五尺。"此代指金陵秦淮一带。

**【集评】**

夏承焘、张璋编选《金元明清词选》:这是一首投赠之作。词一开头以荆轲、高渐离来比柳敬亭,说明柳也是一个流落江湖的慷慨悲歌之士。“卿与我、周旋良久”,写出二人曾有交情。如今回首前尘,颇多感慨:第一,是二人都老了,绿鬓变成了鹤发,行动像桓公柳那样摇摆;第二,是二人都经历了沧桑。下片的”折戟沉沙”,即写经过世变之后,想起从前的青溪笛床,不禁流泪。“老矣耐烦如许事”的事,不是小事,而是改朝易代的大事。龚鼎孳一身事明崇祯、李闯王、清顺治三朝,这内心的苦恼只有用“呼酒”来麻醉,用“红友”来排除。末尾再一次回顾少年时球场马弰之乐,在抚今追昔的感慨中结束了这首词。

## 念奴娇

雨夜再送青藜叠纬云除夕韵

疏灯细雨,正客心萧瑟、秋行半矣。青眼高歌人乍别,谁向欢场夺帜。六代江山,五陵衣马,去住今宵里。更阑酒醒,风帆愁见初起。　　扬袂司马游梁,终军使越,寂寂聊为此。一片郁孤台上月,直接石头潮水。楼橹丹阳,莼羹笠泽,乱搅寒衾寐。朔云回首,棋枰翻尽朝市。

# 沁园春

髯且无归，纵饮新丰，歌呼拍张。记东都门第，赐书仍在，西州姓字，复壁同藏。万事沧桑，五陵花月，阑入谁家侠少场。相怜处，是君袍未锦，我鬓先霜。　秋城鼓角悲凉。暂握手，他乡似故乡。况竹林宾从，烟霞接轸，云间伯仲，宛洛褰裳。暖玉燕姬，酒钱夜数，绾鬓风能障绿杨。才人福，定清平丝管，烂醉沉香。

## 曹　溶
(1613—1685)

字秋岳，一字洁躬，号倦圃、锄菜翁，浙江秀水(今嘉兴)人。崇祯十年(1637)进士，官御史。入清后官至广东布政使，顺治十三年(1656)京察，降山西阳和道，后补山西按察使，备兵大同。康熙三年(1664)裁缺归里，不复出。康熙十七年举荐博学鸿词科不应，康熙十九年荐修《明史》亦不赴。有《静惕堂诗词集》、《静惕堂尺牍》。

### 踏莎行

答客问云中

堠雪翻鸦，城冰浴马，捣衣声里重门闭。琵琶忽送短墙西，当时不是无情地。　帐底烧春，楼头热浴，百钱便博征夫醉。寒原望断少花枝，临风也省看花泪。

### 采桑子

隔墙弦索无心听，挑灭银灯。暗忆平生。白发萧萧酒易醒。　月华风定芭蕉冷，楼上三更。不住鸡声。一枕江南梦未成。

其二

春衣歇马行山道，重见凉飙。雁字相挑。回首钱塘北上潮。　颓阳漠漠黄沙苦，鬓影初凋。忆弄诗瓢。落尽灯花又一宵。

其六

古藤花下银缸满，紫凤斜飞。贾涕沾衣。吹彻秦箫事已非。　图书只似蓬蒿冷，碧甃双扉。宫漏霏微。说剑青灯客未稀。

## 念奴娇

将赴云中留别胡彦远兼戏其卖药

疮痍四海，笑澄清计短，须髯如戟。酒社飘零诗友散，高卧元龙百尺。女子知名，男儿失意，聊学韩康剧。千金肘后，何妨堪愈愁疾。　我亦北阮穷途，鲛人泪尽，双鬓多添白。风雪差排关塞去，不唤伤心不得。

马背多寒，貂裘易敝，秉烛娱今夕。渭城歌彻，楼外晚山重碧。

## 齐天乐

倦圃秋集，和沈客子

任他华毂长安队，偏觉座中人好。井巷斜连，蓬蒿绿满，娱晚刚宜耕钓。痴狂各妙。肯月令方佳，被蛩吹老，冷石欹眠，隔江真喜战尘少。　　摩挲柳色最古，夜来空想像，白家蛮小。黑子禾城，无多卖酒，赊取儿童惯到。盘餐草草。尽别绪欢场，一时围绕。屋里青山，至今留晋啸。

**【拓展与思考】**

顾贞观《论词书》：“自国初辇毂诸公，尊前酒边，借长短句以吐其胸中。始而微有寄托，久则务为谐畅。香严倦圃，领袖一时。唯时戴笠故交，担簦才子，并与晏游之席，各传酬和之篇。而吴越操瓠家闻风竞起，选者作者，妍媸杂陈。”请结合这段话思考明清之际词风兴盛的原因。

## 徐 灿
(约 1618—1698)

字湘苹，又字明深、明霞，号深明，又号紫箮，江苏吴县(今苏州)人。光禄丞徐子懋女，弘文院大学士陈之遴继室。陈之遴原明崇祯十年(1637)进士，入清累官至弘文院大学士，坐事流放辽东，徐灿随夫迁辽东。陈之遴卒后十二年，始扶榇南还。有《拙政园诗余》三卷。

**【总评】**

陈维崧《妇人集》：才锋遒丽，生平著小词绝佳，盖南宋以来，闺房之秀，一人而已。其词，娣视淑真，姒蓄清照。

周铭《林下词选》：得北宋风格，绝去纤佻之习；其冠冕处，即李易安亦当避席。

朱祖谋《望江南》：双飞翼，悔杀到瀛洲。词是易安人道韫，可堪伤逝又工愁。肠断塞垣秋。

### 踏莎行

芳草才芽，梨花未雨。春魂已作天涯絮。晶帘宛转为谁垂，金衣飞上樱桃树[一]。　故国茫茫，扁舟何许。夕阳一片江流去。碧云犹叠旧山河，月痕休到深深处。

**【注释】**

〔一〕金衣：指黄莺。王仁裕《开元天宝遗事》："明皇于禁苑中见黄莺，常呼之为金衣公子。"

**【集评】**

陈廷焯《白雨斋词话》：既超逸，又和雅，笔意在五代、北宋之间。

夏承焘、张璋编选《金元明清词选》：作者在"芳草才芽，梨花未雨"的早春季节，忆旧伤离，触景生情，颇多兴亡之感。

钱仲联选注《清词三百首》：于念旧伤离之中，寄沧桑变革之叹，故谭献《箧中词》评云："兴亡之感，相国愧之。"

**【拓展与思考】**

此词在抒发兴亡之感外，实际对其夫陈之遴的仕清也委婉地表达了劝诫。请理解此类词作的曲笔之妙。

## 唐多令

### 感怀

玉笛拆清秋。红蕉露未收。晚香残、莫倚高楼。寒月多情怜远客，长伴我，滞幽州。　小苑入边愁〔一〕。金戈满旧游。问五湖、那有扁舟？梦里江声和泪咽，频洒向，故园流。

**【注释】**

〔一〕小苑入边愁：杜甫《秋兴》："花萼夹城通御气，芙蓉小苑入边愁。……回首可怜歌舞地,秦中自古帝王州。”

**【集评】**

夏承焘、张璋编选《金元明清词选》:这首词的第一个内容是思乡。她滞留幽州,念念不忘在苏州的故园。第二个内容是当时一些地区有兵戈之事,使她那乘扁舟浮五湖的梦想不能实现。朱孝臧为徐灿的《拙政园诗余》题词云:“双飞翼,悔煞到瀛洲。词是易安人道韫,可堪伤逝又工愁?肠断塞垣秋。”

钱仲联选注《清词三百首》:这首词,通过秋日留滞幽州时的思乡心情,扩展到对国事的忧伤。时陈之遴处在贬谪回京的忧危处境,故有“晚香残、莫倚高楼”的警惕语。下片实写边愁金戈,慨叹负罪之身,无缘归隐吴门。结尾声泪俱下,尺幅有千里之势。

## 青玉案

### 吊古

伤心误到芜城路。携血泪、无挥处。半月模糊霜几树。紫箫低远,翠翘明灭,隐隐羊车度。　　鲸波碧浸横江锁,故垒萧萧芦荻浦。烟水不知人事错,戈船千里,降帆一片,莫怨莲花步。

## 宋徵舆
(1618—1667)

字辕文，号直方，华亭(今上海松江)人。明末诸生，顺治四年(1647)进士，官至副都御使。有《海闾香词》等。

### 忆秦娥

杨花

黄金陌。茫茫十里春云白。春云白。迷离满眼，江南江北。　来时无奈珠帘隔。去时着尽东风力。东风力。留他如梦，送他如客。

**【集评】**

谭献《箧中词》：身世可怜。

夏承焘、张璋编选《金元明清词选》：这首词哀杨花，也是自哀。

### 小重山

春流半绕凤凰台。十年花月夜、泛金杯。玉箫呜咽画船开。清风起、移棹上秦淮。　　客梦五更回。清砧迎塞雁、渡江来。景阳宫井断苍苔。无人处、秋雨落宫槐。

## 蝶恋花

宝枕轻风秋梦薄。红敛双蛾，颠倒垂金雀。新样罗衣浑弃却。犹寻旧日春衫着。

偏是断肠花不落〔一〕。人苦伤心，镜里颜非昨。曾误当初青女约。只今霜夜思量着。

**【注释】**

〔一〕断肠花：翻用李白《古风》："朝为断肠花，暮逐东流水。"

**【集评】**

谭献《箧中词》：悱恻忠厚。

严迪昌编选《金元明清词精选》："闺思"题材，无论是"春闺"抑或是"秋闺"，从来不外是怨郎君或情郎薄幸，叹一己青春空抛、红颜薄命，罕见有自责负约、自伤移情改志的。有则自清初始。时代的某些特定背景，导致传统题材的内涵启变，"闺怨"即其中一例。宋徵舆在"云间三子"中年最少，幼于陈子龙、李雯十岁，迟陈、李二十年卒。"三子"在甲申、乙酉鼎革之际，子龙赴难殉国，李、宋改志仕清。李雯卒早，宋徵舆渐居要路，俯今仰昔，心情复杂，愧对故友如陈子龙者之自疚感时有涌起，这首《秋闺》就是以吞吐含蓄之笔透现内心的隐蔽境界。尽管事实已是"新样罗衣"难以弃却，"旧日春衫"无可寻复，"青女约"之误早成定谳，"断肠花不落"的怨天尤人均无法挽回“颜非昨”之势，但作者的自怨自艾并非伪饰，是真诚的。唯其真诚而又不可逆变已铸成之事实，所以，隐痛也就显得深沉。云间词人论词主“境由情生、辞随意启”的雅正婉妍之旨，好以“香草美人”为寄托载体，本多情爱之写。不意陵谷变迁，陈子龙最后三数年之作尽寄以忠爱苦情，李雯、宋徵舆则于白日歌酒流连，夜半乃自伤成为“两截人”，境由情生之旨转获致更多层面的发挥。时势推移，每多初衷始所未料者。此词意象似多陈旧，然而特定个性的情思却推陈见新，颇醒眼目。词的脉络甚细，辞既达意又能婉曲，老于传统手笔而不迂不滞，允称驾轻就熟之高手。

**【拓展与思考】**

请结合上文所引严迪昌词评，比较陈子龙、李雯、宋徵舆三人明亡前后的词作内容与风格，了解“云间派”、“香草美人”的写作手法与艺术风格。

## 王士禛

(1634—1711)

字子真,一字贻上,号阮亭,又号渔洋山人,世称王渔洋,谥文简,山东新城(今桓台)人。顺治十五年(1658)进士,康熙四十三年(1704)官至刑部尚书,主盟文坛近五十年,论诗倡"神韵"。有《带经堂集》、《渔洋山人精华集》、《池北偶谈》、《阮亭诗余》、《衍波词》、《倚声初集》、《花草蒙拾》、《国朝名家诗余》等。存诗4000余首,词132首。

**【总评】**

唐允甲《衍波词序》:束其鸿博淹雅之才,作为《花间》隽语,极哀艳之深情,穷倩盼之逸趣。其旖旎而秾丽者,则景、煜、清照之遗也;其芊绵而俊爽者,则淮海、屯田之匹也。

沈履夏《衍波词序》:贻上抱宋子之才,而结怀秋之想。每叶一调,可使明妃嫣然解语,红叶殷勤渡沟。境会情真,写照欲绝。

朱祖谋《望江南》:消魂极,绝代阮亭诗。见说绿杨城郭畔,游人争唱冶春词。把笔尽凄迷。

### 浣溪沙

红桥同箨庵、茶村、伯玑、其年、秋崖赋

北郭清溪一带流。红桥风物眼中秋。绿杨城郭是扬州。　西望雷塘何处是,香魂零落使人愁。淡烟芳草旧迷楼。

其二

白鸟朱荷引画桡。垂杨影里见红桥。欲寻往事已魂销。　遥指平山山外路，断鸿无数水迢迢。新愁分付广陵潮。

其三

绿树横塘第几家。曲阑干外卓金车。渠侬独浣越溪纱。　浦口雨来虹断续，桥边人醉月横斜。棹歌声里采菱花。

**【背景】**

箨庵，袁于令。茶村，杜濬。伯玑，陈允衡。其年，陈维崧。秋崖，朱克生。

吴伟业《程昆仑文集序》：吾友新城王贻上为扬州法曹，地殷务剧，宾客日进。早起坐堂皇，目览文书，口决讯报，呼誉之声沸耳，案牍成于手中。已而放衙，召客刻烛赋诗，清言霏霏不绝，坐宾见而诧曰："王公真天材也。"

王士禛《红桥游记》：予数往来北郭，必过红桥，顾而乐之。登桥四望，忽复徘徊感叹。……壬寅季夏之望，与箨庵、茶村、伯玑诸子……倚而和之。箨庵继成一章，予以属和。嗟乎！丝竹陶写，何必中年；山水清音，自成佳话。予与诸子聚散不恒，良会易遘，而红桥之名，或反因诸子而得传于后世，增怀古凭吊者之徘徊感叹，如予今日，未可知者。

## 小重山

和湘真词二首，其二

梦里秦淮清夜游。银罂檀板地、几经秋。清溪如带掌中流。三十曲、曲曲木兰舟。　锦瑟伴箜篌。春江花月里、不曾愁。折梅何日下西洲。音信断、愁上阅江楼。

## 蝶恋花

和漱玉词

凉夜沉沉花漏冻。欹枕无眠，渐听荒鸡动。此际闲愁郎不共。月移窗罅春寒重。　忆共锦衾无半缝。郎似桐花，妾似桐花凤。往事迢迢徒入梦。银筝断续连珠弄。

**【集评】**

谭献《箧中词》：深于梁、陈。

【拓展与思考】

此词和李清照《蝶恋花》(暖雨晴风初破冻),试比较二词异同。

## 玉连环

### 个侬

枇杷门巷樱桃树〔一〕。个侬曾遇。画衣缥缈水沉薰,不辨香、来何处。　忽似惊鸿翔去。凌波微步。洛川伊水向东流,八斗才、情空赋〔二〕。

【注释】

〔一〕枇杷门巷:唐薛涛居成都浣花溪,门前种枇杷。王建(一作胡曾)《赠蜀中薛涛校书》:"万里桥边女校书,枇杷花里闭门居。扫眉才子于今少,管领春风总不如。"后以枇杷门巷代娼家。

〔二〕"忽似"下:俱用《洛神赋》:"容与乎阳林,流眄乎洛川。"又李商隐《可叹》:"宓妃愁坐芝田馆,用尽陈王八斗才。"

【拓展与思考】

顾贞观《顾梁汾先生书》:"渔洋之数载广陵,实为斯道总持,二三同学,功亦难泯。"又:"渔洋复位高望重,绝口不谈,于是向之言词者,悉去而言诗古文辞,回视《花间》、《草堂》,顿如雕虫之见耻于壮夫矣。"请思考王士禛的词学影响,及其对词学态度变化的契机与原因。

## 陈维崧
(1625—1682)

字其年，号迦陵，江苏宜兴人。父陈贞慧。诸生。顺治十五年(1658)访冒襄，寄居水绘园读书。康熙元年(1662)至扬州，修禊红桥。康熙十八年举博学鸿词科，授翰林院检讨，参修《明史》。阳羡词派代表词人，有《湖海楼词》，存词一千六百余首。

**【总评】**

陈宗石《湖海楼词序》：方伯兄少时，值家门鼎盛，意气横逸，谢郎捉鼻，麈尾时挥，不无声华裙屐之好，故其词多作旖旎语。迨中更颠沛，饥驱四方；或驴背清霜，孤篷夜雨；或河梁送别，千里怀人；或酒旗歌板，须髯奋张；或月榭风廊，肝肠掩抑；一切诙谐狂啸，细泣幽吟，无不寓之于词。甚至里语巷谈，一经点化，居然典雅，真有意到笔随，春风物化之妙。盖伯兄中年始学为诗余，晚岁尤好不厌，或一日得数十首，或一韵至数十余阕。统计小令、中调、长调共得四百一十六调，共词一千六百二十九阕。先是京少有《天藜阁迦陵词刻》，犹属未备，今乃尽付梓人。自唐宋元明以来，从事倚声者，未有如吾伯兄之富且工也。

陈廷焯《白雨斋词话》：迦陵词沉雄俊爽，论其气魄，古今无敌手，若能加以浑厚沉郁，便可突过苏、辛，独步千古。

又：偏至之诣，至于绝后空前，亦令人望而却步，其年亦人杰矣哉！

又：《满江红》诸阕，纵笔所之，无不雄健……极苍凉，亦极雄丽……《水调歌头》诸阕，英姿飒爽，行气如虹，不及稼轩之神化，而老辣处时复过之。《沁园春》调……每章俱于苍莽中见骨力，精悍之色，不可逼视。

朱彊村《望江南》：迦陵韵，哀乐过人多。跋扈颇参青兕意，清扬恰称紫云歌。不管秀师诃。

## 南乡子

邢州道上作

秋色冷并刀〔一〕。一派酸风卷怒涛。并马三河年少客〔二〕，粗豪。皂栎林中醉射雕〔三〕。　残酒忆荆高。燕赵悲歌事未消。忆昨车声寒易水，今朝。慷慨还过豫让桥。

**【注释】**

〔一〕并刀：并州产剪刀。杜甫《戏题王宰画山水图歌》："焉得并州快剪刀，翦取吴松半江水。"

〔二〕三河：河东、河内、河南，天下之中。三河年少，三河多游侠。曹植《白马篇》："借问谁家子，幽并游侠儿。"梁简文帝："任侠称六辅，轻薄出三河。"

〔三〕皂栎林：用杜甫《壮游》："呼鹰皂栎林。"

**【集评】**

夏承焘、张璋编选《金元明清词选》：这首词是作者在邢州道上的怀古之作。作者与三河少年，在那战国时荆轲、高渐离等活动过的地方，一起驰马射雕。酒余豪气，跃然纸上。

## 点绛唇

### 夜宿临洺驿

晴髻离离，太行山势如蝌蚪。稗花盈亩。一寸霜皮厚。　　赵魏燕韩，历历堪回首。悲风吼。临洺驿口。黄叶中原走。

**【背景】**

此词作于康熙七年(1668)，作者北上京师谋职未成，失意南归。

**【集评】**

陈廷焯《白雨斋词话》：干将出匣，寒光逼人。

夏承焘、张璋编选《金元明清词选》：作者以江南人而漫游北方，他夜宿临洺驿，突出地感到北地早寒的萧瑟景象。作者不用平写，他用眼前的稗花、黄叶、悲风以及如蝌蚪浮游的太行山势来烘托萧瑟，还用与临洺驿相近的历史古国——赵魏燕韩来衬托萧瑟。

严迪昌编选《金元明清词精选》：上片写眼中景有特点二：一是静物见动势。山势在跃动"如蝌蚪"，线条腾越，与"晴髻"意象，恰好动静、刚柔相济。二是质感毕现，月色下荒凉芜野的景象在"一寸霜皮厚"中予人以沉重感，"霜皮"之寒意也即沦肌浃体而入。动势出灵警，质感透有力度，陈维崧的词笔雄劲处固毕见；更重要的是其心底的激荡情思借此旋起，满纸风霜。……漂泊羁旅中最易勾动乡思，何况身世际遇犹如黄叶飘转于天涯！"悲风吼"，人们不难从这吼声中听到词人的郁勃心音。

## 虞美人

无聊

无聊笑捻花枝说。处处鹃啼血。好花须映好楼台。休傍秦关蜀栈、战场开。　　倚楼极目添愁绪。更对东风语。好风休簸战旗红。早送鲥鱼如雪、过江东。

**【背景】**

此词作于康熙十三年(1674),适值三藩之乱。

**【集评】**

夏承焘、张璋编选《金元明清词选》:这首词希望好花不要开傍战场,希望好风不要簸摇战旗,与杜甫《洗兵马》中的"安得壮士挽天河,净洗甲兵长不用"的用意相同。

## 好事近

夏日史蓬庵先生招饮〔一〕,即用先生喜予归自吴阊门过访原韵

分手柳花天,雪向晴窗飘落。转眼葵肌初绣,又红敧栏角。　　别来世事一番新,只吾徒犹昨。话到英雄失路,忽凉风索索。

【注释】

〔一〕史蓬庵：即史可程，史可法堂弟。

【拓展与思考】

1. 夏承焘认为此词表达的是“诸公衮衮登台省，广文先生官独冷”的怀才不遇的牢骚，请谈谈你的理解。

2. 沈轶刘《清词菁华》：“维崧小令，能敛沧海于一粟，恍惚变灭，具尺幅千里之势，令人诵之，心潮溢沸，滉漾于意外，不能自制，此境为自来词家所未有。”请结合具体作品理解陈维崧小令“尺幅千里”的特点。

## 沁园春

题徐渭文《钟山梅花图》，同云臣、南耕、京少赋〔一〕

十万琼枝，矫若银虬，翩如玉鲸。正困不胜烟，香浮南内，娇偏怯雨，影落西清。夹岸亭台，接天歌板，十四楼中乐太平〔二〕。谁争赏，有珠珰贵戚，玉佩公卿。　如今潮打孤城，只商女船头月自明。叹一夜啼乌，落花有恨，五陵石马〔三〕，流水无声。寻去疑无，看来似梦，一幅生绡泪写成。携此卷，伴水天闲话，江海余生。

【注释】

〔一〕徐渭文：徐元琜，字渭文，阳羡人。画家，工词。云臣：史惟圆，字云臣，阳羡人。工词，有《蝶庵词》。南耕：曹亮武，字渭公，号南耕，陈维崧表弟。阳羡人。工词，有《南耕词》。京少：蒋景祁，字京少。阳羡人。工词，有《罨画溪词》，编《瑶华集》。以上三人均为阳羡词派重要词人。

〔二〕十四楼：朱彝尊《静志居诗话》："明制：南北都各立教坊司，北有东西二院，南有十四楼。"晏振之《金陵春夕》："花月春风十四楼。"

〔三〕五陵石马：此指明孝陵。陈子龙《秋日杂感·客吴中作》："三市铜驼愁夜月，五陵石马恸秋风。玉泉不识朝宗意，依旧东流入汉宫。"

**【集评】**

陈廷焯《白雨斋词话》：情词兼胜，骨韵都高，几合苏、辛、周、姜为一手。

## 贺新郎

### 赠苏昆生

苏，固始人，南曲为当今第一。曾与说书叟柳敬亭同客左宁南幕下，梅村先生为赋《楚两生行》。

吴苑春如绣。笑野老、花颠酒恼，百无不有。沦落半生知己少，除却吹箫屠狗。算此外、谁欤吾友。忽听一声何满子〔一〕，也非关、泪湿青衫透。是鹃血，凝罗袖。　武昌万叠戈船吼。记当日、征帆一片，乱遮樊口〔二〕。隐隐柁楼歌吹响，月下六军搔首。正乌鹊、南飞时候。今日华清风景换，剩凄凉、鹤发开元叟。我亦是，中年后。

**【注释】**

〔一〕何满子：乐曲名。张祜《宫词》云："故国三千里，深宫二十年。一声何满子，双泪落君前。"此用其怀恋故国意。

〔二〕樊口：在今湖北寿昌西北。崇祯十五年(1642)左良玉大造战舰于此。

**【集评】**

夏承焘、张璋编选《金元明清词选》：上片是沦落半生的苏昆生的一个生动的剪影。开头用"吴苑春如绣"来反衬苏昆生的寂寞与凄凉。自左良玉一死，世上谁是知己？剩下的只有"花颠"、"酒狂"和"吹箫"、"屠狗"之徒了。用"鹃血"结束上片，是在苏昆生剪影上最后加上浓重的一笔。下片回顾左良玉当时军容甚盛，声势煊赫。"六军搔首"到"乌鹊南飞"二句，隐喻左良玉之败亡。从此"华清景换"，苏昆生成了"鹤发开元叟"了。"我亦是，中年后"二句，陈维崧写出自己的悲哀。正如白居易诗所说"同是天涯沦落人，相逢何必曾相识"呢！

## 八声甘州

客有言西江近事者，感而赋此

说西江近事最销魂，啼断竹林猿。叹灌婴城下，章江门外，玉碎珠残。争拥红妆北去，何日遂生还。寂寞词人问，南浦西山。　　谁向长生宫殿，对君王试鼓，别鹊离鸾。怕未终此曲，先已惨天颜。只小姑、端然未去，伴彭郎、烟水明月间。终古是、银涛雪浪，雾鬓风鬟。

## 贺新郎

纤夫词

战舰排江口。正天边、真王拜印，蛟螭蟠钮。征发棹船郎十万，列郡风驰雨骤。叹闾左、骚然鸡狗。里正前团催后保，尽累累、锁系空仓后。捽头去，敢摇手。　　稻花恰趁霜天秀。有丁男、临歧诀绝，草间病妇。此去三江牵百丈，雪浪排樯夜吼。背耐得、土牛鞭否？好倚后园枫树下，向丛祠、亟倩巫浇酒。神佑我，归田亩。

**【拓展与思考】**

陈维崧在《词选序》中提出“东坡、稼轩诸长调，又骎骎乎如杜甫之歌行与西京之乐府也”的词史观，请结合以上作品谈一谈作者对“词史”精神的践行。

## 朱彝尊
(1629—1709)

字锡鬯，号竹垞，又号醧舫，晚号小长芦钓鱼师，又号金风亭长，浙江秀水(今嘉兴)人。康熙十八年(1679)举博学鸿词科，除检讨，参与纂修《明史》。康熙二十二年入直南书房。有《曝书亭集》八十卷，《日下旧闻》四十二卷，《经义考》三百卷。浙西词派代表词人，有《江湖载酒集》、《静志居琴趣》、《茶烟阁体物集》、《蕃锦集》等四种，存词 654 首。又编《明诗综》、《词综》等。

**【总评】**

陈廷焯《白雨斋词话》：竹垞词疏中有密，独出冠时，微少沉厚之意……《江湖载酒集》洒落有致，《茶烟阁体物集》组织甚工，《蕃锦集》运用成语，别具匠心，然皆无甚大过人处。惟《静志居琴趣》一卷，尽扫陈言，独出机杼，艳词有此，匪独晏、欧所不能，即李后主、牛松卿亦未尝梦见，真古今绝构也，惜托体未为大雅。《静志居琴趣》一卷，生香真色，得未曾有！前后次序，略可意会，不必穿凿求之。

蒋兆兰《词说》：清初诸公，犹不免守《花间》、《草堂》之陋。小令竞趋侧艳，慢词多效苏、辛。竹垞大雅闳达，辞而辟之，词体为之一正。

朱彊村《望江南》：江湖老，载酒一年年。体素微妨耽绮语，贪多宁独是诗篇？宗派浙河先。

## 桂殿秋

思往事，渡江干。青蛾低映越山看。共眠一舸听秋雨，小簟轻衾各自寒。

## 眼儿媚

那年私语小窗边。明月未曾圆。含羞几度，已抛人远，忽近人前。　无情最是寒江水，催送渡头船。一声归去，临行又坐，乍起翻眠。

## 鹊桥仙

十一月八日

一箱书卷，一盘茶磨、移住早梅花下。全家刚上五湖舟，恰添了、个人如画。　月弦新直，霜花乍紧，兰桨中流徐打。寒威不到小篷窗，渐坐近、越罗裙衩。

## 临江仙

隔水濛濛细雨，绕楼短短垂杨。春寒过尽郁金堂。珍珠帘对卷，帘下试新妆。　金钿双安翡翠，罗裙宜贴鸳鸯。风摇衣影步生香。舞随飞燕后，梦着落花旁。

## 摸鱼儿

粉墙青、虬檐百尺，一条天色催暮。洛妃偶值无人见，相送袜尘微步。教且住。携玉手、潜行莫惹冰苔仆。芳心暗诉。认香雾长鬟边，好风衣上，分付断魂语。　双栖燕，岁岁花时飞度。阿谁花底催去。十年镜里樊川雪，空袅茶烟千缕。离梦苦。浑不省、锁香金箧归何处。小池枯树。算只有当时，一丸冷月，犹照夜深路。

**【背景】**

以上数首出自《静志居琴趣》，均为记录作者与妻妹冯寿常（字静志）的恋情而作，即朱彊村“体素微妨耽绮语”所来自。陈廷焯《白雨斋词话》对朱彝尊此类词评价极高：“《静志居琴趣》一卷，生香真色,得未曾有。前后次序,略可意会,不必穿凿求之。”又《词则》:“情词俱臻绝顶,摆脱绮罗香泽之态,独饶仙艳,自非仙才不能。凄艳独绝,是从风、骚、乐府中来,非晏、欧、周、柳一派也。”请分析、归纳此类作品的风格、成就。作者另有诗《风怀》二百韵叙恋情始末,可参看。

## 解佩令

### 自题词集

十年磨剑，五陵结客，把平生、涕泪都飘尽。老去填词，一半是、空中传恨。几曾围、燕钗蝉鬓。　不师秦七，不师黄九，倚新声、玉田差近。落拓江湖，且分付、歌筵红粉。料封侯、白头无分。

**【背景】**

此词自题早年词集《江湖载酒集》。

**【集评】**

夏承焘、张璋编选《金元明清词选》:这首自题词集的词,上片有两个内容:一说自己在事业、交友方面的失意遭遇;二说自己填词为了书愁传恨,不像达官贵人那样,身边有许多燕钗、蝉鬓围绕着。下片也有两个内容:一说在填词风格方面,不学秦观的柔婉,也不学黄庭坚的奇崛,却与张炎《词源》中提出的“清空”的宗旨差近;二写自己落拓江湖,“分付歌筵红粉”与辛弃疾的“倩何人唤取,红巾翠袖,揾英雄泪”句,同一用意。结语与上片“把平生、涕泪都飘尽”照应,结构严密。

## 卖花声

### 雨花台

衰柳白门湾。潮打城还。小长干接大长干。歌板酒旗零落尽，剩有渔竿。　秋草六朝寒。花雨空坛。更无人处一凭栏。燕子斜阳来又去，如此江山。

**【集评】**

严迪昌编选《金元明清词精选》：朱彝尊运笔过程是从空间上由大及小，自远及近，视线焦点落在大小长干的街巷，那是社会景观包括人文演化的集聚处。写自然景原是为衬现社会情。上片以"歌板酒旗"与"渔竿"的反差意象作为收束，就是收束在时世变易上。是怎样的变易，不明写，去意会。下片承续"剩有渔竿"而再拓开，展示一种历史命题的吟叹。全词唯"零落尽"三字较着痕迹，其余字面上大抵无感情色彩，指政治性倾向色彩。然而其所构成的境界却能让知人论世的读者们感受到此中有"故国不堪回首月明中"的情意在。此即浙西词派的清空审美情趣和朱彝尊"空中传恨"的手法。

# 长亭怨慢

雁

结多少、悲秋俦侣。特地年年，北风吹度。紫塞门孤，金河月冷恨谁诉。回汀枉渚，也只恋、江南住。随意落平沙，巧排作、参差筝柱。　　别浦。惯惊移莫定，应怯败荷疏雨。一绳云杪，看字字、悬针垂露。渐欹斜、无力低飘，正目送、碧罗天暮。写不了相思，又蘸凉波飞去。

**【集评】**

陈廷焯《白雨斋词话》：感慨身世，以凄切之情，发哀婉之调，既悲凉，又忠厚，是竹垞直逼玉田之作，集中亦不多见。

夏承焘、张璋编选《金元明清词选》：这首词中的“紫塞门孤”、“金河月冷”和“无力低飘”等句，是写雁在环境压力下的挣扎。“惊移莫定，应怯败荷疏雨”，是写雁的惶惶惊惧的心情。借咏物来抒发自己的感慨，是词人们常用的手法。苏轼《卜算子》写孤鸿“惊起却回头，有恨无人省。拣尽寒枝不肯栖，寂寞沙洲冷”是一例。辛弃疾《木兰花慢》“目断秋霄落雁，醉来时响空弦”又是一例。

**【拓展与思考】**

此词为朱彝尊咏物词的代表作，也为历代咏雁词的佳篇之一。请做赏析。

# 天香

## 龙涎香

泓下吟残，波中焰后，珠宫不锁痴睡。沫卷盘涡，腥垂尺木，采入蜒船鲛市。南蕃新谱，和六一、丹泥分制。裹向罗囊未许，携归金盒先试。　　炎天最饶凉思。井华浇、帛铺澄水。百沸琼膏，嘘作半窗云气。麝火温馨欲陷，又折入、犀帷袅难起。螺甲重挑，茶烟较细。

**【拓展与思考】**

此词为仿宋遗民《乐府补题》、《天香·龙涎香》而作。夏承焘《唐宋词人年谱》论《乐府补题》主题："大抵龙涎香、莼、蟹以指宋帝，蝉与白莲则托喻后妃。"陈维崧亦有同题："万斛蛟漦，千堆蜃沫，沉沉碧海今夜。湘娥倚殿，贵主还宫，新捣都梁无价。金盆煎处，趁月里、桂华初谢。浓染鲛人茜泪，小衬冯夷冰帕。　　天风彩鸾斜跨。杜兰香、水边闲话。几遍龙堂游戏，蓬莱干也。多少望陵愁梦，空剩得、分香雀台瓦。散与人间，斗他檀麝。"朱彝尊《词综·发凡》："世人言词，必称北宋；然词至南宋始极其工，至宋季而始极其变。姜尧章氏最为杰出。"请结合以上材料分析朱彝尊此词的思想内容、艺术特色及其原因。

## 李良年
(1635—1694)

原名法远，又名兆潢，字武曾，号秋锦，浙江秀水(今嘉兴)人。“浙西六家”之一。有《秋锦山房词》。

### 暗香

绿萼梅

春才几日。早数枝开遍，笑他红白。仙径曾逢，萼绿华来记相识。修竹天寒翠倚〔一〕。翻认了、暗侵苔色。纵一片、月底难寻，微晕怎消得。　脉脉。清露湿。便静掩帘衣，夜香难隔。吴根旧宅〔二〕，篱角无言照溪侧。只有楼边易坠，又何处、短亭风笛〔三〕。归路杳、但梦绕，铜坑断碧。

**【注释】**

〔一〕修竹天寒翠倚：杜甫《佳人》：“日暮倚修竹，天寒翠袖薄。”

〔二〕吴根旧宅：杜牧《昔事文皇帝》：“溪山侵越角，封壤尽吴根。”

〔三〕“楼边易坠”句：李白《与史郎中钦听黄鹤楼上吹笛》：“黄鹤楼中吹玉笛，江城五月落梅花。”崔鲁《梅花》：“未落先愁玉笛吹。”

**【拓展与思考】**

朱彝尊《黑蝶斋词序》:"词莫善于姜夔,宗之者张辑、卢祖皋、史达祖、吴文英、蒋捷、王沂孙、张炎、周密、陈允平、张翥、杨基,皆具夔之一体,基之后得其门者寡矣。"请结合此词理解浙西词派的词学宗尚。

## 李符
(1639—1689)

原名符远，字分虎，号耕客，李良年弟。“浙西六家”之一，有《耒边词》。

**【总评】**

谭莹《论词绝句》：倦圃人归有耒边，朔南万里倚声先。反从北宋追南宋，朱十言夸殆未然。

### 河满子

经阮司马故宅

惨澹君王去国，风流司马无家。歌扇舞衣行乐地，只余衰柳栖鸦。赢得名传乐部，春灯燕子桃花。

### 巫山一段云

西湖感旧

废苑苍苔里，残山白骨边。旧游如梦总凄然。况是晚秋天。　垆散红腰女，空携买酒钱。葑湾细火自年年。只有捕鱼船。

## 扬州慢

广陵驿对月，遇山左调兵南下

老柳梳烟，寒芦载雪，江城物候秋深。怨金河叫雁，断续和疏砧。记前度、邗沟系缆，征衫又破，愁到如今。怅无眠、伴我凄凉，月在墙阴。　　竹西歌吹，甚听来、都换笳音。料锁箧携香，笼灯照马，翠馆难寻。淮海风流秦七，今宵在、梦更伤心。有燕犀屯处，明朝莫去空临。

【拓展与思考】

请赏析此词。

## 纳兰性德
(1655—1685)

原名成德，避太子保成讳改性德，字容若，号楞伽山人，满洲正黄旗人。大学士明珠长子，母觉罗氏，妻卢氏、瓜尔佳氏。先世叶赫部族。康熙十年(1671)举乡试，康熙十五年二甲进士，授三等侍卫，累迁至一等。康熙二十四年急病去世。有词集《侧帽集》、《饮水词》，今存词 342 首(一说 348 首)。编有《今词初集》。

**【总评】**

顾贞观《饮水词序》：非文人不能多情，非才子不能善怨。骚雅之作，怨而能善，惟其情之所钟为独多也。容若天资超逸，翛然尘外，所为乐府小令，婉丽清凄，使读者哀乐不知所主，如听中宵梵呗，先凄惋而后喜悦。

顾贞观《纳兰词评》：容若词一种凄忱处，令人不能卒读，人言愁，我始欲愁。

顾贞观《论词书》：自国初辇毂诸公，尊前酒边，借长短句以吐其胸中，始而微有寄托，久则务为谐畅，香严、倦圃领袖一时……吾友容若，其门地才华直越晏小山而上之，欲尽招海内词人，毕出其奇远，远方骎骎渐有应之者，而天夺之年，未几辄风流云散。

杨芳灿《纳兰词序》：先生貂珥朱轮，生长华朊，其词则哀怨骚屑，类憔悴失职者之所为。盖其三生慧业，不耐浮尘，寄思无端，抑郁不释，韵澹疑仙，思幽近鬼，年之不永，即兆于斯。

王国维《人间词话》：以自然之眼观物，以自然之舌言情。初入中原，未染汉人风气，北宋以来，一人而已。

## 金缕曲

赠顾梁汾题杵香小影

德也狂生耳。偶然间、缁尘京国[一]，乌衣门第。有酒惟浇赵州土[二]，谁会成生此意。不信道、遂成知己。青眼高歌俱未老[三]，向尊前、拭尽英雄泪。君不见，月如水。　共君此夜须沉醉。且由他、蛾眉谣诼[四]，古今同忌。身世悠悠何足问，冷笑置之而已。寻思起、从头翻悔。一日心期千劫在，后身缘、恐结他生里[五]。然诺重，君须记。

**【背景】**

顾贞观《金缕曲》注：岁丙辰（1676），容若年二十二，乃一见即恨识余之晚，阅数日填此阕为余题照，极感其意。

**【注释】**

〔一〕淄尘京国：淄尘，喻污垢。陆机《为顾彦先赠妇》："京洛多风尘，素衣化为缁。"谢朓《酬王晋安》："谁能久京洛，缁尘染素衣。"此句可参看纳兰《野鹤吟》："仆亦本狂士，富贵鸿毛轻。欲隐道无由，幡然逐华缨。"

〔二〕有酒惟浇赵州土：出自李贺《浩歌》："买丝绣作平原君，有酒惟浇赵州土。"起句至此为纳兰自喻，可参看《顾梁汾祭先生文》：

“其于道义也甚真，特以风雅为性命，朋友为肺腑。”

〔三〕青眼高歌俱未老：出自杜甫《短歌行赠王朗司值》：“王郎酒酣拔剑斫地歌莫哀。我能拔尔抑塞磊落之奇才……青眼高歌望吾子，眼中之人吾老矣。”反用其意。青眼：《晋书·阮籍传》：“籍又能为青白眼。见礼俗之士，以白眼对之。及嵇喜来吊，籍作白眼，喜不怿而退；喜弟康闻之，乃赍酒挟琴造焉，籍大悦，乃见青眼。”

〔四〕蛾眉谣诼，古今同忌：参见杨芳灿《纳兰词序》：“或者谓‘高门贵胄，未必真嗜风雅，或当时贡谀者代为操觚耳’。今其词具在，骚情古调，侠肠俊骨，隐隐奕奕，流露于毫楮间，斯岂他人所能模拟乎？且先生所与交游，皆词场名宿，刻羽调商，人人有集，亦正少此一种笔墨也。嗟乎！蛾眉谣诼，没世犹然，真赏难逢，为可累息。”又毛际可和词：“惟我与君耳。更非因、标题月旦，攀援门第。”

〔五〕后身缘、恐结他生里：参见顾贞观《金缕曲》注：“私讶他生再结，殊不祥何意。为乙丑五月之谶也。伤哉！”然诺：允诺。出自《史记·游侠列传》，李白《侠客行》：“三杯吐然诺，五岳倒为轻。”

**【拓展与思考】**

顾贞观与纳兰容若以词订交，与曹贞吉并称“京华三绝”。请结合具体材料理解归纳二人共同的词学宗尚与艺术风格。

# 金缕曲

简梁汾，时方为吴汉槎作归计

酒尽无端泪。莫因他、琼楼寂寞，误来人世。信道痴儿多厚福，谁遣偏生明慧。莫更著、浮名相累。仕宦何妨如断梗，只那将、声影供群吠。天欲问，且休矣。　情深我自判憔悴。转丁宁、香怜易爇，玉怜轻碎。羡杀软红尘里客，一味醉生梦死。歌与哭、任猜何意。绝塞生还吴季子，算眼前、此外皆闲事。知我者，梁汾耳。

**【背景】**

吴德旋《闻见录》：太傅明珠子侍卫成容若，夙知汉槎之才，而与顾梁汾善。梁汾为汉槎求援于侍卫，未即许，乃作《金缕曲》二阕寄汉槎。侍卫见之，泣曰："山阳思归之作，都尉河梁之什，并此而三矣。此事三千六百日中，弟当以身任之。"梁汾曰："人寿几何，请以五载为期。"侍卫告之太傅，遂以康熙辛酉入关。

## 青衫湿遍

悼亡

青衫湿遍，凭伊慰我，忍便相忘。半月前头扶病，剪刀声、犹在银釭。忆生来、小胆怯空房。到而今、独伴梨花影，冷冥冥、尽意凄凉。愿指魂兮识路，教寻梦也回廊。　　咫尺玉钩斜路，一般消受，蔓草残阳。判把长眠滴醒，和清泪、搅入椒浆。怕幽泉、还为我神伤。道书生、薄命宜将息，再休耽、怨粉愁香。料得重圆密誓，难禁寸裂柔肠。

## 浣溪沙

其三

谁念西风独自凉。萧萧黄叶闭疏窗。沉思往事立残阳。　　被酒莫惊春睡重〔一〕，赌书消得泼茶香〔二〕。当时只道是寻常。

【注释】

〔一〕被酒：中酒，醉酒。

〔二〕赌书消得泼茶香：李清照《金石录后序》："余性偶强记，每饭罢，坐归来堂烹茶，指堆积书史，言某事在某书某卷第几页第几行，以中否角胜负，为饮茶先后。中即举杯大笑，至茶倾覆怀中，反不得饮而起。"

【集评】

夏承焘、张璋编选《金元明清词选》：这首是悼亡词。上片写丧偶后的孤单，下片"被酒"、"赌书"一联是回忆往事。他们夫妇诗情画意的生活，简直和赵明诚、李易安夫妇一个样。结句从黄东甫《眼儿媚》"当时不道春无价，幽梦费重寻"句中化出。它是说，生活里常常有这么一种情况，当时以为是极其寻常的事，到了事后追忆起来，才觉得它是多么值得珍视！

## 蝶恋花

其一

辛苦最怜天上月。一昔如环，昔昔都成玦。若似月轮终皎洁。不辞冰雪为卿热。　无那尘缘容易绝。燕子依然，软踏帘钩说。唱罢秋坟愁未歇。春丛认取双栖蝶。

【背景】

《沁园春》：丁巳重阳前三日，梦亡妇淡妆素服，执手哽咽，语多不能复记。但临别有云："衔恨愿为天上月，年年犹得向郎圆。"妇素未工诗，不知何以得此也。觉后感赋。

**【集评】**

夏承焘、张璋编选《金元明清词选》：这是一首情词，也可能是悼亡词。上片说，爱情如同月之圆缺，圆满的时间短，缺损的时间长。下两句说，爱情如能像月亮一样始终皎洁，即使你在冰雪之中，我也要用爱情之火来温暖你。下片写伤逝者的哀伤：双燕在帘间呢喃，衬托人的孤单。结语把永恒的爱情寄托在化蝶上。

## 临江仙

寒柳

飞絮飞花何处是，层冰积雪摧残。疏疏一树五更寒。爱他明月好，憔悴也相关。　最是繁丝摇落后，转教人忆春山。湔裙梦断续应难。西风多少恨，吹不散眉弯。

**【拓展与思考】**

以上均为纳兰悼亡名作。纳兰悼亡词约40首，是其词作的一大主题。请结合中国古代传统诗词的悼亡传统，理解纳兰此类作品的成就与地位。

## 采桑子

塞上咏雪花

非关癖爱轻模样，冷处偏佳。别有根芽。不是人间富贵花。　谢娘别后谁能惜，飘泊天涯。寒月悲笳。万里西风瀚海沙。

## 长相思

山一程。水一程。身向榆关那畔行。夜深千帐灯。　风一更。雪一更。聒碎乡心梦不成。故园无此声。

**【集评】**

严迪昌编选《金元明清词精选》：清初词人于小令每多新创意境。这首《长相思》以具体时空推移过程及视听感受，既表现景象的宏阔观感，更抒露着情思深苦绵长心境，允称即小见大之佳作。……将主观因素推诿客观，语似平淡，意更深沉。此类迁怒归咎于风雪声写法，心理情态被充分表现出。看似无理，反见情痴，愈是无理之怨，其怨愈显沉重。叠句和数字“一”、“千”的运用强化着视、听觉感受中的焦虑、怨怼、幽苦，亦是此词值得辨味的佳处。

## 如梦令

万帐穹庐人醉。星影摇摇欲坠。归梦隔狼河，又被河声搅碎。还睡。还睡。解道醒来无味。

## 蝶恋花

出塞

今古河山无定据。画角声中，牧马频来去。满目荒凉谁可语。西风吹老丹枫树。　从前幽怨应无数。铁马金戈，青冢黄昏路。一往情深深几许。深山夕照深秋雨。

## 菩萨蛮

朔风吹散三更雪。倩魂犹恋桃花月。梦好莫催醒。由他好处行。　无端听画角。枕畔红冰薄。塞马一声嘶。残星拂大旗。

**【拓展与思考】**

1. 王国维《人间词话》:"'明月照积雪','大江流日夜','中天悬明月','黄河落日圆',此种境界,可谓千古壮观。求之于词,唯纳兰容若塞上之作,如《长相思》之'夜深千帐灯'、《如梦令》之'万帐穹庐人醉,星影摇摇欲坠'差近之。"请结合词史,理解纳兰边塞词的成就与地位。

2. 悼亡、边塞主题外,请选择纳兰的长调、小令各一篇,进行赏析。

## 顾贞观
(1637—1714)

字华峰，一字远平，号梁汾，江苏无锡人。康熙五年(1666)举人，官至秘书院典籍。康熙十年落职，康熙十五年为纳兰塾师。康熙二十三年致仕归里，读书终老。有《弹指词》。

**【总评】**

杜诏《弹指词序》：若《弹指》则极情之至，出入南北两宋，而奄有众长，词之集大成者也。

### 金缕曲

寄吴汉槎宁古塔，以词代书，丙辰冬寓京师千佛寺，冰雪中作。

季子平安否。便归来、平生万事，那堪回首。行路悠悠谁慰藉，母老家贫子幼。记不起、从前杯酒。魑魅择人应见惯[一]，总输他、覆雨翻云手。冰与雪，周旋久。　泪痕莫滴牛衣透[二]。数天涯、依然骨肉，几家能彀。比似红颜多命薄，更不如今还有。只绝塞、苦寒难受。廿载包胥承一诺[三]，盼乌头、马角终相救[四]。置此札，兄怀袖。

其二

我亦飘零久。十年来、深恩负尽，死生师友。宿昔齐名非忝窃，只看杜陵穷瘦〔五〕。曾不减、夜郎僝僽。薄命长辞知己别，问人生、到此凄凉否。千万恨，为兄剖。　兄生辛未吾丁丑。共些时、冰霜摧折，早衰蒲柳〔六〕。诗赋从今须少作，留取心魂相守。但愿得、河清人寿。归日急翻行戍稿，把空名、料理传身后。言不尽，观顿首。

【注释】

〔一〕魑魅择人：指吴为小人陷害。杜甫《天末怀李白》："文章憎命达，魑魅喜人过。"吴振臣《秋笳集跋》："为仇家所中，遂遣戍宁古。"

〔二〕泪痕莫滴牛衣透：牛衣，乱麻编制给牛保暖的遮盖物，《汉书・王章传》："为诸生学长安，独与妻居。章疾病，无被，卧牛衣中，与妻决，涕泣。"

〔三〕廿载包胥承一诺：包胥，申包胥，《左传・定公四年》："初，伍员与申包胥友。其亡也，谓申包胥曰：'我必复楚国。'申包胥曰：'勉之！子能复之，我必能兴之。'"

〔四〕盼乌头、马角终相救：《史记・刺客列传》索引："丹求归，秦王曰：'乌头白，马生角，乃许耳。'丹乃仰天叹，乌头即白，马亦生角。"

〔五〕杜陵穷瘦：李白《戏赠杜甫》："借问别来太瘦生，总为从前作诗苦。"

〔六〕早衰蒲柳：《世说新语・言语》："顾悦与简文同年，而发早白。简文曰：'卿何以先白？'对曰：'蒲柳之姿，望秋而落。松柏之质，经霜弥茂。'”

**【集评】**

谢章铤《赌棋山庄词话》：浓挚交情，艰难身世，苍茫离思，愈转愈深，一字一泪。

陈廷焯《白雨斋词话》：只如家常说话，而痛快淋漓，宛转反复，两人心迹一一如见，虽非正声，亦千秋绝调也！

又：二词纯以性情结撰而成，悲之深、慰之至，叮咛告诫，无一字不从肺腑流出，可以泣鬼神矣！

夏承焘、张璋编选《金元明清词选》：这两首词是安慰朋友的信。以词代信，在形式方面是创格。至其内容，语语出自肺腑，乃是至诚友谊的流露。词中既同情汉槎的不幸，以“行路悠悠谁慰藉”和“只绝塞苦寒难受”等句说明其远戍之苦，复以“数天涯依然骨肉，几家能够”相譬解，相慰藉。每句话都很感动人。第二首“薄命长辞知己别”，兼写自己的身世凄凉。最后劝吴少作词赋和“归日急翻行戍稿”、“把空名料理传身后”，他替朋友什么都想到了。关于顾贞观与吴汉槎的交情，以及顾的“乌头马角终相救”的诺言终将兑现，徐釚写的汉槎墓志言之甚详：“无锡顾梁汾舍人与汉槎为髫龀交，时在东阁，日诵汉槎平日所著诗赋于纳兰侍卫性君所（即纳兰性德，字容若），如谢榛之于卢柟者。性君固心异之，思有以谋归汉槎矣。”顾氏《弹指词》所载《金缕曲》后有自注云：“二词容若见之，为泣下数行，曰：‘河梁生别之诗，山阳死友之传，得此而三。此事三千六百日中，弟当以身任之，不俟兄再嘱也。’余曰：‘人寿几何，请以五载为期。’恳之太傅（容若之父明珠），亦蒙见许，而汉槎果以辛酉入关矣。附书感志，兼志痛云。”

**【拓展与思考】**

结合背景赏析词作。

## 菩萨蛮

山城夜半催金柝。酒醒孤馆灯花落。窗白一声鸡。枕函闻马嘶。　　门前乌桕树。霜月迷行处。遥忆独眠人。早寒惊梦频。

## 吴兆骞
(1631—1684)

字汉槎,号季子,吴江人。与兄兆宽、兆宫并称"延陵三凤",又合幼弟兆宜,号为"吴四君",又与宜兴陈维崧、华亭彭师度合称"江左三凤凰"。丁酉科场案遭除名,责四十板,家产籍没,并流徙宁古塔。康熙二十年(1681)赐环。有《秋笳集》。

## 念奴娇

家信至有感

牧羝沙碛,待风鬟、唤作雨工行雨。不是垂虹亭子上,休盼绿杨烟缕。白苇烧残,黄榆吹落,也算相思树。空题裂帛,迢迢南北无路。　　消受水驿山程,灯昏被冷,梦里偏叨絮。儿女心肠英雄泪,抵死偏萦离绪。锦字闺中,琼枝海上,辛苦随穷戍。柴车冰雪,七香金犊何处?

**【拓展与思考】**

1. 吴兆骞《与计甫草书》:"塞外苦寒,四时冰雪。鸣镝呼风,哀笳带血。一身飘寄,双鬓渐星。妇复多病。一男两女,藜藿不充。回念老母,茕然在堂,迢递关河,归省无日。虽欲自慰,只益悲辛。”请查找相关材料，了解吴兆骞流放与赐还的政治意义与文化意义。

2. 思考清初江南士人的生存状态对词学的影响。

## 曹贞吉
(1634—1698)

字升六,又字升阶,号实庵,山东安丘人。康熙三年(1664)进士,官至礼部郎中,以疾辞归。有《珂雪词》。

**【总评】**

王炜《珂雪词序》:珂雪词骯髒磊落,雄浑苍茫,是其本色。而语多奇气,惝恍傲睨,有不可一世之意。至其珠圆玉润,迷离哀怨,于缠绵款至中自具潇洒出尘之致,绚烂极而平澹生,不事雕锼,俱成妙诣。

王士禛《珂雪词序》:实庵先生咏物皆取其闻见所及耳,而神光离合,望之如蜃气结成楼阁。

《四库全书总目·〈珂雪词〉提要》:大抵风华掩映,寄托遥深,古调之中,纬以新意。

陈廷焯《白雨斋词话》:珂雪词在国初诸老中,最为大雅,才力不逮朱陈,而取径较正。国朝不乏词家,《四库》独收珂雪,良有以也。

### 浣溪沙

步阮亭红桥韵,其一

几曲清溪泛画桡。绿杨深处见红桥。酒帘歌扇暗香销。　白雨跳波荷冉冉,青山拥髻水迢迢。三生如梦广陵潮。

## 卖花声

秋夜

风紧纸窗鸣。秋气凄清。淡云笼月未分明。雨点疏如残夜漏，滴到三更。　无计破愁城。梦断魂惊。一天黄叶雁纵横。不待成霜霜满鬓，短发星星。

## 青玉案

雁字

数行界破青天色〔一〕。似一幅、荆关笔〔二〕。枫叶芦花秋瑟瑟。问君何事，书空难尽〔三〕，影落潇湘碧。　人间多少伤心客。欲寄离愁那能得。折势分明成乙乙〔四〕。无端风雨，横斜催乱，几阵烟云黑。

**【注释】**

〔一〕数行界破青天色：徐凝《庐山瀑布》："今古长如白练飞，一条界破青山色。"

〔二〕荆关：五代画家荆浩、关仝，擅山水。

〔三〕书空:《晋书·殷浩传》:“(殷)浩虽被黜放,口无怨言,夷神委命,谈咏不辍,虽家人不见其有流放之戚。但终日书空,作‘咄咄怪事’四字而已。”

〔四〕乙乙:委曲难出之貌。陆机《文赋》:“理翳翳而愈伏,思乙乙其若抽。”此处指雁阵形态。

## 留客住

鹧鸪

瘴云苦。遍五溪、沙明水碧〔一〕,声声不断,只劝行人休去。行人今古如织,正复何事关卿、频寄语。空祠废驿,便征衫湿尽,马蹄难驻。　风更雨。一发中原〔二〕,杳无望处。万里炎荒,遮莫摧残毛羽。记否越王春殿,宫女如花,只今惟剩汝〔三〕。子规声续。想江深月黑,低头臣甫〔四〕。

**【注释】**

〔一〕“遍五溪”句:五溪,湘西、黔东北地域有五溪。古人以为鹧鸪啼声为“行不得也哥哥”。

〔二〕一发中原:谓从蛮荒之地北望,中原山脉,宛如发丝。苏轼《澄迈驿通潮阁》:“杳杳天低鹘没处,青山一发是中原。”

〔三〕“越王春殿”句:李白《越中怀古》。

〔四〕低头臣甫:杜甫《杜鹃》:“杜鹃暮春至,哀哀叫其间。我见常再拜,重是古帝魂。”

**【拓展与思考】**

请自行查阅材料，了解此词的写作背景与反映的作者心态。

## 满江红

德水道中

满目凄其，又早是、亭皋叶下。忆当日、披裘过此，六花飞洒。秋水一湾波写雁，青烟几点星分野。问长驱、下泽尔何人，悠悠者。　荒林畔，寒鸦话。老柳上，渔罾挂。更浓烟衰草，迷离堪画。客路惊看沙似雪，奚奴惯使车如马。向玉河、冰底听流澌，归来也。

## 水龙吟

白莲

平湖烟水微茫，个人仿佛横塘住。碧云乍起，羽衣初试，靓妆楚楚。露下三更，月明千里，悄无寻处。想芦花蘋叶，溟濛一色，迷玉井、峰头路。　莫是苎萝未嫁，曳明珰、若耶归去。游仙梦杳，遥天笙鹤，凌波微步。宿鹭飞来，依稀难认，风吹一缕。泛木兰舟小，轻绡掩映，问谁家女。

## 贺新凉

再赠柳敬亭

咄汝青衫叟。阅浮生、繁华萧瑟，白衣苍狗。六代风流归抵掌，舌下涛飞山走。似易水、歌声听久。试问于今真姓字，但回头、笑指芜城柳。休暂住，谭天口。　当年处仲东来后〔一〕。断江流、楼船铁锁〔二〕，落星如斗。七十九年尘土梦，才向青门沽酒。更谁是、嘉荣旧友〔三〕。天宝琵琶宫监在〔四〕，诉江潭、憔悴人知否〔五〕。今昔恨，一搔首。

**【注释】**

〔一〕处仲东来：晋王敦，字处仲，晋室南渡后，王敦为镇东大将军，后卒于扬州。此处代指宁南伯左良玉。

〔二〕“断江流”句：刘禹锡《西塞山怀古》：“王濬楼船下益州，金陵王气黯然收。千寻铁索沉江底，一片降幡出石头。”左良玉卒于讨伐马士英途中。

〔三〕嘉荣旧友：刘禹锡《与歌者米嘉荣》：“唱得凉州意外声，旧人惟数米嘉荣。”

〔四〕天宝琵琶:辛弃疾《贺新郎·赋琵琶》:“贺老定场无消息,想沉香亭北繁华歇。弹到此,为呜咽。”龚自珍《己亥杂诗》其一一〇:“绝似琵琶天宝后,江南重遇李龟年。”

〔五〕江潭憔悴:《楚辞·渔父》:“屈原既放,游于江潭,行吟泽畔,颜色憔悴,形容枯槁。”

**【拓展与思考】**

请结合这一时期赠柳敬亭的词作,分析归纳赠人词用典的特色,及此类作品反映的群体心态。

## 沈 宛

字御婵，浙江乌程人。适纳兰性德。有《选梦词》，不传。存词5首。

**【背景】**

徐树敏《众香词》：沈宛，字御婵，乌程人。适长白进士成容若，甫一年有子，得母教《选梦词》。

### 朝玉阶

秋月有感

惆怅凄凄秋暮天。萧条离别后，已经年。乌丝旧咏细生怜。梦魂飞故国、不能前。　无穷幽怨类啼鹃。总教多血泪，亦徒然。枝分连理绝姻缘。独窥天上月、几回圆。

### 菩萨蛮

忆旧

雁书蝶梦皆成杳。月户云窗悄悄。记得

画楼东。归骢系月中。　　醒来灯未灭。心事和谁说。只有旧罗裳。偷沾泪两行。

## 万 树
(1630—1688)

字花农，又字红友，号山翁，自号三野先生，江苏宜兴人。监生。吴兴祚巡抚福建、总督两广时，延至幕中，奏议皆出其手。工词曲，甫脱稿，兴祚即命家伶按拍侑觞。康熙二十七年(1688)病归，卒于蒙江舟次。有《堆絮园集》、《璇玑碎锦》等，有《香胆词》，编有《词律》。

### 浪淘沙

落花

春色过清明。花事飘零。夜来风雨葬倾城。枕上泪流还似雨，太煞多情。　晓起卷帘旌。撩乱红英。满街听得卖花声。我已伤心听不得，况是黄莺。

### 惜分飞

蠡城别友

豆酒新槽花露滴。小宴橙香菊色。离思谁知得。鲤雨桥下风边笛。　柳外疏星珠历历。独倚乌篷画楫。明月能相忆。送人直过西兴驿。

## 贺新郎

登徐氏悠然楼追怀映薇先生

曲尚屯田柳。独余宗、眉山苏二，分宁黄九。每得吉州相印可，夸向荆州老手。许新谱，金元追旧。多付雪儿歌丽句，立司空、左右周郎后。弹指顷，竟何有。　楼头无恙铜官秀。问先生、飙车云马，尚重游否。试倚朱阑吹紫玉，寄响蓉城鹤岫。好为我、临风回首。红粉花枝何处是，只飞来、燕子徘徊久。身后事，不如酒。

## 醉花间

相送

难相送。不相送。相送难相共。君已满囊愁，添带侬愁重。　河澌今夜冻。雀舫移难动。长亭路未遥，易入红楼梦。

# 苏幕遮

离情

彩分鸾，丝绝藕。且尽今宵，且尽今宵酒。门外骊驹歌一奏。恼杀长亭，恼杀长亭柳。　倚秦筝，扶楚袖。有个人儿，有个人儿瘦。相约相思须应口。春暮归来，春暮归来否。

## 厉　鹗
(1692—1752)

字太鸿，又字雄飞，号樊榭、南湖花隐等，浙江钱塘（今杭州）人。康熙五十九年（1720）举人，有《宋诗纪事》、《樊榭山房集》等。

**【背景】**

《红螺词序》：仆少时索居湖山，抱侘傺之悲，每当初莺新雁，望远怀人，罗绮如云，芳菲似雪，辄不自已，伫兴为之。

**【总评】**

陈廷焯《白雨斋词话》：幽香冷艳，如万花谷中，杂以芳兰。

王煜《樊榭山房词钞序》：幽隽清绮，分席姜王，继竹垞而兴，奠浙词之宇。

《续修四库全书总目提要·秋林琴雅》：其骚情雅意，曲折幽深，声调高清，丰神摇曳。

徐珂《清代词学概论》：樊榭词生香异色，无半点烟火气，如入空山，如闻清流。

### 百字令

月夜过七里滩，光景奇绝，歌此调，几令众山皆响。

秋光今夜，向桐江、为写当年高躅。风露皆非人世有，自坐船头吹竹。万籁生山，一星在水，鹤梦疑重续〔一〕。挐音遥去，西岩渔父初宿〔二〕。　心忆汐社沉埋〔三〕，清狂不见，使我形容独。寂寂冷萤三四点，穿过前湾茅屋。林净藏烟，峰危限月，帆影摇空绿〔四〕。随流飘荡，白云还卧深谷。

**【注释】**

〔一〕鹤梦：南唐李中《泉》："漱石苔痕滑，侵松鹤梦凉。"陆游《秋夜》："露浓惊鹤梦，月冷伴蛩愁。"又苏轼《后赤壁赋》："时夜将半，四顾寂寥，适有孤鹤，横江东来，翅如车轮，玄裳缟衣，戛然长鸣，掠予舟而西也。须臾客去，予亦就睡。梦一道士，羽衣蹁跹，过临皋之下，揖予而言曰：'赤壁之游乐乎？'问其姓名，俯而不答。呜呼噫嘻！我知之矣。'畴昔之夜，飞鸣而过我者，非子也耶？'道士顾笑，予亦惊寤。开户视之，不见其处。"

〔二〕西岩渔父：柳宗元《渔父词》。

〔三〕汐社：南宋遗民谢翱等创立的诗社，取潮汐"期晚而信"之义，含复宋之意。谢翱曾登此处西台祭文天祥，有《西台恸哭记》等。

〔四〕帆影摇空绿：《西洲曲》："卷帘天自高，海水摇空绿。"

**【集评】**

陈廷焯《白雨斋词话》：无一字不清俊。

又：练字练句，归于纯雅，此境亦未易到。

谭献《箧中词》：与于湖洞庭词壮浪幽奇，各极其胜。

严迪昌编选《金元明清词精选》：厉鹗词的幽隽之美每多表现于以景写情的篇什，这阕《百字令》最见典型。……一是始终将"景"置于全词的中心轴承之位，二是善于结构微观景象，将它们组合一起，进而把虚淡轻灵的情致意理从氛围上强化出来。……至此，"帆影摇空绿"的"空绿"，也即水光透出的幽绿深碧之色，原自"林"和"峰"之倒映所成，已揭示。词人如此匠心苦运，意在表现幽深之境，从而抒露幽远之心，但这一切又无非凭借幽隽的景观而来。"帆影摇空绿”是幽邃、幽秀之极的，却又不是空枵而是空灵，因为它有上述之意贯串着，不是为造好句子、佳字面而凿空雕虚。在浙派词人中厉鹗的高人一筹处正在这里。

**【拓展与思考】**

请赏析此词。

## 齐天乐

吴山望隔江霁雪

瘦筇如唤登临去，江平雪晴风小。湿粉楼台，酽寒城阙，不见春红吹到。微茫越峤。但半沍云根〔一〕，半销沙草。为问鸥边，而今可有晋时棹〔二〕。　清愁几番自遣，故人稀笑语，相忆多少。寂寂寥寥，朝朝暮暮，吟得梅花俱恼。将花插帽。向第一峰头，倚空长啸。忽展斜阳，玉龙天际绕〔三〕。

**【注释】**

〔一〕沍：寒冷、冻结意。

〔二〕晋时棹：《世说新语·任诞》：“王子猷居山阴。夜大雪，眠觉，开室命酌酒。四望皎然，因起彷徨，咏左思《招隐》。忽忆戴安道，时戴在剡，即便夜乘小船就之。经宿方至，造门不前而返。人问其故，王曰：‘吾本乘兴而行，兴尽而返，何必见戴！’”

〔三〕玉龙：雪。张元《雪》诗："战罢玉龙三百万，败鳞残甲满天飞。"此处指远处雪山。

## 忆旧游

辛丑九月既望，风日清霁，唤艇自西堰桥，沿秦亭、法华，湾洄以达于河渚。时秋芦作花，远近缟目。回望诸峰，苍然如出晴雪之上。庵以"秋雪"名，不虚也。乃假僧榻，偃仰终日，唯闻棹声掠波往来，使人绝去世俗营竞所在。向晚宿西溪田舍，以长短句纪之。

溯溪流云去，树约风来，山翦秋眉。一片寻秋意，是凉花载雪，人在芦埼。楚天旧愁多少，飘作鬓边丝。正浦溆苍茫，闲随野色，行到禅扉。　　忘机。悄无语，坐雁底焚香，蛩外弦诗。又送萧萧响，尽平沙霜信，吹上僧衣。凭高一声弹指，天地入斜晖。已隔断尘喧，门前弄月渔艇归。

**【集评】**

谭献《箧中词》：白石却步。

**【拓展与思考】**

结合作品理解厉鹗及这一时期浙西词派的词学宗尚、成就及问题。

## 卖花声

徐翩翩书扇自称金陵荡子妇

花月秣陵秋。十四妆楼。青溪回抱板桥头。旧日徐娘无觅处，芳草生愁。　金粉一时休。团扇谁留。殢人只有小银钩。句尾可怜书荡妇，似诉漂流。

**马曰璐**
(约1701—1761后)

字佩兮，号半槎，一作半查，安徽祁门人。以业盐居维扬。国子生，与兄曰琯同荐鸿博不就。有“小玲珑山馆”。有《南斋集》。

## 定风波

听薏田谈往事

往事惊心叫断鸿。烛残香灺小窗风。噩梦醒来曾几日。愁述。山阳笛韵并成空〔一〕。　遗卷赖收零落后，牢愁不畔盛名中。听到夜分惟掩泣。萧寂。一天清露下梧桐〔二〕。

**【注释】**

〔一〕山阳笛韵：嵇康、吕安被难，向秀过山阳旧居，闻邻人暮笛，作《思旧赋》，序：“余与嵇康、吕安居止接近，其人并有不羁之才。然嵇志远而疏，吕心旷而放，其后各以事见法。嵇博综技艺，于丝竹特妙。临当就命，顾视日影，索琴而弹之。余逝将西迈，经其旧庐。于时日薄虞渊，寒冰凄然。邻人有吹笛者，发音寥亮。追思曩昔游宴之好，感音而叹。”

〔二〕一天清露下梧桐：王庭筠《诉衷情》：“夜凉清露滴梧桐。庭树又西风。熏笼旧香犹在，晓帐暖芙蓉。云淡薄，月朦胧。小帘栊。

江湖残梦，半在南楼，画角声中。”

【拓展与思考】

结合此词理解康乾文字狱氛围下的文人生态。

## 郑　燮
(1693—1765)

字克柔，号板桥，江苏兴化人。雍正十年(1732)举人，乾隆元年(1736)进士。曾任山东范县、潍县知县，因开仓赈济被罢。归里后以鬻书画为生。工画、诗、书，有“三绝”美誉，为“扬州八怪”之一。有《郑板桥集》，存词约80首。

**【总评】**

谭莹《论词绝句》：苍茫放笔转唏嘘，诗画书名却未如。文到入情端不朽，直将词集当家书。

陈廷焯《云韶集》：板桥词摆去羁缚，独树一帜，其源亦出苏、辛、刘、蒋，而更加以一百二十分恣肆，真词坛霹雳手也。

## 贺新郎

徐青藤草书一卷

墨沉余香剩。扫长笺、狂花扑水，破云堆岭。云尽花空无一物，荡荡银河泻影。又略点、箕张鬼井。未敢披图容易玩，拨烟霞、直上嵩华顶。与帝座，呼相近。　半生未挂朝衫领。狠秋风、青衿剥去，秃头光颈。只有文章书画笔，无古无今独逞。并无复、自家门径。拔取金刀眉目割，破头颅、血迸苔花冷。亦不是，人间病。

## 贺新郎

赠王一姐

竹马相过日。还记汝、云鬟覆颈，胭脂点额。阿母扶携翁负背，幼作儿郎妆饰。小则小、寸心怜惜。放学归来犹未晚，向红楼、存问春消息。问我索，画眉笔。　廿年湖海长为客。都付与、风吹梦杳，雨荒云隔。今日重逢深院里，一种温存犹昔。添多少、周旋形迹。回首当年娇小态，但片言、微忤容颜赤。只此意，最难得。

**【拓展与思考】**

郑燮词妙在平淡入情，请以此词为例进行赏析。

## 郑　沄
（？—1795）

字晴波，号枫人，江苏仪征人。乾隆壬午(1762)举人，历官浙江督粮道。有《玉句草堂词》。

**【总评】**

陈廷焯《白雨斋词话》：作者日盛，而愈趋愈下，芝田（朱泽生）、晴波（郑沄）、蠡槎（林蕃钟）、巽渔（沈起凤）间有可观。余则竞尚新声，务穷纤巧，几忘却此中甘苦。

### 齐天乐

岁晚寄怀

雁风催送燕南雪，天涯坐惊孤抱。瘦沈腰轻〔一〕，愁潘鬓减〔二〕，目断青山斜照。残年远道。记乱叶随鞭，软尘吹帽。赋罢销魂〔三〕，别肠如茧万丝绕。　　妆楼几回梦好。宝钗频卜夜〔四〕，应念归早。酒市清笳，江城暮笛，一种人间凄调。乡书细草。问开道梅花，月明多少。有约看春，翠烟宫树晓。

**【注释】**

〔一〕沈腰:《梁书·沈约传》:"沈约与徐勉素善,遂以书陈情于勉,言已老病,'百日数旬,革带常应移孔,以手握臂,率计月小半分。以此推算,岂能支久?'"后因以"沈腰"作为腰围瘦减的代称。

〔二〕潘鬓:潘岳《秋兴赋》序中有"余春秋三十有二,始见二毛",又"斑鬓髟以承弁兮,素发飒以垂领"。后因以"潘鬓"为中年鬓发初白的代词。李煜《破阵子》:"一旦归为臣虏,沈腰潘鬓消磨。"

〔三〕赋罢销魂:江淹《别赋》:"古来黯然销魂者,惟别而已!"

〔四〕宝钗频卜夜:辛弃疾《祝英台近·晚春》:"鬓边觑,试把花卜归期,才簪又重数。"

## 王 昶
(1724—1806)

字德甫，号兰泉，晚号述庵，江苏青浦(今上海)人。乾隆十九年(1754)进士，官至大理寺卿、都察院右副都御使。有《春融堂集》、《琴画楼词》、《红叶江村词》，辑有《明词综》十二卷、《国朝词综》四十八卷，《国朝词综二集》八卷、《国朝词综补》二卷。

### 减字木兰花

一樽清醑。曾记拥炉深夜语。翦了兰釭。翠筱凄凄雪打窗。　蘋花江岸。回首红楼香梦远。野艇黄昏。竹栅寒潮正断魂。

### 望梅花

苔石犹存残雪。枝北数花明灭。来领寒香争忍折。　可似上元佳节。忆得年时帘外月。梦到故山幽绝。

## 西江月

雪影未消鸳瓦，月明斜上鸡窗。少年情思未全降。曾遍花街柳巷。　几处柑传罗帕，谁家香炷莲幢。老来清坐伴残釭。爱听邻钟微撞。

## 催雪

长沙小除夜有寄

石炭凝红，银樽湛绿，又是小除时节。看屐齿春泥，墙腰霁雪。不似燕山风景，谁伴取、寒窗还仳别。匆匆灯火，凄凄弦管，旅怀难说。　愁绝。最萧屑。记咏絮传柑，博山同爇。恁蕉萃天涯、丁香空结。雁过潇湘断也，更难望、京华云千叠。须盼到、堤柳微黄，小巷才停征辙。

## 蒋士铨

(1725—1785)

字心余，号苕生，号藏园，又号清容居士，晚号定甫，江西铅山人。乾隆二十二年(1757)进士，官至翰林院编修。诗词曲皆长。有《铜弦词》，存诗4900余首，词258首。

**【总评】**

谭莹《论词绝句》：盖代诗名山斗重，嵚崎磊落更淋漓。便将诗笔为词笔，热血填胸一洒之。

### 城头月

中秋雨夜书家信后，其一

他乡见月能凄楚。天气偏如许。一院虫音，一声更鼓，一阵黄昏雨。　　孤灯照影无人语。默把中秋数。荏苒华年，更番离别，九载天涯度。

其三

去年拜月深闺里。忆我风檐底。一片清辉，三条画烛，远盼泥金喜。　　今年忆我愁千里。月上天如水。姑鬓成丝，儿肤胜雪，瘦影中闲倚。

## 满江红

自题《空谷香》传奇

十载填词，悔俱被、粉粘脂涴。才悟出、文之至者，不烦堆垛。谲谏旁嘲惟自哂，真情本色凭谁和。待招他、天下恨人魂，归来些。　梦中语，真无那，颠倒事，何堪唾。谈笑把、贤愚肝肺，毫端穿过。误处凭君张眼顾，悲哉让我横肱卧。料知音、各有泪痕双，谁先堕。

## 水调歌头

舟次感成

偶为共命鸟，都是可怜虫。泪与秋河相似，点点注天东。十载楼中新妇，九载天涯夫婿，首已似飞蓬。年光愁病里，心绪别离中。　咏春蚕，疑夏雁，泣秋蛩。几见珠围翠绕，含笑坐东风。闻道十分消瘦，为我两番磨折。辛苦念梁鸿。谁知千里度，各对一灯红。

**【集评】**

谭献《箧中词》:生气远出,善学坡仙。

夏承焘、张璋编选《金元明清词选》:这是作者怀念其妻之作。“十载楼中新妇,九载天涯夫婿”,谓十年中九年远别。下片“几见珠围翠绕,含笑坐东风”谓不能使妻过雍容华贵的生活,不能使妻心情舒畅,因而感到歉疚。

## 黄景仁
(1749—1783)

字汉镛，一字仲则，号鹿菲子，江苏武进(今常州)人。乾隆四十年(1775)北上京师，乾隆四十六年纳资为县丞，乾隆四十八年病逝。一生穷愁，诗负盛名，与王昙并称“二仲”，与洪亮吉并称“二俊”，为“毗陵七子”之一，著有《两当轩集》、《西蠡印稿》、《竹眠词》等，存诗1180首。

**【总评】**

吴兰修《黄仲则小传》：激楚如猿啼鹤唳，秋气抑何深也。

### 行香子

曲唱凉州。曲唱伊州。送征人、万里边愁。车轮一转，都望封侯。总不知春，不知夏，不知秋。　一剑犹留。双泪难收。铁衣穿尽海西头。旧时同伴，鬼哭啾啁。也有耶娘，有妻子，有田畴。

## 谒金门

春寒中酒，也有些无用。城上苍山看似梦。风凄山欲动。　一曲小池烟冻。一树野梅香送。折到胆瓶添水供。水寒花骨痛。

## 卖花声

立春

独饮对辛盘。愁上眉弯。楼窗今夜且休关。前度落红流到海，燕子衔还。　书贴更簪欢。旧例都删。到时风雪满千山。年去年来常不老，春比人顽。

**【集评】**

夏承焘、张璋编选《金元明清词选》：这首词写立春节独饮时的感想。“楼窗今夜且休关”，是为了迎候燕子归来。他不仅把燕子看作故交，而且希望燕子衔回去年流逝的落红，由此可见词人的念旧深情和丰富联想。“春比人顽”二句是哲理性的名言。

## 沁园春

壬辰生日自寿，时年二十四

苍苍者天，生我何为，令人慨慷。叹其年难及，丁时已过，一寒至此，辛味都尝。似水才名，如烟好梦，断尽黄齑苦笋肠。临风叹，只六旬老母，苦节宜偿。　男儿堕地堪伤，怪二十何来镜里霜。况笑人寂寂，邓曾拜衮，所居赫赫，周已称郎。寿岂人争，才非尔福，天意兼之忌酒狂。当怀想，想五湖三亩，是我行藏。

**【拓展与思考】**

黄景仁《杂感》："仙佛茫茫两未成，只知独夜不平鸣。风蓬飘尽悲歌气，泥絮沾来薄幸名。十有九人堪白眼，百无一用是书生。莫因诗卷愁成谶，春鸟秋虫自作声。"作者的诗词思想与风格有类似之处，请结合诗作理解此词。

## 满江红

静念平生，忽不乐、投杯而起。无因泻、长江万斛，剖胸一洗。识路漫夸孤竹马，问名久似辽东豕。道飞扬、跋扈欲何如，穷杀尔。　裈中虱，真堪耻。车中妇，伊谁使。向青山恸哭，只应情死。斫地莫哀终有别，问天不应无如已。且浮生、花月醉千场，吾行矣。

## 摸鱼儿

归鸦

倚柴门、晚天无际，昏鸦归影如织。分明小幅倪迂画，点上米家颠墨。看不得。带一片斜阳，万古伤心色。暮寒萧淅。似卷得风来，还兼雨过，催送小楼黑。　曾相识。谁傍朱门贵宅。上林谁更栖息。儿丛枯木惊霜重，我是归飞倦翮。飞暂歇。却好趁、渔船小坐秋帆侧。旧巢应忆。笑画角声中，暝烟堆里，多少未归客。

**【拓展与思考】**

请赏析此词，并分析黄景仁词中的主体意象特征。

## 贺新郎

太白墓，和稚存韵

何事催人老。是几处、残山剩水，闲凭闲吊。此是青莲埋骨地，宅近谢家之朓。总一样、文人宿草。只为先生名在上，问青天、有句何能好。打一幅，思君稿。　梦中昨夜逢君笑。把千年、蓬莱清浅，旧游相告。更问后来谁似我，我道才如君少。有亦是、寒郊瘦岛。语罢看君长揖去，顿身轻、一叶如飞鸟。残梦醒，鸡鸣了。

**【背景】**

此词为和好友洪亮吉之作。黄景仁诗学李白，被推为“乾隆六十年间第一人”。

**贺双卿**
(1715—?)

字秋碧，江苏丹阳人。事迹及诗词见史震林《西青散记》，后人辑其词为《雪压轩词》。

## 湿罗衣

世间难吐只幽情。泪珠咽尽还生。手捻残花，无言倚屏。　镜里相看自惊。瘦亭亭。春容不是，秋容不是，可是双卿。

## 凤凰台上忆吹箫

赠邻女韩西

寸寸微云，丝丝残照，有无明灭难消。正断魂魂断，闪闪摇摇。望望山山水水，人去去、隐隐迢迢。从今后，酸酸楚楚，只似今宵。　青遥。问天不应，看小小双卿，袅袅无聊。更见谁谁见，谁痛花娇。谁望欢欢喜喜，偷素粉、写写描描。谁还管，生生世世，夜夜朝朝。

**【集评】**

陈廷焯《白雨斋词话》:其情哀,其词苦。用双字至二十余叠,亦可谓广大神通矣。易安见之,亦当避席。

**【拓展与思考】**

请赏析此词,并思考叠词在诗词中的艺术效果。

## 孤鸾

### 病中

午寒偏准。早疟意初来,碧衫添衬。宿髻慵梳,乱裹帕罗齐鬓。忙中素裙未浣,褶痕边、断丝双损。玉腕近看如茧,可香腮还嫩。　算一生、凄楚也拚忍。便化粉成灰,嫁时先忖。锦思花情,敢被爨烟薰尽。东菑却嫌饷缓。冷潮回、热潮谁问。归去将棉晒取,又晚炊相近。

## 张惠言
(1761—1802)

原名一鸣，字皋文，一作皋闻，号茗柯，江苏武进(今常州)人。嘉庆四年(1799)进士，官编修。治虞氏《易》、《仪礼》，工词、散文，与其弟张琦合编《词选》，提出“意内言外谓之词”，常州词派创立者。有《茗柯词》，存词46首。

**【背景】**

《词选序》：词者，盖出于唐之诗人，采乐府之音以制新律，因系其词，故曰“词”。传曰：“意内而言外谓之词。”其缘情造端，兴于微言，以相感动，极命风谣里巷男女哀乐，以道贤人君子幽约怨悱不能自言之情，低徊要眇以喻其致。盖诗之比兴、变风之义，骚人之歌则近之矣。然以其文小，其声哀，放者为之，或跌宕靡丽，杂以猖狂俳优，然要其至者，莫不恻隐盱愉，感物而发，触类条鬯，各有所归，非苟为雕琢曼辞而已。

### 水调歌头

春日赋示杨生子，其一

东风无一事，妆出万重花。闲来阅遍花影，惟有月钩斜。我有江南铁笛，要倚一枝香雪，吹彻玉城霞。清影渺难即，飞絮满天涯。　飘然去，吾与汝，泛云槎。东皇一笑相语，芳意在谁家。难道春花开落，又是春风来去，便了却韶华。花外春来路，芳草不曾遮。

其二

百年复几许，慷慨一何多。子当为我击筑，我为子高歌。招手海边鸥鸟，看我胸中云梦，蒂芥近如何。楚越等闲耳，肝胆有风波。　　生平事，天付与，且婆娑。几人尘外相视，一笑醉颜酡。看到浮云过了，又恐堂堂岁月，一掷去如梭。劝子且秉烛，为驻好春过。

其三

疏帘卷春晓，胡蝶忽飞来。游丝飞絮无绪，乱点碧云钗。肠断江南春思，粘着天涯残梦，剩有首重回。银蒜且深押，疏影任徘徊。　　罗帷卷，明月入，似人开。一尊属月起舞，流影入谁怀。迎得一钩月到，送得三更月去，莺燕不相猜。但莫凭栏久，重露湿苍苔。

其四

今日非昨日，明日复何如。竭来真悔何事，不读十年书。为问东风吹老，几度枫江兰径，千里转平芜。寂寞斜阳外，渺渺正愁予。　千古意，君知否，只斯须。名山料理身后，也算古人愚。一夜庭前绿遍，三月雨中红透，天地入吾庐。容易众芳歇，莫听子规呼。

其五

长镵白木柄，劚破一庭寒。三枝两枝生绿，位置小窗前。要使花颜四面，和着草心千朵，向我十分妍。何必兰与菊，生意总欣然。　晓来风，夜来雨，晚来烟。是他酿就春色，又断送流年。便欲诛茅江上，只怕空林衰草，憔悴不堪怜。歌罢且更酌，与子绕花间。

**【集评】**

谭献《箧中词》：胸襟学问，酝酿喷薄而出，赋手文心，开倚声家未有之境。

陈廷焯《白雨斋词话》：皋文《水调歌头》五章，既沉郁，又疏快，最是高境。陈、朱虽工词，究曾到此地步否？不得以其非专门名家少之。热肠郁思，若断仍连，全自风骚变出。

**【拓展与思考】**

张惠言解温庭筠《菩萨蛮》:“此感士不遇也,篇法仿佛《长门赋》,而用节节逆叙。此章从梦晓后领起。‘懒起’二字,含后文情事。‘照花’四句,离骚初服之义。”请以此法解《水调歌头》五首,并思考这种解词方法的意义与价值。

## 李兆洛
(1769—1841)

字申耆，晚号养一老人。嘉庆十年(1805)进士，选庶吉士，充武英殿协修，改凤台知县，后主讲江阴暨阳书院达20年。有《养一斋诗余》。

### 疏影

怀人岁暮，吊影茫然，适得硕甫书兼寄“题倚杖数归鸦照”《疏影》一阕，感而赋此，即用原韵。

都无故物。但斜阳立尽，独自凄绝。只见飞去，不见飞还，知他何处栖息。能还便自寻俦侣，也不是、旧时乡国。怎无端、十里连林，几夜霜华铺白。　　曾是同林并翅，而今生共死，一样愁寂。数遍空枝，也没巢痕，剩有数张残叶。天涯梦断归难盼，枉说是、连飞双翼。又茫茫、日下林梢，要等如何等得。

## 董士锡
(1782—1831)

字晋卿,一字损甫,江苏武进(今常州)人。嘉庆十八年(1813)副贡生,候选直隶州州判。张惠言外甥兼女婿,主讲紫琅书院、广陵书院、泰州书院等。经学、词学得张氏嫡传。有《齐物论斋词》。

**【总评】**

沈曾植《菌阁琐谈》:《齐物论斋词》为皋文正嫡。皋文疏节阔调,犹有曲子律缚不住者。在晋卿则应徽按柱,敛气循声,兴象风神,悉举骚雅古怀,纳诸令慢。标碧山为词家四宗之一,此宗超诣,晋卿为无上之乘矣。玉田所谓“清空骚雅”者,亦至晋卿而后尽其能事。其与白石不同者,白石有名句可标,晋卿无名句可标,其孤峭在此,不便模拟亦在此。仲修备识渊源,对之一辞莫赞,毗陵词人亦更无能嗣响者,可谓门庭峻绝!

### 江城子

丙寅里中作

寒风相送出层城。晓霜凝。画轮轻。墙内乌啼,墙外少人行。折尽垂杨千万缕,留不住,此时情。　　红桥独上数春星。月华生。水天平。镜里芙蓉,应向脸边明。金雁一双飞过也,空目断,远山青。

## 虞美人

韶华争肯偎人住。已是滔滔去。西风无赖过江来，历尽千山万水、几时回。　秋声带叶萧萧落。莫响城头角。浮云遮月不分明，谁挽长江一洗、放天青。

**【集评】**

夏承焘、张璋编选《金元明清词选》：此词中的“西风”、“浮云”，不只是指自然界的西风和浮云，还当指国事中的“西风”和“浮云”。嘉庆、道光之际，正是鸦片战争爆发的前夕。“莫响城头角”，词人希望能够回避战事之发生。末二语问谁能挽长江之水洗净浮云？这从李白诗“总为浮云能蔽日，长安不见使人愁”诗意中化出。

## 忆旧游

寄题“落花人独立，微雨燕双飞”卷子

怅韶华逝水，万点胭脂，零乱成堆。花面非人面，早芹泥送冷，独下空阶。燕儿似惜花落，双影尚徘徊。又暗雨如丝，和愁织遍，凄绝池台。　萧斋。怨离阻，盼旧侣归时，与诉春怀。泪眼无晴日，有当年笑

**口，知为谁开。买欢剩买肠断，从此怕衔杯。算好梦偏遥，东风惯带幽恨来。**

**【集评】**

谭献《箧中词》：郁勃无端。

## 周 济
(1781—1839)

字保绪，一字介存，号未斋，晚号止庵，江苏荆溪(今宜兴)人。嘉庆十年(1805)进士，官至淮安府学教授。工词，常州派重要词人、词论家，论词主"非寄托不入，专寄托不出"，有《味隽斋词》、《止庵词》各一卷，《词辨》十卷，《介存斋论词杂著》一卷，辑有《宋四家词选》。

**【总评】**

蒋敦复《芬陀利室词话》：缠绵婉约中，得深厚之致。盖先生少年时，与张皋文、翰风兄弟同里相切劘，又与董晋卿各致力于词，启古人不传之秘。近来浙吴二派，俱宗南宋，独常州诸公，能瓣香周秦，以上窥唐人微旨，先生其眉目也。

### 渡江云

杨花

春风真解事，等闲吹遍，无数短长亭。一星星是恨，直送春归，替了落花声。凭阑极目，荡春波、万种春情。应笑人、春粮几许，便要数征程。　　冥冥。车轮落日，散绮余霞，渐都迷幻景。问收向、红窗画箧，可算飘零。相逢只有浮云好，奈蓬莱东指，弱水盈盈。休更惜、秋风吹老莼羹。

**【集评】**

谭献《箧中词》:怨断之中,豪宕不减。

## 蝶恋花

柳絮年年三月暮。断送莺花,十里湖边路。万转千回无落处。随侬只恁低低去。　满眼颓垣欹病树。纵有余英,不值风姨妒。烟里黄沙遮不住。河流日夜东南注。

**【集评】**

谭献《箧中词》:浑灏。

## 蝶恋花

咏史,其二

宛转黄龙星采异,斗柄西斜,露气连江坠。啸夜鱼长人却避。烟波势欲无天地。　万古消沉当此际。石燕嵯峨,空有凌霄意。独上危峰还独倚。北风吹冷承眶泪。

【拓展与思考】

请以常州词派“比兴寄托”的解词手法赏析以上二首《蝶恋花》。

## 邓廷桢
(1775—1846)

字维周，号嶰筠。江苏江宁(今南京)人。嘉庆六年(1801)进士，道光六年(1826)任安徽巡抚，道光十五年任两广总督，道光十九年与林则徐协力整顿海防，查禁鸦片，颇著成效。鸦片战争起，与林则徐同戍伊犁，两年后召还，于山西巡抚任上卒。有《双砚斋词》。

**【总评】**

谭献《复堂日记》：忠诚悱恻，咄唶乎骚人，徘徊乎变雅，将军白发之章，门掩黄昏之句，后有论世知人者，当以为欧、范之亚也。

### 月华清

中秋月夜，偕少穆、滋圃登沙角炮台绝顶晾楼。西风泠然，玉轮涌上，海天一色，极其大观，辄成一解。

岛列千螺，舟横万鹢，碧天朗照无际。不到珠瀛，那识玉盘如此。划秋涛、长剑催寒，倚峭壁、短箫吹醉。前事。似元规啸咏，那时情思。　　却料通明殿里。怕下界云迷，蜃楼成市。诉与瑶阊，今夕月华烟细。泛深杯、待喝蟾停，鸣画角、恐惊蛟睡。秋霁。记三人对影，不曾千里。

【背景】

此词作于道光十九年(1839)中秋。少穆即林则徐,滋圃即关天培。林则徐于道光十八年(1838)年底被任命为钦差大臣赴广东查禁鸦片,时邓廷桢任两广总督,关天培防守虎门。杨钟羲《雪桥诗话》:"先是邓嶰筠尚书与林文忠以筹海驻虎门,中秋之夕偕滋圃登沙角炮台望月,遂极山巅。滋圃战殁,尚书亦戍伊犁。其《壬申伊江中秋》诗:'今年绝域看冰轮,往事追思一怆神。天半悲风波万里,杯中明月影三人。英雄竟污游魂血,枯朽空余后死身。独念高阳旧徒侣,单车正逐玉关尘。'时文忠亦将出关也。"

## 高阳台

鸦度冥冥,花飞片片,春城何处轻烟。膏腻铜盘,枉猜绣榻闲眠。九微夜爇星星火,误瑶窗、多少华年。更谁堪,一道银潢,长贷天钱。　　星槎恰到牵牛渚,叹十三楼上,暝色凄然。望断红墙,青鸾消息谁边。珊瑚网结千丝密,乍收来、万斛珠圆。指沧波,细雨归帆,明月空舷。

【背景】

此词作于道光十九年(1839),写查办鸦片之事。杨钟羲《雪桥诗话》:"邓嶰筠尚书《妙吉羊室词》、《高阳台》阕,当指林俟村查办鸦片烟,封舱缴土之事。"雷瑨《蓉城闲话》:"道光朝,林文忠公则徐奉朝旨由江督调粤治鸦片案。邓嶰筠尚书廷桢,实为粤督,两公志同道合,誓除毒氛。时权贵受人运动,忌文忠并及尚书,两公先后戍边，而烟禁遂由此除矣。尚书督粤，有《高阳台》词一阕，即咏文忠焚鸦片事也。”

**【拓展与思考】**

请分析词作内容。

## 酷相思

寄怀少穆

百五佳期过也未。但笳吹、催千骑。看珠澥、盈盈分两地。君住也、缘何意。侬去也、缘何意。　　召缓征和医并至。眼下病、肩头事。怕愁重、如春担不起。侬去也、心应碎。君住也、心应碎。

**【背景】**

作于道光二十年(1840)。道光十九年(1839)，作者与林则徐等在广州禁烟。是年元旦，词人被调任两江总督，旋改云贵总督，未及任，又改闽浙总督。词作反映了作者心中的疑虑。

**【集评】**

谭献《箧中词续》：三事大夫，忧生念乱，“敦我”之叹，其气已馁。

## 林则徐
(1785—1850)

字元抚,号石麟、少穆,福建闽侯人。嘉庆十六年(1811)进士,历任江苏巡抚、湖广总督等职。道光十九年(1839)任钦差大臣赴广东禁烟。鸦片战争起,革职流放伊犁。后起用为陕西巡抚、云贵总督。道光三十年,受诏赴广西平定太平天国起义,途中病卒,谥文忠。工诗词,有《云左山房词钞》。

### 高阳台

和嶰筠前辈韵

玉粟收余,金丝种后,蕃航别有蛮烟。双管横陈,何人对拥无眠。不知呼吸成滋味,爱挑灯、夜永如年。最堪怜,是一泥丸,捐万缗钱。　春雷欻破零丁穴,笑蜃楼气尽,无复灰燃。沙角台高,乱帆收向天边。浮槎漫许陪霓节,看澄波、似镜长圆。更应传,绝岛重洋,取次回舷。

## 戈 载
(1786—1856)

字弢甫,一字孟博,号顺卿,又号宝士,又号弢翁,江苏吴县(今苏州)人。以诸生选国子监典籍,后入幕。晚岁归里。善词,“吴中七子”之一。有《翠薇花馆词》三十四卷,《词林正韵》、《宋七家词选》等。

### 清平乐

梨花庭院。换入杨花乱。春昼渐长春渐短。瘦却东风一半。　　数残廿四番风。阶前怨碧愁红。最是多情蝴蝶,双飞犹绕花丛。

### 春霁

柳影

眠醒柔魂,向斜澹处,荡然无力。浅锁眉低,倦支腰瘦,晴光别样萧瑟。阑干晕碧。燕莺都似惊鸿疾。更远隔。流水板桥,浓霭暗春色。　　琼疏倚醉,绣径遮香,暗惹游丝，翠梳飘入。卷长亭、怨痕碎缕，凉云和雾半庭积。梦绕章台寻旧迹。画秋千畔，奈他残月凄风，薄寒迷晓，絮云狼藉。

**【拓展与思考】**
请赏析此词。

## 如梦令

临别

一阵蒙蒙细雨。香炉金猊半炷。临别苦丁宁，分手画楼深处。人去。人去。满院落花飞絮。

## 望远行

梁溪道中

听水听风第一程。芙蓉湖畔画桡轻。荻花枫叶飐秋声。碧云凉思冷鸥盟。　村笛起，寺钟鸣。九峰遥翠引帆行。孤灯影里已残更。蓬窗静倚梦难成。

## 浣溪沙

秦淮水榭偶成，其二

紫玉红牙暖麝飘。楼台灯火映双桥。谁家醉月又吹箫。　罗绮新妆娇北里，笙歌旧梦冷南朝。秋风送尽去来潮。

## 台城路

金陵怀古

旅魂销向秋风里，年年柳条烟雨。朱雀桥边，乌衣巷口，难认旧时门户。青溪曲处。看流尽胭脂，晚潮来去。　惟绕螺鬟，乱云拥六朝树。繁华多少梦醒，叹烟花冷落，空记南部。结绮香消，景阳钟歇，一样美人黄土。凄凉乐府。问燕子桃花，笛声尤苦。无限苍茫，暮鸦啼不住。

## 龚自珍
(1792—1841)

字璱人，号定庵，又号羽琌山民，浙江仁和(今杭州)人。其父龚丽正，官至江南苏松太兵备道，署江苏按察使；外祖父段玉裁。嘉庆二十三年(1818)举人，官内阁中书。道光九年(1829)进士。道光十九年辞官南归，道光二十一年暴卒于丹阳云阳书院。有《定庵文集》、《己亥杂诗》、《无著词》(原名《红禅词》)、《怀人馆词选》、《影事词》、《小奢摩词选》、《庚子雅词》等，今人辑有《龚自珍全集》。

**【背景】**

《歌筵有乞书扇者》：天教伪体领风花，一代人材有岁差。我论文章恕中晚，略工感慨是名家。

《己亥杂诗》其七十五：不能古雅不幽灵，气体难跻作者庭。毁杀流传遗下女，自障纨扇过旗亭。(年十九始倚声填词，壬午岁勒为六卷，今颇悔存之。)

《己亥杂诗》其一七〇：少年哀乐过于人，歌泣无端字字真。既壮周旋杂痴黠，童心来复梦中身。

**【总评】**

段玉裁《怀人馆词序》：造意造言，几如韩、李之于文章，银碗盛雪，明月藏鹭，中有异境。

谭献《箧中词》：定公词能为飞仙剑客之语，填词家长爪、梵志也。昔人评山谷诗，如食蝤蛑，恐发风动气，予于定公词亦云。

谭献《箧中词续》：龚先生发论，不必由衷，好奇而已。第以意内言外之旨，亦差可附会。

谭献《复堂日记》：词绵丽飞扬，意欲合周、辛而一之，奇作也。

谢章铤《赌棋山庄词话》:牢落百感,其不自得可慨矣。

梁启超《清代学术概论》:晚清思想之解放,自珍确与有功焉。光绪间所谓新学家者,大率人人皆经过崇拜龚氏之一时期;初读《定庵全集》,若受电然。

卢前《望江南·饮虹簃论清词百家》:食蜡蚌,动气发风疑。剑客飞仙真绝壁。红禅两字最相宜。梵志岂能奇。

夏敬观:《无著词》一篇,皆实事也,其事深秘有不可言者。

严迪昌《清词史》:龚自珍的词和他的诗一样,在表现时代人心,封建王朝的气数已尽等方面,是那个时代所能达到的最见深度和强度的作品。虽然没有直接描述鸦片战争等重大事件,仍同样有认识价值。

## 丑奴儿令

沉思十五年中事,才也纵横。泪也纵横。双负箫心与剑心。　春来没个关心梦,自忏飘零。不信飘零。请看床头金字经。

## 鹧鸪天

题于湘山《旧雨轩图》

双桨鸥波又一时。大隄秋柳梦中垂。关心我亦重来客,牢落黄金揖市儿。　长铗怨，破箫词。两般合就鬓边丝。兔毫留住伤心影，输与杭州老画师。

【拓展与思考】
请分析龚自珍诗词中的“剑气箫心”意象。

## 金缕曲

癸酉秋出都，述怀有赋

我又南行矣。笑今年、鸾飘凤泊，情怀何似。纵使文章惊海内[一]，纸上苍生而已。似春水、干卿何事[二]。暮雨忽来鸿雁杳，莽关山、一派秋声里。催客去，去如水。
华年心绪从头理。也何聊、看潮走马，广陵吴市。愿得黄金三百万，交尽美人名士。更结尽、燕邯侠子。来岁长安春事早，劝杏花、断莫相思死。木叶怨，罢论起。店壁上有“一骑南飞”四字，为《满江红》起句，成如干首，名之曰《木叶词》，一时和者甚众，故及之。

【背景】
此词作于嘉庆十八年(1813),其妻段美贞新丧,又逢落第。

【注释】

〔一〕文章惊海内：杜甫《有客》："岂有文章惊海内，漫劳车马驻江干。"

〔二〕"似春水"句：据《南唐书》，五代南唐宰相冯延巳有《谒金门》句云："风乍起，吹皱一池春水。"中主李璟戏语之曰："吹皱一池春水，干卿底事？"

## 天仙子

古来情语爱迷离。恼煞王昌十五词。楚天云雨到今疑。铺玉版，捧红丝。删尽刘郎本事诗。

【拓展与思考】

请结合具体作品理解龚自珍"古来情语爱迷离"的写作原则和艺术风格。

## 如梦令

本是花宫幺凤。降作人间情种。不愿住人间，分付药炉烟送。谁共。谁共。三十六天秋梦。

## 浪淘沙

写梦

好梦最难留。吹过仙洲。寻思依样到心头。去也无踪寻也惯，一桁红楼。　中有话绸缪。灯火帘钩。是仙是幻是温柔。独自凄凉还自遣，自制离愁。

## 桂殿秋

六月九日夜，梦至一区，云廊木秀，水殿荷香，风烟郁深，金碧嵯丽。时也方夜，月光吞吐，在百步外，荡瀣气之空濛，都为一碧；散清景而离合，不知几重？一人告予：此光明殿也。醒而忆之，为赋两解。

明月外，净红尘。蓬莱幽窅四无邻。九霄一派银河水，流过红墙不见人。

其二

惊觉后，月华浓。天风已度五更钟。此生欲问光明殿，知隔朱扃几万重。

**【拓展与思考】**

请谈谈龚自珍写梦词的特色。

## 木兰花慢

问人天何事，最飘渺、最消沉。算第一难言，断无人觉，且自幽寻。香兰一枝恁瘦，问香兰何苦伴清吟。消受工愁滋味，天长地久愔愔。 兰襟。一丸凉月堕，似他心。有梦诉依依，香传臯臯，眉锁深深。故人碧空有约，待归来天上理天琴。予梦中受词一卷，读之，一人告予曰："此天琴谱也。"无奈游仙觉后，碧云垂到而今。

**【拓展与思考】**

请分析龚自珍作品中"人天阻隔"的写作范式。

## 暗香

姑苏小泊作也。红烛寻春，乌篷梦雨[一]，一时情事，是相见之始矣。

一帆冷雨。有吴宫秋柳，留客小住。笛里逢人，仙样风神画中语。我是瑶华公子，从未识、露花风絮。但深情、一往如潮，愁绝不能赋。　花雾。障媚妩。更明烛画桥，催打官鼓。琐窗朱户〔二〕。一夜乌篷梦飞去。何日量珠愿了〔三〕，月底共、商量箫谱〔四〕。持半臂、亲来也，忍寒对汝〔五〕。

**【注释】**

〔一〕梦雨：极细之雨。李商隐《重过圣女祠》："一春梦雨常飘瓦，尽日灵风不满旗。"

〔二〕琐窗朱户：贺铸《青玉案》："锦瑟年华谁与度。月台花榭，琐窗朱户，只有春知处。"

〔三〕量珠：刘恂《岭表录异》："绿珠井，在白州双角山下。昔梁氏之女有容貌，石季伦为交趾采访使，以真珠三斛买之。"后以量珠为买妾代称。

〔四〕"月底共"句：张辑《祝英台近》歇拍："趁月底、重修箫谱。"

〔五〕"持半臂"二句：用宋祁事。魏泰《东轩笔录》："（祁）多内宠，后庭曳罗绮者甚众。尝宴于锦江，偶微寒，命取半臂。诸婢各送一枚，凡十余枚皆至。子京视之茫然。恐有薄厚之嫌，竟不敢服，忍冷而归。"

## 意难忘

凉月珊珊。伴兰心玉性，试语还难。秋花分小影，秀句写冰纨。眉意浅、佩声残。有珍重千般。略逗伊、隐花裙上，竹叶斑斑。　知音何苦轻瞒。者温存隐秀，慧思华年。明明通尔汝，瑟瑟数悲欢。携手际、试颦间，是意暖神寒。玉漏沉、芙蓉睡也，重靠栏杆。

## 定风波

除是无愁与莫愁。一身孤注掷温柔。倘若有城还有国。愁绝。不能雄武不风流。　多谢兰言千百句。难据。羽琌词笔自今收。晚岁披猖终未肯。割忍。他生缥缈此生休。

## 鹊踏枝

过人家废园作

漠漠春芜芜不住。藤刺牵衣，碍却行人路。偏是无情偏解舞。蒙蒙扑面皆飞絮。　绣院深沉谁是主。一朵孤花，墙角明如许。莫怨无人来折取。花开不合阳春暮。

【集评】

夏承焘、张璋编选《金元明清词选》:此词写过废园所见,景语中有情语。自珍生当清朝内忧外患初亟时,此词上片中的牵衣藤刺与扑面飞絮,或含有对时政的感慨。下片墙角里的一朵孤花,是作者对自己的写照。结语是美人迟暮之意。

钱仲联选注《清词三百首》:寄寓的深意,较为明显。废园象征当时的社会;春芜丛生,春光不住,象征清王朝衰败命运;藤刺碍路,飞絮扑面善舞,象征阻碍前进,醉生梦死的腐朽势力;绣院象征毫无主宰命运能力的中枢机关。然后突出一朵孤花,墙角独明隐喻自比,作为前者的对比。

## 减字木兰花

偶检丛纸中,得花瓣一包,纸背细书辛幼安“更能消几番风雨”一阕,乃是京师悯忠寺海棠花,戊辰暮春所戏为也。泫然得句。

人天无据。被侬留得香魂住。如烟如梦。枝上花开又十年。　十年千里。风痕雨点斓斑里。莫怪怜他。身世依然是落花。

【拓展与思考】

试分析龚自珍诗词中的“落花”意象。

## 顾　春
(1799—1877)

字子春，号太清，自署西林春、太清春，晚号云槎外史，满洲镶蓝旗人。原姓西林觉罗，为鄂文端公（尔泰）之曾孙女，宗室奕绘侧福晋。道光十八年(1838)，奕绘卒，斥居外邸，“卖金凤钗购得住宅一区”。有诗文集《天游阁集》，词集《东海渔歌》，小说《红楼梦影》等。

**【总评】**

王蕴章《燃脂余韵》引王鹏运语：满洲词人，男有成容若，女有太清春。

又：阅数年，黄陂陈士可始得之于厂肆，冒鹤亭、况夔笙为之校刊而其传始广。其词极合宋人消息，不堕入庸俗一派。

况周颐《蕙风词话》：太清词得力于周清真，旁参白石之清隽，深稳沉着，不琢不率，极合倚声消息。

### 南乡子

惜花词

一夜妒花风。吹过栏干第几重。何事封姨情太薄，匆匆。零落深丛与浅丛。　春冷逼房栊。晓起开帘扫落红。风势未停天又雨，濛濛。乱卷飞花小院中。

# 早春怨

## 春夜

**杨柳风斜，黄昏人静，睡稳栖鸦。短烛烧残，长更坐尽，小篆添些。　　红楼不闭窗纱。被一缕、春痕暗遮。淡淡轻烟，溶溶院落，月在梨花。**

**【集评】**

夏承焘、张璋编选《金元明清词选》：这首词写幽静的春夜，是从晏殊“梨花院落溶溶月，柳絮池塘淡淡风”诗句中化出。

严迪昌编选《金元明清词精选》：顾春词擅长造境，烹词炼句自然精工。此词轻勾澹画，把春夜静坐的氛围渲染透尽。下片换头处“不闭窗纱”，实写而出空灵，惟有此“不闭”，窗外月下梨花轻烟如笼的景象全摄入视线，殆同园林中花窗借景一般。上下片之间的反差构成，是心境表现的需要。上片静寂，下片梨花月色却甚相映热闹，然而热闹恰愈衬现“人静”。细加审视，主观情思极为隐蔽，“短烛烧残，长更坐尽”二句很难遽断定为愁思。倒是“栖鸦”的“睡稳”正暗示“人”的难以入梦；“小篆”的盘转，岂非如愁肠回结？这种含蓄法，全由读者去辨味，词人却未做更多的消息透漏。如果只从“溶溶院落”句出自晏殊《寓意》“梨花院落溶溶月”，加以类比，会忽略具体作品的精细入微的匠心。

## 惜秋华

壬寅七月廿一，重睹邸中天游阁旧居有感

旧梦天游，倚晴空、犹是当年楼阁。绣户绮窗，蛛丝暗牵帘幕。纵横薜荔缘阶，隐幽径、兔葵燕麦。萧索。噪斜阳、剩有营巢鸟雀。　认取栏干角。乱蓬蒿掩处，绽海棠红萼。景如此、人非昔，向谁寄托。不堪四载重来，怅怀抱、情伤心恶。难著。对西风、泪痕吹落。

## 踏莎行

恨，次屏山韵

黛浅鬟松，欲消无价。者般滋味因谁惹。香消风静月明时，更添一倍新愁也。

拍遍栏干，立来花下。怕春归去催花谢。待安排处费安排，旁人错解成闲话。

## 踏莎行

老境蹉跎，寄怀章句。潜身作个钻研蠹。自怜多病故人疏，消愁剩有中山兔。

每到思量，热心如炷。问天毕竟何分付。但求无事是安居，成仙成佛何须慕。

**【背景】**

以上三阕均为奕绘去世后顾春被迫出府别居时所作。

## 奕绘
(1799—1838)

字子章，又号妙莲居士、幻园居士、太素道人，为清乾隆帝第五子荣纯亲王爱新觉罗·永琪之孙、荣恪郡王爱新觉罗·绵亿之子。嘉庆二十年(1815)六月承袭多罗贝勒。有词集《南谷樵唱》。

### 洞仙歌

烟鬟雾鬓，是大罗仙眷。翦水瞳人梦中见。绛云轻、鹤背聊借吹箫，拾翠羽，蕙带荷衣零乱。　　一泓沧海水，星斗低垂，桂斧丁丁广寒殿。招我御罡风，若有人兮，光明藏、碧空香满。又告我、诸天秘灵文，莫画出、飞琼蕊宫真面。

### 罗敷媚

其三

冷金笺纸湘妃竹，一十三行。写上吟

章。双款分明哑谜藏。　　莲花小印刚刚印，叠扇张皇。转过回廊。卍字阑干亚字墙。

## 郭 麐
(1767—1831)

字祥伯,号频伽,因右眉全白,又号白眉生,别称郭白眉,一号邃庵居士、苎萝长者,江苏吴江(今苏州)人。贡生,嘉庆九年(1804)讲学蕺山书院。有《灵芬馆集》、《灵芬馆词话》、《词品》。

**【总评】**

陈廷焯《云韶集》:频伽词,曲折深婉,古今词罕有此笔致。尤工于小令,别有天地。

吴衡照《莲子居词话》:频伽词专摹小长芦,清折灵转,几于具体而又过之。

### 洞仙歌

落梅

人间无地,著春愁千斛。一夜东风与埋玉。算玲珑锁骨、葬向空山,也胜似,早早安排金屋。　招魂来纸上,断粉零香,犹是眉间旧时绿。莫道不相思、点点啼痕,已渍满、轻绡十幅。待梦到、西泠去寻伊,怕别院、楼头又吹横竹。

【拓展与思考】

此词咏落梅，请注意与咏梅的区别。

## 水调歌头

### 望湖楼

其上天如水，其下水如天。天容水色渌净，楼阁镜中悬。面面玲珑窗户，更著疏疏帘子，湖影淡于烟。白雨忽吹散，凉到白鸥边〔一〕。　酌寒泉，荐秋菊，问坡仙。问君何事，一去七百有余年。又问琼楼玉宇，能否羽衣吹笛，乘醉赋长篇。一笑我狂矣，且放总宜船〔二〕。

【注释】

〔一〕"其上天如水"至换拍：苏轼《六月二十七日望湖楼醉书》："黑云翻墨未遮山，白雨跳珠乱入船。卷地风来忽吹散，望湖楼下水如天。"

〔二〕总宜船：西湖船的代称。出自苏轼《饮湖上初晴后雨》："欲把西湖比西子，淡妆浓抹总相宜。"

【集评】

严迪昌编选《元明清词》：郭氏在《词品序》中说平生"廓落鲜欢"，问天问坡仙实即此种情怀的抒述，人间难以长啸一吐胸臆的郁闷借此展现。上片化用东坡"望湖楼下水如天"句，成三个层次：楼外水色天容，水天相涵；楼似悬镜空灵；楼内望楼外湖上烟雨变幻。“凉”字与下片“寒”、“秋”相应，点明时令。此词清灵流转，疏朗净明，是典型的“灵芬馆”风格。

## 项鸿祚

(1798—1835)

原名继章，后改名廷纪，字莲生，浙江钱塘(今杭州)人。家豪富。道光十二年(1832)举人，两应会试不第，穷愁而卒。有《忆云词甲乙丙丁稿》四卷，《补遗》一卷，存词201首。

**【背景】**

《清史稿·项鸿祚传》：鸿祚，字莲生，钱塘人。道光十二年举人。善词，上溯温、韦，下逮周密、吴文英。撷精弃滓，以自名其家。屡应礼部试不第。卒，年三十八。自序《忆云词》，有曰："不为无益之事，何以遣有涯之生。"学者诵而悲之。

《忆云词甲稿自序》：夫词者，意内而言外也。意生言，言成声，声分调，亦犹春庚秋蟋，气至则鸣，不自知其然也。生幼有愁癖，故其情艳而苦，其感于物也郁而深。连峰巉巉，中夜猿啸，复如清湘戛瑟，鱼沉雁起，孤月微明。其窅敻幽凄，则山鬼晨吟，琼妃暮泣，风鬟雨鬓，相对支离。不无累德之言，抑亦伤心之极致矣！

《忆云词丙稿自序》：嗣是迭遭家难，索居少欢，追忆前尘，十遗八九。……不为无益之事，何以遣有涯之生？时异境迁，结习不改，《霜花腴》之剩稿，《念奴娇》之过腔，茫茫谁复知者？俯仰生平，百端交集，正不独此事而已。

《忆云词丁稿自序》：患难以来，人事有不可言者。……读书之暇，惟仿《花间》小令自遣而已。……当沉郁无憀之极，仅托之绮罗香泽以泄其思，盖辞婉而情伤矣！不知我者，即谓之醉眠梦呓也可。

**【总评】**

谢章铤《赌棋山庄词话》：莲生深于情，小令尤佳。其词仿吴梦窗例，分为甲乙丙丁四稿。丁稿自温庭筠至冯延巳各体皆拟之，且皆工，可以观其所得力矣。

谭献《箧中词》:莲生,古之伤心人也。荡气回肠,一波三折。有白石之幽涩,而去其俗;有玉田之秀折,而无其率;有梦窗之深细,而化其滞。殆欲前无古人。……以成容若之贵,项莲生之富,而填词皆幽艳哀断,异曲同工,所谓别有怀抱者也。

谭献《箧中词续》:蒋鹿潭《水云楼词》,与成容若、项莲生,二百年中,分鼎三足。……阮亭、葆酚一流为才人之词,宛邻、止庵一流为学人之词,惟三家是词人之词,与朱、厉同工异曲,其他则旁流羽翼而已。

朱祖谋《望江南》:无益事,能遣有涯生。自是伤心成结习,不辞累德为闲情。兹意了生平。

江顺诒《词学集成》:《忆云词》古艳哀怨,如不胜情。猿啼断肠,鹃泪成血,不知其所以然也。

卢前《望江南·饮虹簃论清词百家》:有涯生,无益事偏为。浙水中兴凭一首,伤心随意入新词。模拟得神资。

## 玉漏迟

### 题《饮水词》后

寄愁何处好,金奁怕展,紫箫声杳。十幅乌丝,寂寞怨琴凄调。犹忆笼香倚醉,是旧日、承平年少。憔悴早。词笺赋笔,半销衰草。　　最怜渌水亭荒,曾几度留连,几番昏晓。玉笥霾云,付与后人凭吊。君自孤吟野鬼,谁念我、啼鹃怀抱。消瘦了。恨血又添多少。

## 采桑子

读《金荃集》题后

艳词空冠花间集，不上云台。却上阳台。一读南华事事乖。　谢郎折齿狂犹昔。红粉成灰。蜡炬成灰。剩得闲情赋锦鞋。

## 减字木兰花

春夜闻隔墙歌吹声

阑珊心绪。醉依绿琴相伴住。一枕新愁。残夜花香月满楼。　繁笙脆管。吹得锦屏春梦远。只有垂杨。不放秋千影过墙。

## 清平乐

池上纳凉

水天清话。院静人销夏。蜡炬风摇帘不

下。竹影半墙如画。　醉来扶上桃笙。熟罗扇子凉轻。一霎荷塘过雨，明朝便是秋声。

## 点绛唇

### 其二

一样东风，杜鹃催去莺留住。澹烟微雨。春在花飞去。　弹指光阴，又是佳期误。长亭暮。恨无重数。芳草天涯路。

### 其六

小院秋清，后堂却下葳蕤锁。玉簪斜弹。老桂余香堕。　总是无眠，判得终宵坐。风吹过。一星萤火。来照凄凉我。

## 水龙吟

### 魂

几时飞上瑶京，月中环佩珊珊静。朦胧似醉，悠扬似梦，迷离似影。真个曾销，黯然欲别，凄凉谁省。寄相思只在，黄泉碧落，听一片、啼鹃冷。　　楚些歌残漏永。翠帘空、篆香温鼎。梨云罩夜，絮烟笼晓，梧阴弄暝。来不分明，去无凭据，旧情难证。待亭亭倩女，前村缓步，唤春风醒。

## 江城子

吴门夜泊

金阊门外柳千条。驻兰桡。度凉宵。可惜凉宵、都付与无聊。试唤吴娘歌一曲，风又起，雨潇潇。　　双鬟低映烛光摇。似花娇。最魂销。今夜魂销、明日隔枫桥。城上乌啼催酒醒，人去也，自吹箫。

## 水龙吟

秋声

西风已是难听，如何又著芭蕉雨。泠泠暗起，澌澌渐紧，萧萧忽住。候馆疏砧，高城断鼓，和成凄楚。想亭皋木落，洞庭波远，浑不见、愁来处。　　此际频惊倦旅。

夜初长、归程梦阻。砌蛩自叹，边鸿自唳，剪灯谁语。莫更伤心，可怜秋到，无声更苦。满寒江剩有，黄芦万顷，卷离魂去。

**【集评】**

夏承焘、张璋编选《金元明清词选》：欧阳修作《秋声赋》，以“波涛夜惊”、“风雨骤至”和“赴敌之兵衔枚疾走”，来织成肃杀的秋声。项鸿祚此词上片，以“西风”、“芭蕉雨”、“疏砧”、“断鼓”等声音，来织成凄楚的秋声。下片更以孤独的倦游旅客为况，写出“莫更伤心，可怜秋到，无声更苦”三句警句。意谓寂寞的旅客如无秋声相伴，更难度过漫漫的长夜。这是深入一层的写法。“黄芦万顷，卷离魂去”的结语，更增全首词凄楚的情调。鸿祚尝自谓其词“辞婉而情伤”，信非虚言。

严迪昌编选《金元明清词精选》：项鸿祚在词稿《自序》中说：“不为无益之事，何以遣有涯之生。”语甚萧飒，但他以词作为打发生命的“无益之事”，其生命的一部分也就转化为词的文字形式而超越时空地承传下来。所以，项氏的词有着充分的感情投入，这也就是《忆云词》的价值所在。此词写了九种秋声……项莲生此篇的出奇峭于平易处，在于采用层波叠浪式的意象强化法，推浓起氛围，从而构成一个心理活动的特定之“场”。“已是难听”、“如何又著”、“想”、“浑不见”、“频惊”、“谁语”等等，心态波动圈随着意象一层层往外鼓胀。秋声写得愈凄紧满耳，心头愈感寂历。然后在“秋声”频惊的高峰处，一转笔说：“莫更伤心，可怜秋到，无声更苦。”更觉悚然惊魂。“无声胜有声”被置于如此境界中翻化出来，明澈平易而加倍其意，情感的冲击力特强激。“无声更苦”为全篇词眼。虚灵的独白语，真切、痴绝，于是所有技巧的痕迹全化泯。结句一个“卷”字紧贴“万顷”，孤独之魂在数量感的托浮中尤觉无自主之力，那黄芦苦竹染得“离魂”的凄苦色调也更浓重。

**【拓展与思考】**

请结合具体作品，分析归纳《忆云词》的艺术特色。

## 蒋春霖
(1818—1868)

字鹿潭，江苏江阴人。诸生。父蒋尊典。咸丰元年(1851)权知东台富安盐场大使，咸丰七年母忧守制。其后困顿贫苦。同治七年(1868)偕姬人黄婉君投江苏布政使杜文澜，不时见，道经吴江垂虹桥，投水而卒。有《水云楼诗词》，存词约171首。

**【总评】**

谭献《复堂词话》：与成容若、项莲生，二百年中，分鼎三足。

谭献《复堂日记》：《水云楼词》，婉约深至，时造虚浑，要为第一流矣。

陈廷焯《白雨斋词话》：《水云楼词》二卷，深得南宋之妙，于诸家中尤近乐笑翁。竹垞自谓学玉田，恐去蒋鹿潭尚隔一层也。

宗湘文《水云楼词续序》：同治壬戌以后，予居泰州数年，兵戈方盛，人士流离，渡江而来，率多才杰。一时往还如王雨岚、杨柳门、姚西农、黄琴川、钱揆初、黄子湘，皆以诗名，而蒋鹿潭之词尤著。

冯煦《蒿月词序》：咸同之交，淮海间多词人。若江阴蒋春霖鹿潭、江都丁至和葆庵、甘泉李肇增冰叔、郭夔尧卿，并为倚声家泰斗。

吴梅《词学通论》：有清一代，以《水云》为冠。

严迪昌《清词史》：咸丰之际，淮扬、东台一隅，集合之词群活动为近代词史重要关目，丁至和与蒋春霖齐名当时，联同杜文澜等倚声酬应，构成中坚。

## 疏影

秋堞

丹楼雾结。倚半山似画，围住黄叶。千里旌旗，远带斜晖，隐隐斗勺高揭。蟠空怪石吞江险，更壁立、千寻精铁。怎放他、秋燕飞来，唤起暮笳呜咽。　　还记春零覆苑，丽谯望缥缈，登眺时节。动地征鼙，卷入惊风，乱落霜枫如血。荒城雨暗重阳近，怕遗恨、啼乌羞说。但夜深、东去寒潮，冷伴女墙萝月。

## 扬州慢

癸丑十一月二十七日，贼趋京口，报官军收扬州。

野幕巢乌，旗门噪鹊，谯楼吹断笳声。过沧桑一霎，又旧日芜城。怕双雁、归来恨晚，斜阳颓阁，不忍重登。但红桥风雨，梅花开落空营。　　劫灰到处，便司空、见惯都惊。问障扇遮尘，围棋赌墅，可奈苍生。月黑流萤何处，西风黯、鬼火星星。更伤心南望，隔江无数峰青。

## 台城路

金丽生自金陵围城出，为述沙洲避雨光景，感成此解。时画角咽秋，灯焰惨绿，如有鬼声在纸上也。

惊飞燕子魂无定，荒洲坠如残叶。树影疑人，鸮声幻鬼，欹侧春冰途滑。颓云万叠。又雨击寒沙，乱鸣金铁。似引宵程，隔溪磷火乍明灭。　江间奔浪怒涌，断笳时隐隐，相和呜咽。野渡舟危，空村草湿，一饭芦中凄绝。孤城雾结。剩罥网离鸿，怨啼昏月。险梦愁题，杜鹃枝上血。

**【拓展与思考】**

试分析蒋春霖词“如有鬼声在纸上”的特点。

## 渡江云

燕台游迹，阻隔十年。感事怀人，书寄王午桥、李闰生诸友。

春风燕市酒，旗亭赌醉，花压帽檐香。暗尘随马去，笑掷丝鞭，拆笛傍宫墙。流莺别后，问可曾、添种垂杨。但听得、哀蝉曲破，树树总斜阳。　堪伤。秋生淮海，霜冷关河，纵青衫无恙。换了二分明月，一角沧桑。雁书夜寄相思泪，莫更谈、天宝凄凉。残梦醒、长安落叶啼螿。

## 鹧鸪天

杨柳东塘细水流。红窗睡起唤晴鸠。屏间山压眉心翠，镜里波生鬓角秋。　临玉管，试琼瓯。醒时题恨醉时休。明朝花落归鸿尽，细雨春寒闭小楼。

## 虞美人

水晶帘卷澄浓雾。夜静凉生树。病来身似瘦梧桐。觉道一枝一叶、怕秋风。　银潢何日销兵气。剑指寒星碎。遥凭南斗望京华。忘却满身清露、在天涯。

## 唐多令

枫老树流丹。芦花吹又残。系扁舟、同倚朱阑。还似少年歌舞地，听落叶、忆长安。　哀角起重关。霜深楚水寒。悲西风、归雁声酸。一片石头城上月，浑怕照、旧江山。

**【集评】**

吴梅《词学通论》：精整雄秀，绝非局促姜、张范围者可能出此也。

## 更漏子

柳丝风，菰叶雨。湖上画船来去。兰桨定，钓竿收。藕花香满楼。　歌声歇。望明月。沙静夜滩如雪。灯欲烬，酒初醒。隔河吹玉笙。

## 卜算子

燕子不曾来，小院阴阴雨。一角阑干聚落华，此是春归处。　　弹泪别东风，把酒浇飞絮。化了浮萍也是愁，莫向天涯去。

**【集评】**

陈廷焯《白雨斋词话》：鹿潭穷愁潦倒，抑郁以终，悲愤慷慨，一发于词，如《卜算子》云云，何其凄怨若此。

夏承焘、张璋编选《金元明清词选》：下片“飞絮”、“浮萍”数句，突出身世飘零之感。

严迪昌编选《金元明清词精选》：愁苦之写，后来居上。这除了艺术的成熟及其积累诸因素外，重要的是感受的深化，而感受的深化又正表征着才士淹蹇的现象的加剧。……此词所表现的衰世漂泊的凄苦，具有浓重的世纪末情调。警策之句是“化了浮萍也是愁”，这是一种局天蹐地，无可解脱痛苦的极致语。……这末两句又回环之势寓于平易语中：飞絮是愁，浮萍是愁，飘荡或涸落，形态虽异，终端一致。

## 杜文澜
(1815—1881)

字小舫，浙江秀水(今嘉兴)人。少孤贫，得舅氏教，入幕多年。入赀为县丞，积军功累升至两淮盐运使，加布政使衔。有《采香词》、《憩园词话》、《曼陀罗华阁琐记》等。

### 八声甘州

淮阴晚渡

尚依稀认得旧沙鸥，三年路重经。问堤边瘦柳，春风底事，减却流莺。十里愁芜凄碧，旗影淡孤城。谁倚山阳笛，并入鹃声。　空剩平桥戍角，共归潮暗咽，似恨言兵。坠营门白日，过客阻扬舲。更休上、江楼呼酒，怕夜深、野哭不堪听。还飘泊、任王孙老，匣剑哀鸣。

**【拓展与思考】**

结合淮海词人群体的其他词人词作，分析这一词学群体的整体风貌及成因。

## 吴 藻
(1799 1862 前后)

字苹香，号玉岑子，法名来鹤。浙江仁和(今杭州)人。道光十七年(1837)移居嘉兴南湖，筑香南雪北庐。有《花影词》、《香南雪北词》、《香南雪北庐集》、杂剧《乔影》等。存词307首，诗84首。

**【总评】**

沈善宝《名媛诗话》：吴苹香最工倚声，著有《花帘诗稿》行世。诗不多作，偶一吟咏，超妙绝尘。

俞陛云《清代闺秀诗话》：清代闺秀之工填词者，清初推徐湘苹，嘉道间推顾太清、吴苹香。湘苹以深稳胜，太清以高旷胜，苹香以博雅胜，卓然为三大家。苹香初好词曲，后兼肆力于诗。父与夫皆业贾，两家无一读书者，而独见秀异，殆由夙慧。

### 金缕曲

闷欲呼天说。问苍苍、生人在世，忍偏磨灭。从古难消豪士气，也只书空咄咄。正自检、断肠诗阅。看到伤心翻失笑，笑公然、愁是吾家物。都并入，笔端结。　英雄儿女原无别。叹千秋、收场一例，泪皆成血。待把柔情轻放下，不唱柳边风月。且整顿、铜琶铁拨。读罢离骚还酌酒，向大江、东去歌残阕。声早遏，碧云裂。

## 浪淘沙

一路看山归。路转山回。薄阴阁雨黯斜晖。白了芦花三两处，猎猎风吹。　千古冢累累。何限残碑。几人埋骨几人悲。雪点红炉炉又冷，历劫成灰。

## 清平乐

湖烟湖水。一棹玻璃碎。落日四山横晚翠。西子妆残欲睡。　归来云树冥冥。模糊难认西泠。忽听上方钟声，舟人独指南屏。

## 清平乐

银梅小院。十二重帘卷。雪北香南春不断。无奈咏花人倦。　满城初试华灯。满院湿粉空明。云母屏风月上，高寒如在瑶清。

## 满江红

谢叠山遗琴二首其一，琴名号钟，为新安吴素江明经家藏。

半壁江山，浑不是、莺花故业。难回首、萧条野寺，凄凉落月。乡国烽烟何处认，桥亭卜卦谁人识。记孤城、双手挽银河，心如铁。　才赋罢，无家别。早殉此，余生节。尽年年茶坂，杜鹃啼血。三尺焦桐遗古调，一抔黄土埋忠穴。想哀弦、泉底瘦蛟蟠，苔花热。

## 乳燕飞

愁

不信愁来早。自生成、如形共影，依依相绕。一点灵根随处有，阅尽古今谁扫。问散作、几般怀抱。豪士悲歌儿女泪，更文园善病、河阳老。感斯意，即同调。　助愁尚有闲中料。满天涯、晓风残月，夕阳芳草。我亦人间沦落者，此味尽教尝到。况早晚、又添多少。眼底眉头担不住，向纱窗握、管还吟啸。打一幅，写愁稿。

## 乳燕飞

读《红楼梦》

欲补天何用。尽销魂、红楼深处，翠围香拥。騃女痴儿愁不醒，日日苦将情种。问谁个、是真情种。顽石有灵仙有恨，只蚕丝、烛泪三生共。勾却了，太虚梦。　喁喁话向苍苔空。似依依、玉钗头上，桐花小凤。黄土茜纱成语谶，消得美人心痛。何处吊、埋香故冢。花落花开人不见，哭春风、有泪和花恸。花不语，泪如涌。

**【拓展与思考】**

吴藻词有“女子作雄音”的现象，试分析其原因及艺术成就。

## 张景祁
(1827—1894后)

字孝威,号韵梅,一号蘩甫,别号新蘅主人,浙江钱塘(今杭州)人。同治十三年(1874)进士,官福建连江县知县,后渡台湾,官游淡水、基隆等地。有词实录中法之战,有《新蘅词》。

【总评】

谭献《箧中词》:笳吹频惊,苍凉词史,穷发一隅,增成故实。

### 秋霁

基隆秋感

盘岛浮螺,痛万里胡尘,海上吹落。锁甲烟销,大旗云掩,燕巢自惊危幕[一]。乍闻唳鹤,健儿罢唱从军乐。念卫霍、谁是汉家,图画壮麟阁。　遥望故垒,毳帐凌霜,月华当天,空想横槊。卷西风、寒鸦阵黑,青林凋尽怎栖托。归计未成情味恶。最断魂处,惟见莽莽神州,暮山衔照,数声哀角。

【背景】

光绪十年(1884)中法战争马江之败,基隆失守,时作者为台湾淡水知县。十月由台湾内渡返闽，次年作此词。

**【注释】**

〔一〕燕巢危幕：丘迟《与陈伯之书》："鱼游于沸鼎之中，燕巢于危幕之上。"

## 酹江月

法夷既据基隆，擅设海禁。初冬，余自新竹旧港内渡，遇敌艘巡逻者驶及之，几为所困。暴雨陡作，去帆如马，始免于难。中夜，抵福清之观音澳，宿茅舍，感赋。

楼船望断，叹浮天万里，尽成鲸窟。别有仙槎凌浩渺，遥指神山弭节。琼岛生尘，珠崖割土，此恨何时雪。龙愁鼍愤，夜潮犹助呜咽。　回忆鸣镝飞空，飙轮逐浪，脱险真奇绝。十幅布帆无恙在，把酒狂呼明月。海鸟忘机，溪云共宿，时事今休说。惊沙如雨，任他窗纸敲裂。

## 小重山

几点疏鸦眷柳条。江南烟草绿、梦迢迢。十年旧约断琼箫。西楼下、何处玉骢骄。　　酒醒又今宵。画屏残月上、篆香销。凭将心事记回潮。青溪水、流得到红桥。

**【集评】**

谭献《箧中词》:高寻欧、晏,参异已之长。

## 谭 献

(1832—1901)

原名廷献，一作献纶，字仲修，号复堂，浙江仁和(今杭州)人。同治六年(1867)举人，官至宿松知县。论词宗常州，有《复堂词》104阕，又《复堂词话》，编选《箧中词》、《箧中词续》等。

**【总评】**

陈廷焯《白雨斋词话》：品骨甚高，源委悉达。窥其胸中眼中，下笔时匪独不屑为陈朱，尽有不甘为梦窗、玉田处。所传虽不多，自是高境。

徐珂《近词丛话》：同光间，有词学大家……为海内所宗仰者，谭复堂大令是也。……读其词者，则云幼眇而沉郁，义隐而指远，腷臆而若有不可于明言。

朱祖谋《望江南》：皋文说，沆瀣得庄谭。感遇霜飞怜镜子，会心衣润费炉烟。妙不著言诠。

王国维《人间词话》：近人词，如复堂词之深婉，彊村词之隐秀，皆在半塘老人上。

又：谭复堂《蝶恋花》："连理枝头侬与汝，千花百草从渠许。"可谓寄兴深微。

叶恭绰《广箧中词》：仲修先生承常州派之绪，力尊词体，上溯风、骚，词之门庭，缘是益廓，遂开近三十年之风尚，论清词者，当在不祧之列。

吴梅《词学通论》：仲修词，取径甚高，源委深远，窥其胸中，非独不屑为陈、朱，抑且上溯唐五代。此浙词之变也。

# 蝶恋花

其五

庭院深深人悄悄。埋怨鹦哥，错报韦郎到。压鬓钗梁金凤小。低头只是闲烦恼。　　花发江南年正少。红袖高楼，争抵还乡好。遮断行人西去道。轻躯愿化车前草。

其六

玉颊妆台人道瘦。一日风尘，一日同禁受。独掩疏栊如病酒。卷帘又是黄昏后。　　六曲屏前携素手。戏说分襟，真遣分襟骤。书札平安君信否。梦中颜色浑非旧。

**【集评】**

陈廷焯《白雨斋词话》："庭院深深"阕，上半传神绝妙，下半沉痛已极，所谓"情到海枯石烂时"也。"玉颊妆台"阕，上半沉至语，殊觉哀而不伤，怨而不怒，下半相思刻骨，寤寐潜通，顿挫沉郁，可以泣鬼神矣！

夏承焘、张璋编选《金元明清词选》：这两首情词，以女方口吻写。第一首写别离之前，"轻躯愿化车前草"是说要遮住车道，不让远去之意。与陆龟蒙《古意》诗“君心莫淡薄,妾意正栖托。愿得双车轮,一夜生四角”相似。第二首写分离以后。刻骨相思之情,只能通过寤寐、书札来传达。

## 鹧鸪天

**绿酒红灯漏点迟。黄昏风起下帘时。文鸳莲叶成漂泊,幺凤桐花有别离。　云澹澹,雨霏霏。画屏闲煞素罗衣。腰支眉黛无人管,百种怜侬去后知。**

**【集评】**

夏承焘、张璋编选《金元明清词选》:这首词写离情。“画屏闲煞素罗衣”,写别后的寂寞。结句看似平淡,却是佳句,它和纳兰成德的“当时只道是寻常”句,同样耐人寻味。

**【拓展与思考】**

谭献《复堂词话序》:“作者之用心未必然,而读者之用心何必不然。”请尝试用常州词派意内言外的方式解析谭献《蝶恋花》诸作。

## 庄 棫

(1830—1878)

字希祖，号中白，又号蒿庵，江苏丹徒(今镇江)人。官中书。工词，词宗常州。有《中白词》。

**【背景】**

《中白词序》：向从北宋溯五代十国，今复下求南宋得失离合之故。

**【总评】**

陈廷焯《白雨斋词话》：蒿庵词穷原竟委，根柢槃深，而世人知之者少。余观其词，匪独一代之冠，实能超越三唐、两宋，与风骚、汉乐府相表里，自词人以来，罕见其匹。而究其得力处，则发源于国风、小雅，胎息于淮海、大晟，而寝馈于碧山也。

### 相见欢

其一

春愁直上遥山。绣帘间。赢得蛾眉宫样、月儿弯。 云和雨。烟和雾。一般般。可恨红尘遮得、断人间。

其二

深林几处啼鹃。梦如烟。直到梦难寻

处、倍缠绵。　　蝶自舞。莺自语。总凄然。明月空庭如水、似华年。

**【集评】**

陈廷焯《白雨斋词话》：二词用意用笔，超越古今，能将骚雅真消息，吸入笔端，更不可以时代限也。

严迪昌编选《金元明清词精选》：词人于此将本难具体化之苦情，通过时光距离感转现为一种可能具体感知的量感和质感。化虚为实，以实写虚，此之谓也。……叹年华如逝水如空庭之月光（幻空感），意即在强化“缠绵”之“倍”。更令人伤感的是蝶自飞舞莺自歌，于是那种惨淡沉痛的自苦心绪，在世无知“我”的无情境地中愈见寂寥。

## 蝶恋花

### 其一

城上斜阳依绿树。门外斑骓，见了还相顾。玉勒珠鞭何处住。回头不觉天将暮。　　风里余花都散去。不省分开，何日能重遇。凝睇窥君君莫误。几多心事从君诉。

**【集评】**

陈廷焯《白雨斋词话》：蒿庵《蝶恋花》四章，所谓托志帷房，眷怀身世者。首章“回头”七字，感慨无限；下半声情酸楚，却又哀而不伤。

## 思帝乡

朝朝花花相映红。钿雀金蝉香阁，绣帷中。炉篆纱窗云雾，星眼倦朦胧。望到楼头不见，有归鸿。

## 梦江南

芳草岸，岸上玉骢嘶。红袖满楼招不见，桥边杨柳细如丝。春雨杏花时。

## 春光好

烧蜡烛，照银屏。袖罗轻。暗忆扁舟下绿汀。布帆声。　　新月半明半暗，浮云旋散旋生。只有些微看不见，两三星。

## 买陂塘

问西风、数行新雁，故人今向何许。衔来音信从谁至，宛转似将人语。休轻顾。便拆得封时、都是伤心句。此情最苦。剩凉月三更，盈盈血泪，化作杜鹃去。　空阶外，往日佳期已误。凄凉说与迟暮。清商一曲萧爽，消受几多霜露。情莫诉。休再望、南天渺渺衡阳浦。锦笺附与。回首绛云飞，伤心只在，一点相思处。

**【集评】**

陈廷焯《白雨斋词话》：骚情雅意，词品超绝。其年、竹垞，才气虽高，此境却未梦见。结句“相”字，不协于律，然与本原殊无伤也。

## 文廷式
(1856—1904)

字道希，又字芸阁，晚号纯常子，室号云起轩，江西萍乡人。出生于广州，二十二岁入广州将军长善幕，与李文田、叶衍兰、梁鼎芬、于式枚、志锐、志钧、黄遵宪等相交。光绪八年(1882)应顺天乡试中举，光绪十五年为准备会试设馆于北京志锐家，教授志锐两妹(即后来的珍妃、瑾妃)读书。光绪十六年会试取中一甲二名，授翰林院编修。光绪二十年三月大考翰詹，复列一等第一。是年中日起衅，文廷式主战。光绪二十二年二月，遭杨崇伊参劾，革职永不叙用。光绪二十四年戊戌政变后，避往日本。光绪二十六年回国协助办理铁路、煤矿事宜。光绪三十年病卒。有《纯常子枝语》四十卷，《道希先生遗诗》、《云起轩词》、《琴风余谭》、《闻尘偶记》等。

**【背景】**

《云起轩词钞序》：词家至南宋而极盛，亦至南宋而渐衰。其衰之故，可得而言也。其声多啴缓，其意多柔靡，其用字则风云月露、红紫芬芳之外，如有戒律，不敢稍有出入焉。迈往之士，无所用心。沿及元明，而词遂亡，亦其宜也。有清以来，此道复振。国初诸家，颇能宏雅。迩来作者虽众，然论韵遵律，辄胜前人，而照天腾渊之才，溯古涵今之思，磅礴八极之志，甄综百代之怀，非窘若囚拘者所可语也。词者，远继风骚，近沿乐府，岂小道欤？……余于斯道，无能为役。而志之所在，不尚苟同。三十年来，涉猎百家，推较利病，论其得失，亦非扪钥而谈矣。而写其胸臆，则率尔而作，徒供世人之指摘而已。然渊明诗云："兀傲差若颖。"故余亦过而存之，且书此意，以自为其序焉。

【总评】

朱祖谋《望江南》：闲金粉，曹郐不成邦。拔戟异军成特起，非关词派有西江。兀傲故难双。

朱庸斋《分春馆词话》：清中叶以后，词家多谈姜张，而少及苏、辛，至文廷式出，以其俊逸、豪宕之笔，始为苏、辛一派吐气。文氏学苏、辛，不似阳羡诸公，无一毫叫嚣浮滑陋习，盖从骨骼处学苏，沉痛处学辛也。

沈轶刘《繁霜榭词札》：文之为词，雄宕激越，无一语遗国家，至郁勃处，直欲平视辛、刘，幽曲处且将上掩陈维崧……辛词郁勃，擅绝古今，盖沆瀣于眉山、漱玉，一空骥足。《湖海楼》比苏者，时欲出藩，而《云起轩》则得于辛者，正在其所异处。清词始终陈、文两支柱，云中鳞爪，故可思也。

胡先骕《评文芸阁〈云起轩词钞〉王幼遐〈半塘定稿剩稿〉》：今其慢词之悲壮激越者，神似稼轩，而无龙洲之俚。其兴到之作，虽半塘非其匹。

又：云起轩词，意气飙发，笔力横恣，诚可上拟苏、辛，俯视龙洲。其令词秾丽婉约，则又直入《花间》之室。盖其风骨遒上，并世罕睹，故不从时贤之后，局促于南宋诸家范围之内，诚如所谓美矣善矣。

祝南《无庵说词》：稼轩词至难学，然不可不读，盘薄之气，坚苍之骨，得于此植其基也。周止庵标稼轩为一宗，而其词于稼轩实无所得。近贤如文芸阁、王半塘、沈子培、朱古微等，乃真知取其气植骨于稼轩者。

## 贺新郎

### 别拟西洲曲

别拟西洲曲。有佳人、高楼窈窕，靓妆幽独。楼上春云千万叠，楼底春波如縠。梳洗罢、卷帘游目。采采芙蓉愁日暮。又天涯、芳草江南绿。看对对，文鸳浴。　侍儿料理裙腰幅。道带围、近日宽尽，眉峰长蹙。欲解明珰聊寄远，将解又还重束。须不羡、陈娇金屋。一霎长门辞翠辇，怨君王、已失苕华玉。为此意，更踯躅。

**【背景】**

戊子(1888)出都之作。文廷式《湘行日记》："此词拟苏。窃自谓有数分肖之也。"龙榆生《云起轩词评校补编》录叶恭绰言："先生极自喜此词，谓颇得东坡之神。"

**【拓展与思考】**

此词仿苏轼《贺新郎》(乳燕飞华屋)，请比较并作赏析。

## 水龙吟

落花飞絮茫茫，古来多少愁人意。游丝窗隙，惊飙树底，暗移人世。一梦醒来，起看明镜，二毛生矣。有葡萄美酒，芙蓉宝剑，都未称、平生志。　　我是长安倦客。二十年、软红尘里。无言独对，青灯一点，神游天际。海水浮空，空中楼阁，万重苍翠。待骖鸾归去，层霄回首，又西风起。

**【集评】**

王瀣《手批云起轩词钞》：思涩笔超，后片字字奇幻，使人神寒。

叶恭绰《广箧中词》：胸襟兴象，超越凡庸。

**【拓展与思考】**

此词仿苏轼《水龙吟》（古来云海茫茫），请比较并作赏析。

## 八声甘州

送志伯愚侍郎赴乌里雅苏台参赞大臣之任，同盛伯羲祭酒、王幼遐御史、沈子培刑部作。

响惊飙越甲动边声，烽火彻甘泉。有

六韬奇策，七擒将略，欲画凌烟。一枕瞢腾短梦，梦醒却欣然。万里安西道，坐啸清边。　策马冻云阴里，谱胡笳一阕，凄断哀弦。看居庸关外，依旧草连天。更回首、淡烟乔木，问神州、今日是何年。还堪慰、男儿四十，不算华颠。

**【背景】**

光绪甲午(1894)，志锐请练兵，被遣戍乌里雅苏台，实同贬谪。

**【集评】**

胡先骕《评文芸阁〈云起轩词钞〉王幼遐〈半塘定稿剩稿〉》：试取文芸阁与半塘二人《送志伯愚侍郎赴乌里雅苏台参赞大臣之任》之作相较，则可见二人之人生观悲乐之不同。在文芸阁则曰："有六韬奇策，七擒将略，欲画凌烟……还堪慰、男儿四十，不算华颠。"在半塘则云："老去惊心鼙鼓，叹无多忧乐，换了华颠。尽雄虺琐琐，呵壁问苍天。认参差、神京乔木，愿锋车、归及中兴年。"在文以为可乐者，在王则以为可忧。

## 贺新郎

赠梁节庵

鬑也今殊健。举世间、鸡虫得失〔一〕，鱼龙曼衍〔二〕。尽付庄生齐物论，一例浮云舒卷。任兰佩、多憎猘犬〔三〕。白眼看天苍苍耳，古今来、那许商高算。问长夜，几时旦。　酒酣更喜纶巾岸。记当日、军谋借箸，尚方请剑。谁道神州陆沉后，还向江湖重见。情不死、春蚕自茧。黄竹歌成苍驭杳，怅天荒、地老瑶池宴〔四〕。斜日下，泪如霰。

**【背景】**

词为赠好友梁鼎芬之作。甲午战败后，文廷式作为主战派，受到严谴，被迫出都。词写此时心境。

**【注释】**

〔一〕鸡虫得失：杜甫《缚鸡行》："鸡虫得失了无时，注目寒江依旧阁。"王安石《绝句》："鸡虫得失何须算，鹏鷃逍遥各自得。"多比喻无关紧要的细微的事。

〔二〕鱼龙曼衍：百戏名，后比喻虚假多变，玩弄权术。

〔三〕"任兰佩"句：李商隐《赠从兄阆之》："城中猘犬憎兰佩，莫损幽芳久不归"，反用其意。

〔四〕"黄竹"二句：李商隐《瑶池》："瑶池阿母绮窗开，黄竹歌声动地哀。"又白居易《八骏图》："瑶池西赴王母宴，七庙经年不亲荐。璧台南与盛姬游，明堂不复朝诸侯。白云黄竹歌声动，一人荒乐万人愁。"龙榆生《云起轩词评校补编》："瑶池宴，指太后也。"

## 祝英台近

剪鲛绡，传燕语。黯黯碧云暮。愁望春归，春到更无绪。园林红紫千千，放教狼藉，休但怨、连番风雨。　　谢桥路。十载重约钿车，惊心旧游误。玉佩尘生，此恨奈何许。倚楼极目天涯，天涯尽处。算只有、濛濛飞絮。

**【集评】**

王瀣《手批云起轩词钞》：此作得稼轩之骨。

又："愁望"以下，其怨愈深。后遍讽刺不少。

夏承焘、张璋编选《金元明清词选》：这首词借一女子之口，叙说春感和离愁，实际是感慨时事之作。和辛弃疾的"宝钗分，桃叶渡"一首同一手法。落红"狼藉"，是对自己遭遇的慨叹，也是对国事日非的慨叹。"休但怨连番风雨"，是说落红狼藉，除了风雨摧残的因素外，还有一个人为的因素：她的情人误了旧约，辜负了她。使她"玉佩尘生"，在凄凉孤寂的心情中倚楼极目，望眼欲穿。

**【拓展与思考】**

此词仿辛弃疾《祝英台近・感春》，亦为甲午战败后出都所作，同时和作者如王鹏运等，均为主战者。请结合词作背景，分析这一时期的词作主题、风格及进境。

## 浪淘沙

寒气袭重衾。似睡还醒。炉香静爇夜沉沉。起视阶前明月影，云合如冰。　　岁序使人惊。染尽缁尘。寂寥空草太玄经。别有苍茫千古意，独坐观星。

## 三姝媚

王幼霞侍御见示春柳词，未及奉和，又有送行之作，赋此阕答之。

莺啼春思苦。看湖山纷纷，尚余歌舞。折柳千丝，殢酒痕犹沁，锦襟题句。倚遍危阑，淡暮色、飘残香絮。似绣园林，一霎鹃声，便成今古。　　当时花骢联步。共游冶春城，踏青归路。夜半承明，听漏声、疑在万花深处。可奈东风，吹不散、浓雰凄雾。好记灵和旧恨，清商自谱。

【背景】

此词作于光绪二十一年(1895)五月,作者在甲午战败后出都之时。王鹏运与作者为主战派的同志,彼此有很多唱和之作。

【拓展与思考】

文廷式《闻尘偶记》曾言此时心绪:“中外之势已成,劫持之数愈固,事遂不可挽回矣。”请结合作品背景及王鹏运和作(六首),赏析二人这组唱和之作。

## 贺新郎

### 赠黄公度观察

辽海归来鹤。翔千仞、徘徊欲下,故乡城郭。旷览山川方圆势,不道人民非昨。便海水、尽成枯涸。留取荆轲心一片,化虫沙、不羡钧天乐。九州铁,铸今错。　平生尽有青松约。好布被、横担榔栗,万山行脚。阊阖无端长风起,吹老芳洲杜若。抚剑脊、苔花漠漠。吾与重华游玄圃,遣回车、日色崦嵫薄。歌慷慨,南飞鹊。

【拓展与思考】

此词作于光绪二十一年(1895)五月,时在金陵。请结合作者生平及词作背景,分析以上词作的思想内容与艺术成就。

## 点绛唇

戊戌重九作，是日霜降

青女司霜，无风无雨过重九。无人送酒。看月呼田叟。　临水登山，此恨年年有。君知否。羲皇去久。更在陶潜后。

**【背景】**

戊戌(1898)八月初六太后训政，密捕文廷式。

## 蝶恋花

九十韶光如梦里。寸寸关河，寸寸销魂地。落日野田黄蝶起。古槐丛荻摇深翠。

惆怅玉箫催别意，蕙些兰骚，未是伤心事。重叠泪痕缄锦字。人生只有情难死。

**【集评】**

夏承焘、张璋编选《金元明清词选》：这首词写离情。“人生只有情难死”，极言情之所钟，超越生死。

## 临江仙

我所思兮江上路，因风赠与瑶华。玉楼半天卷朱霞。飞鸿将梦远，一夜到伊家。

强忍闲情情转切，泪痕弹湿窗纱。相思相望各天涯。知卿憔悴损，不忍问桃花。

## 蝶恋花

密雾浓云围绣幕。常替花愁，忍向花轻薄。但愿西风吹不落，不妨鸾凤长漂泊。

梦里姑山看绰约。九折肠回，应有香魂觉。万种闲愁无处着，黄昏雀踏金铃索。

**【拓展与思考】**

文廷式长调学苏辛，小令则得北宋人风致。请注意文廷式令词的“重情”特色。

## 黄遵宪
(1848—1905)

字公度,别号人境庐主人,广东嘉应州(今梅州)人。光绪二年(1876)举人,历充日本参赞、旧金山总领事、驻英参赞、新加坡总领事等职,戊戌变法期间归国,署湖南按察使,助巡抚陈宝箴推行新政。工诗,喜以新事物熔铸入诗,有《人境庐诗草》、《日本杂事诗》等。

### 双双燕

题潘兰史《罗浮纪游图》

罗浮睡了,试召鹤呼龙,凭谁唤醒。尘封丹灶,剩有星残月冷。欲问移家仙井。何处觅、风鬟雾鬓。只因独立苍茫,高唱万峰峰顶。　　荒径。蓬莱半隐。幸伞空谷无人,栖身应稳。危楼倚遍,看到云昏花暝。回首海波如镜。忽露出、飞来旧影。又愁风雨合离,化作他人仙境。

## 王鹏运
(1850—1904)

字幼遐，一作幼霞，号鹜翁、半塘老人，广西临桂(今桂林)人。同治九年(1870)举人，同治十年入京会试不第，同治十三年起为内阁中书，光绪十九年(1893)授江西监察道御史，官至礼科掌印给事中。光绪二十八年致仕南下，光绪三十年卒于苏州。临桂词派的创立者，晚清四家之一。有《半塘定稿》、《半塘乙丙丁戊稿》，编校《四印斋所刻词》等。

**【总评】**

叶恭绰《广箧中词》：幼遐先生于词学独探本原，兼穷蕴奥，转移风会，领袖时流，吾常戏称为“桂派”先河，非过论也。

朱祖谋《望江南》：香一瓣，长为半塘翁。得象每兼花外永，起孱差较茗柯雄。岭表此宗风。

沈轶刘《清词菁华》：鹏运为清末四家先导，上承嘉道之敝，下开同光变革之风，文廷式、朱祖谋、况周颐，皆受其指授。

蒋兆兰《词说》：有清一代，词学屡变而益上。中叶以还，鸿生叠起，辟门户之正，示轨辙之程。逮乎晚清，词家极盛，大抵原本风雅，谨守止庵“导源碧山，历稼轩、梦窗以还清真之浑化”之说为之。虽功力有浅深，成就有大小，而宁晦无浅，宁涩无滑，宁生硬无甜熟，炼字炼句，迥不犹人，戛戛乎其难哉。其间特出之英，主坛坫，广声气，宏奖藉，妙裁成，在南则有复堂谭氏，在北则有半塘王氏，其提倡推衍之功，不可没也。

卢前《望江南·饮虹簃论清词百家》：原临桂，岭表自开疆。作气起孱为世重，如文中叶有湘乡。一瓣爇心香。

龙榆生《味梨集跋》：清季词家，以愚所见，当推半塘老人及萍乡文道希先生廷式最为杰出。半塘直逼稼轩，而道希径入东坡之室。

其系心宗国,怵目外侮,一以抑塞磊落不平之气发之,故自使人读之神王。

龙榆生《中国韵文史》:鹏运论词,别标三大宗旨:一曰“重”,二曰“拙”,三曰“大”。其自作亦确能秉此标的而力赴之。庚子联军入京,鹏运陷危城中不得出,因与孝臧诸人,集四印斋,日夕填词以自遣,合刻《庚子秋词》,大抵皆感时抚事之作也。鹏运生平抑塞,恒自悼伤;既汇刻《四印斋词》,流布宋、元词籍;复“当沉顿幽忧之际,不得已而托之倚声”(《味梨集后序》),故其词多沉郁悲壮之音,自成其为“重”且“大”。同时作者如文焯、周颐辈,无此魄力也。

## 满江红

送安晓峰侍御谪戍军台

荷到长戈,已御尽、九关魑魅。尚记得、悲歌请剑,更阑相视。惨淡烽烟边塞月,蹉跎冰雪孤臣泪。算名成、终竟负初心,如何是。　天难问,忧无已。真御史,奇男子。只我怀抑塞,愧君欲死。宠辱自关天下计,荣枯休论人闲世。愿无忘、珍惜百年身,君行矣。

**【背景】**

安晓峰,即安维峻。光绪二十年(1894)甲午战起,安维峻上书弹劾李鸿章并言慈禧干政之事,被发军台。

## 望江南

### 小游仙词

暇日冥想，率成十有五阕。东坡所谓想当然者，妄言妄听，无事周郎之顾误也。

其一

排云立，飞观耸神霄。双鹤每邀王母驭，六龙时见玉宸朝。阿阁凤皇巢。

其十五

游仙乐，弹指现林丘。宝气远腾天北极，豪情亲遏海西流。终古不知愁。

**【背景】**

此词作于光绪二十一年(1895)四五月间,甲午战败后,皆有影射。

## 鹊踏枝

冯正中《鹊踏枝》十四阕，郁伊惝恍，义兼比兴，蒙耆诵焉。春日端居，依次属和。就韵成词，无关寄托，而章句尤为凌杂。忆云生云："不为无益之事，何以遣有涯之生！"三复前言，我怀如揭矣。时光绪丙申三月二十八日。

其六

昼日恹恹惊夜短。片霎欢娱，那惜千金换。燕昵莺颦春不管。敢辞弦索为君断。

隐隐轻雷闻隔岸。暮雨朝霞，咫尺迷银汉。独对舞衣思旧伴。龙山极目烟尘满。

其七

望远愁多休纵目。步绕珍丛，看笋将成竹。晓露暗垂珠簏簌。芳林一带如新浴。

檐外春山森碧玉。梦里骖鸾，记过清湘曲。自定新弦移雁足。弦声未抵归心促。

其十

几见花飞能上树。难系流光，枉费垂杨缕。筝雁斜飞排锦柱。只伊不解将春去。

漫诩心情黏地絮。容易飘扬，那不惊风雨。倚遍阑干谁与语。思量有恨无人处。

【集评】

王国维《人间词话》："望远愁多休纵目"等阕，郁伊惝恍，令人不能为怀。

**【拓展与思考】**

1. 以上诸词都作于甲午战败及文廷式被贬出都后，请以常州词派“意内言外”的方式解读，并理解这一时期士人的心态。

2. 清末仿冯延巳《鹊踏枝》者甚多，请仿照其风格，试作一首。

## 丹凤吟

四月二十七日，夜雨初霁，用清真韵

忽漫惊飙吹雨，梦破青绫，寒侵朱阁。苔深愁滑，芳径顿迷重幕。今朝昨夜，寂寥谁诉，步影星摇，归情云薄。漫忆新题断句，展遍红笺，吟思凄咽残角。　太息壮心老去，祖生渐厌鸡唱恶。底处延朝爽，怕骄阳犹是，山翠轻铄。玉梅风笛，那便曲中催落。夜色沉沉谁与语，剩泪珠成握。画帘影事，偏此时记着。

**【背景】**

光绪二十四年(1898)四月二十七日，翁同龢被贬出都。

**【拓展与思考】**

结合此类词作，思考词的记事功能的发展及其局限。

## 踏莎行

彩扇初闲，疏砧催断。云山北向征人远。惊尘莫漫怨飘风，岫眉好试新妆面。
梦境迷离，心期千万。丝丝缕缕愁难翦。不辞舞袖为君垂，琐窗云雾知深浅。

## 齐天乐

鸦

城南城北云如墨，纷纷飐空零乱。落日呼群，惊风坠翼，极目平林恨满。萧条岁晚。是几度朝昏，玉颜轻换。露泣宫槐，夜寒相与诉幽怨。　新巢安否漫省，绕枝栖未定，珍重霜霰。坏堞军声，长天月色，谁识归飞羽倦。江湖梦远。记噪影墙竿，舵楼风转。意绪何堪，白头搔更短。

**【拓展与思考】**

庚子之乱中，词人困居孤城，与好友朱祖谋等选调选韵，抒发心绪。王鹏运："困处危城中，已逾两月，如在万丈深阱中。望天末故人,不啻白鹤朱霞,翱翔云表。又尝与古微言:当此时变,我叔问必有数十阕佳词,若杜老天宝至德间哀时感事之作,开倚声家从来未有之境。但悠悠此生,不识尚能快睹否?不意名章佳句,意外飞来,非性命至契,生死不遗,何以行此……天公不绝填词种子,但得事定后始死,此集必流传,我公必得见其全帙。”请结合此背景理解以上词作。

## 况周颐
(1861—1926)

原名周仪,避宣统讳改名周颐,字夔笙,晚号蕙风,广西临桂(今桂林)人。光绪五年(1879)乡试举人。光绪十四年入京备试,结识王鹏运并参与薇省词唱。光绪十五年会试落第,循例任内阁中书,从王鹏运治词,"自是得窥词学门径,词格为之一变"。屡试不第,光绪二十一年南归,先后入张之洞、端方幕。晚年居上海,穷愁潦倒,鬻文而终。晚清四家之一,有《存悔词》、《新莺词》、《第一生修梅花馆词》、《修梅清课词》等,其《蕙风词话》被视为晚清词论集大成之作,另有《词学讲义》、《和珠玉词》、《薇省词抄》、《粤西词见》、《词话丛钞》等。

**【背景】**

况周颐《餐樱庑随笔》:余之为词,二十八岁以后,格调一变,得力于半塘。比岁守律綦严,得力于沤尹。人不可无良师友也。

**【总评】**

张尔田《词莂序》:并世作者,半塘之大,大鹤之精,彊村之沉,与蕙风之穆,骎骎乎拊南宋而上矣。

王国维《蕙风琴趣》评语:蕙风词小令似叔原,长调亦在清真、梅溪间,而沉痛过之。彊村虽富丽精工,犹逊其真挚也。天以百凶成就一词人,果何为哉!

叶恭绰《广箧中词》:夔笙先生与幼遐翁崛起天南,各树旗鼓。半塘气势宏阔,笼罩一切,蔚为词宗;蕙风则寄兴渊微,沉思独往,足称巨匠。各有真价,固毋庸为之轩轾也。

赵尊岳《蕙风词史》:临桂况蕙风先生,词学渊粹,为世宗尚,无俟赘述。而自制诸词，音节流美，寓意深远，尤为读者击节称叹。先生少颖悟，矜才绝艳，而凌霜晚节，穷愁抑郁，赍志以殁。

又：先生辛亥后，幽忧憔悴，于词益工，凄丽回绝。盖故国之思，沧桑之感，一以寓声达之，而又辄以绮丽缘情之笔出之，遂益见其格高而词怆；殿有清一代之声家，开自唐以来之韵令，何止工吟事，集大成而已。

吴梅《词学通论》：迨及末世，彊村、夔笙，并称瑜亮，而新亭故国之感，尤非烟柳斜阳所可比拟矣。

## 水龙吟

二月十八日大雪中作

雪中过了花朝，凭谁问讯春来未。斜阳敛尽，层阴惨结，暮笳声里。九十韶光，无端轻付，玉龙游戏。向危阑独立，绨袍冰透，休道是、伤春泪。　闻说东皇瘦损，算春人、也应憔悴。冻云休卷，晚来怕见，欃枪东指。嘶骑还骄，栖鸦难稳，白茫茫地。正酒香羔熟，玉关消息，说将军醉。

**【背景】**

作于乙未(1895)二月。赵尊岳《蕙风词史》："次年，战事大败，其赋《水龙吟》'大雪'、《水龙吟》'闻角'……盖未能忘情于败绩者也。"龙榆生《清季四大词人》："甲午中日战败，为清廷最大耻辱。哀时涕泪，偶为一挥，如《水龙吟·二月十八日大雪中作》……结笔大有事在：当时边将任用非人，可为太息。”此词所讽边将为吴大澂。

## 减字浣溪沙

风雨高楼悄四围。残灯黏壁淡无辉。篆烟犹袅旧屏帏。　已忍寒欺罗袖薄，断无春逐柳绵归。坐深愁极一沾衣。

## 减字浣溪沙

听歌有感

惜起残红泪满衣。它生莫作有情痴。人间无地着相思。　花若再开非故树，云能暂驻亦哀丝。不成消遣只成悲。

## 定风波

未问兰因已惘然。垂杨西北有情天。水月镜花终幻迹。赢得。半生魂梦与缠绵。　户网游丝浑是罥，被池方锦岂无缘。为有相思能驻景。消领。逢春惆怅似当年。

## 苏武慢

寒夜闻角

愁入云遥，寒禁霜重，红烛泪深人倦。情高转抑，思往难回，凄咽不成清变。风际断时，迢递天涯，但闻更点。枉教人回首，少年丝竹，玉容歌管。　凭作出、百绪凄凉，凄凉惟有，花冷月闲庭院。珠帘绣幕，可有人听，听也可曾肠断。除却塞鸿，遮莫城乌，替人惊惯。料南枝明月，应减红香一半。

## 水龙吟

己丑秋夜，赋角声《苏武慢》一阕，为半塘所击赏。乙未四月，移寓校场五条胡同，地偏，宵警呜呜达曙，凄彻心脾。漫拈此解，颇不逮前作，而词愈悲，亦天时人事为之也。

声声只在街南，夜深不管人憔悴。凄凉和并，更长漏短，彀人无寐。灯炧花残，香消篆冷，悄然惊起。出帘栊试望，半珪残月，更堪在、烟林外。　　愁入阵云天末。费商音、无端凄戾。鬓丝搔短，壮怀空付，龙沙万里。莫漫伤心，家山更在，杜鹃声里。有啼乌见我，空阶独立，下青衫泪。

**【拓展与思考】**

请赏析此词。

## 郑文焯
(1856—1918)

字俊臣，号小坡，又号叔问，晚号鹤道人，别署冷红词客、大鹤山人，奉天铁岭(今属辽宁)人。正白旗汉军籍。光绪元年(1875)举人，曾任内阁中书，后旅居苏州。晚清四家之一。有《瘦碧》、《冷红》、《比竹余音》、《苕雅余集》等，后集为《樵风乐府》九卷，又有《词源斠律》、《手批梦窗词甲乙丙丁稿》、《大鹤山人词话》等。

**【总评】**

俞樾《瘦碧词序》：论其身世，微类玉田。其人与词，则雅近清真、白石。……君词体洁旨远，句妍韵美。

谭献《箧中词续》引郑文焜：其为词声出金石，极命风骚，感兴微言，深美闳约。

陈锐《袌碧斋词话》：郑叔问词，剥肤存液，如经冬老树，时一着花，其人品亦与白石为近。

蔡嵩云《柯亭词论》：大鹤词，吐属骚雅，深入白石之室。令引近尤佳。学清真，升堂而已。辛亥以后诸慢词，长歌当哭，不知是声是泪是血，殆所谓亡国之音哀以思欤。

### 丹凤吟

骛翁见示四月十日掖垣待漏之作，后十七日，感音走笔，风雨大来，顿作狂歕，和美成韵答之。

一夜尘纷如扫，骤雨高檐，惊风虚阁。阑干危倚，无数狂花穿幕。今朝想见，引杯长叹，谏草焚余，词华喷薄。漫忆题云旧句，漏箭听残，斜月还恋城角。　到此满怀古事，眼前断送春梦恶。一片韩陵石〔一〕，纵棱棱堪语，愁共金铄。故山归燕，几阅主人零落。画栋雕梁经几在，奈落尘盈握。种桑海上〔二〕，知是谁见着。

【背景】

为翁同龢罢相作。

【注释】

〔一〕韩陵石：张鷟《朝野佥载》："温子升作《韩陵山寺碑》，信读而写其本，南人问信曰：'北方文士何如？'信曰：'唯有韩陵山一片石堪共语。薛道衡、卢思道少解把笔，自余驴鸣犬吠，聒耳而已。'"

〔二〕种桑海上：陶渊明《拟古》："种桑长江边，三年望当采。枝条始欲茂，忽值山河改。柯叶自摧折，根株浮沧海。春蚕既无食，寒衣欲谁待。本不植高原，今日复何悔。"桑树为晋朝象征，本不长于江边，陶诗言晋恭帝被废及被杀事。

【拓展与思考】

请结合词作背景分析作品的思想内容。

## 月下笛

戊戌八月十三日宿王御史宅，夜雨闻邻笛，感音而作，和石帚。

月满层城，秋声变了，乱山飞雨。哀鸿怨语。自书空、背人去。危阑不为伤高倚，但肠断、衰杨几缕。怪玉梯雾冷，瑶台霜悄，错认仙路。　　延伫。销魂处。早漏泄幽盟，隔帘鹦鹉。残花过影，镜中情事如许。西风一夜惊庭绿，向天上、人间见否。漏谯断，又梦闻孤管，暗向谁度。

**【拓展与思考】**

词为戊戌政变作。请结合背景分析词作的思想内容，并思考此类词作为何在这一时期不同作者笔下大量出现。

## 谒金门

行不得。黦地衰杨愁折。霜裂马声寒特特。雁飞关月黑。　　目断浮云西北。不忍思君颜色。昨日主人今日客。青山非故国。

其二

留不得。肠断故宫秋色。瑶殿琼楼波影直。夕阳人独立。　虽说长安如弈。不忍问君踪迹。水驿山邮都未识。梦回何处觅。

其三

归不得。一夜林乌头白。落月关山何处笛。马嘶还向北。　鱼雁沉沉江国。不忍闻君消息。恨不奋飞生六翼。乱云愁似幂。

**【背景】**

词为庚子之乱所作。

## 朱祖谋
(1857—1931)

原名孝臧,字藿生,一字古微,号沤尹,又号彊村,浙江吴兴(今湖州)人。光绪九年(1883)进士,官至礼部右侍郎,光绪三十年出为广东学政,与总督不和假归,晚寓上海。晚清四家之一,清词殿军,有《彊村词》,编有《彊村遗书》、《湖州词徵》、《国朝湖州词录》等。

**【总评】**

卢前《望江南·饮虹簃论清词百家》:思悲阁,亲炙忆当年。老去苏吴合一手,词兼重大妙于言。力取复天全。

夏承焘《瞿髯论词绝句》:论定彊村胜觉翁,晚年坡老识深衷。一轮黯淡胡尘里,谁画虞渊落照红?

叶恭绰《广箧中词》:疆村翁词,集清季词学之大成。公论翕然,无待扬榷。余意词之境界,前此已开拓殆尽,今兹欲求于声家特开领域,非别寻途径不可。故彊村翁或且为词学之一大结穴,开来启后,应有继起而负其责者,此今日论文学者所宜知也。

王国维《人间词话》:彊村学梦窗,而情味较梦窗反胜。盖有临川、庐陵之高华,而济之以白石之疏越者。学人之词,斯为极则。然古人自然神妙处,尚未见及。

龙榆生《彊村本事词》:疆村先生四十始为词,时值朝政日非,外患日亟,左衽沉陆之惧,忧生念乱之嗟,一于倚声发之。故先生之词,托兴深微,篇中咸有事在。……咸、同兵事,天挺蒋鹿潭,以发抒离乱之忧,世以拟之"杜陵诗史"。若先生所处时势之艰危,视鹿谭犹有过之。读先生之词,又岂仅黍离、麦秀之感而已?

龙榆生《复夏承焘书》:仆谓彊村深于碧山,谓其从寄托中来也。学梦窗者多不尚寄托。……彊村则颇参异己之长。而要其得力处,则实以碧山为之骨,以梦窗为之神,以东坡为之姿态而已。此其所以大软！

张尔田《与龙榆生论彊村词事书》：古丈晚年词，苍劲沉着，绝似少陵夔州后诗。

## 长亭怨慢

伣消尽、涉江情绪。风露年年，国西门路。绀海凉云，昨宵飞浣石亭暑。乱蝉高柳，凄咽断、苹洲谱。莫唱惜红衣，算一例、飘零如雨。　　迟暮。隔微波不恨，恨别旧家鸥侣。青墩梦断，枉赢得、去留无据。试巡遍、往日阑干，总无著、鸳鸯眠处。剩翠盖亭亭，消受斜阳如许。

**【集评】**

狄葆贤《平等阁诗话》：沤尹先生，一时之词宗也。《彊村前集》中咏荷一阕，友人瘿公极嗜诵之。题曰“苇湾重到”云云。沤尹尝曰：“词贵曲，不贵直。”此作秀曼无前，抚写物态，叙述羁绪，咸曲尽其妙。贺方回词云：“试问闲愁知几许……梅子黄时雨。”余亦谓此词比兴处，直奄有其胜也。

## 祝英台近

烛花凉，炉穗重，妆面半帘〔一〕记。罗扇恩疏，消得锦机字。绝怜宽褪春衫，窄偎秋被，楚云重、梦扶不起。　酒边事。因甚一夕离悰，潘鬓竟星矣。相忆无凭，相怜又无计。愿将心化圆冰，层层摺摺，照伊到、画屏山底。

**【注释】**

〔一〕妆面半帘：用梁元帝妃徐昭佩事，《南史·后妃传》："妃以帝眇一目，每知帝将至，必为半面妆以俟，帝见则大怒而出。"此指慈禧。

**【背景】**

此词作于戊戌（1898）春日。"愿将"句，白敦仁《彊村语业笺注》："此词盖言决意倾心于帝。"

## 鹧鸪天

九日丰宜门外过裴村别业

野水斜桥又一时。愁心空诉故鸥知。凄迷南郭垂鞭过，清苦西峰侧帽窥。　新雪涕，旧弦诗。愔愔门馆蝶来稀。红萸白菊浑无恙，只是风前有所思。

**【背景】**

词作于戊戌（1898）重九，裴村即刘光第。徐世昌《晚晴簃诗话》："朱古微侍郎与裴村为同岁生日，重其人，并重其诗，谓有少陵意境。"词为悼友人所作，然不能直言。

**【集评】**

夏承焘、张璋编选《金元明清词选》：此为刘光第被杀后，朱孝臧过其别业，有感而作。"野水斜桥"，点明郊外景色。"又一时"，说明作者到裴村别业，并非首次。只是这次来时，情况发生变化，别业主人已惨遭杀害。"凄迷南郭"、"清苦西峰"一联写景又兼抒情，语极含蓄。"垂鞭"是不忍急驰而过，含有凄恻之意。"侧帽窥"写出祸事之惨，作者事后经过，尚心有余悸。下片作者抚今追昔，想想从前裴村别业中有弹琴咏诗之乐，现在，红萸白菊依然开放，而物在人亡，门馆凄凉，令人低徊不已。

严迪昌编选《金元明清词精选》：朱彊村词的老辣处正在不露痕迹处，情性流出，意蕴深结。

## 唐多令

衰草，和穗平

扫断马蹄痕。消凝油壁尘。剪红心、霜讯催频。一道玉钩斜畔路，已无意、斗罗裙。　浓绿镇迷人。兰苕凄古春。换年年、冷戍荒屯。泪噀西风原上火，怕犹有、未归魂。

**【拓展与思考】**

此词作于庚子之乱中。请结合史实解析词作内容。

## 齐天乐

鸦

半天寒色黄昏后，平林渐添愁点。倦影偎烟，酸声噤月，城北城南尘满。长安岁晏[一]。又啼入延秋，故家啄遍。问几斜阳，玉颜悽诉旧团扇。　　南飞虚羡越鸟，乱烽明似炬，空外惊散。坏阵秋盘，虚舟暝蹋，何处衰杨堪恋。江关梦短。怕头白年年，旧巢轻换。独鹤归无，后栖休恨晚[二]。

**【注释】**

〔一〕“长安”句：杜甫《哀王孙》：“长安城头头白乌，夜飞延秋门上呼。又向人家啄大屋，屋底达官走避胡。”

〔二〕“独鹤”二句：化用杜甫《野望》“独鹤归何晚，昏鸦已满林”，《遣兴》“夜来归鸟尽，啼杀后栖鸦”。

**【拓展与思考】**

此词与王鹏运《齐天乐·鸦》均作于庚子之乱中，请结合背景，比较分析王、朱二人的作品内容与风格。

## 洞仙歌

年年明月，照高楼无恙。只是清宵易惆怅。算姮娥识我、不为闲愁，飞动意，把盏凄然北向。　酒醒乌鹊起，一碧云罗，遥指虚无断征鞍。知道有前期、对影闻声，甚邈隔、万重山样。须信是、琼楼不胜寒，犹自有愁人、白头吟望。

## 夜飞鹊

乙卯中秋

金波暖斜汉，流照屏山。桦烛冷散青烟。珠帘欲上美人去，谁家今夜今年。当窗乱云雾，恣霓裳狂舞，换谱钧天。乘风汗漫，问琼楼、何似人间。　多是仙宫桂斧，七宝尚凌虚，装缀婵娟。阑外秋香泣露，移槃清泪，消尽金仙。广寒殿阙，怕嫦娥、不许流连。共孤光谁与，不成把盏，北望凄然。

## 暗香疏影

秋晚过樵风别墅，分残菊一丛归，以梦窗谱写之

露黄一瓻。向故人帽底，翻窥飞雪。病起重阳，帘卷西风晚寒结。愁味伤秋更苦，惜缥壶、家泉冰洁。记冷香、呼取馀杯，清事隔篱说。　　休道柴桑路远，小城正岁晚、人事凄绝。独坐遗芳，便有东风，不改漂摇柯叶。枝头甘抱枯香死〔一〕，有霜后、伶俜孤蝶。愿此花、从此休开，占断义熙〔二〕烟月。

**【注释】**

〔一〕枝头甘抱枯香死：朱淑真《菊花》："土花能白又能红，晚节犹能爱此工。宁可抱香枝头老，不随黄叶舞秋风。"郑思肖《画菊》："花开不并百花丛，独立疏篱趣未穷。宁可枝头抱香死，何曾吹落北风中。"

〔二〕义熙：晋安帝年号，陶渊明归隐于义熙年间，刘宋代晋后，不书义熙年号。

## 南乡子

病枕不成眠

病枕不成眠。百计湛冥梦小安。际晓东

窗趯鸩唤，无端。一度残春一惘然。　歌底与尊前。岁岁花枝解放颠。一去不回成永忆，看看。唯有承平与少年。

## 定风波

丙寅九日

过眼黄花七十场。无诗负汝只倾觞。老去悲秋成定分。才信。便无风雨也凄凉。　已自上楼筋力减。多感。雁音兵气极沧江。摇落万方同一概。谁在。阑干闲处恋斜阳。

**【拓展与思考】**

以上诸作均作于清鼎革后。卢前《望江南·饮虹簃论清词百家》:“老去苏吴合一手,词兼重大妙于言。”夏承焘《瞿髯论词绝句》:“论定彊村胜觉翁,晚年坡老识深衷。一轮黯淡胡尘里,谁画虞渊落照红?”请分析作品中的家国情结与艺术风格。

## 鹧鸪天

忠孝何曾尽一分。年来姜被减奇温。眼中犀角非耶是，身后牛衣怨抑恩。　泡影

**事，水云身。枉抛心力作词人。可哀最是人间世，不结他生未了因。**

**【背景】**

此词为词人临终之作。

## 梁启超
(1873—1929)

字卓如，一字任甫，号任公，别署饮冰子、饮冰室主人，广东新会(今江门)人。光绪十五年(1889)举人，康有为学生，戊戌变法主要成员之一。戊戌政变后逃往日本，辛亥革命后，先后与袁世凯、段祺瑞政权合作，晚年任教清华。能词，有《饮冰室词》。

### 金缕曲

丁未五月归国，旋复东渡，却寄沪上诸子

瀚海漂流燕。乍归来、依依难认，旧家庭院。唯有年时芳俦在，一例差池双剪。相对向、斜阳凄怨。欲诉奇愁无可诉，算兴亡、已惯司空见。忍抛得，泪如线。　故巢似与人留恋。最多情、欲黏还坠，落泥片片。我自殷勤衔来补，珍重断红犹软。又生恐、重帘不卷。十二曲阑春寂寂，隔蓬山、何处窥人面。休更问，恨深浅。

**【集评】**

夏承焘、张璋编选《金元明清词选》：此词一开始即以瀚海漂流燕自喻。通过燕子，作者抒发了对国家大事的感慨。作者于戊戌变法(1898)失败后，逃往日本。越九年(1907)归国，其时晚清政局已不可收拾，所谓“依依难认，旧家庭院”指此。“年时芳俦”到“泪如线”，指当时主张变法的同伴，像“差池双剪”的燕子，不停地衔泥衔草，一边修整旧巢，一边面对着日薄西山的清朝残局，无限凄怨！(“相对向、斜阳凄怨。”)下片“我自殷勤衔来补”两句，谓自己主观上不怕辛劳，愿为国家出力。“生怕重帘不卷”，谓客观上受到阻力，此当指西太后那拉氏阻挠变法。“隔蓬山、何处窥人面”，谓光绪帝被囚瀛台，宫禁森严，不能相见。这首词中的“依依”、“殷勤”，当是对光绪帝而言。至于“奇愁”、“恨深浅”等句，则是对那拉氏而言。

## 王国维

(1877—1927)

字静安，号观堂，浙江海宁人。著名学者，在哲学、史学、文学、考古、文字等领域，均有重要成就。清华“四大导师”之一。1927 年，自沉于颐和园昆明湖。工词，有《苕华词》(一名《人间词》)、《观堂长短句》，又有《人间词话》、《唐五代二十一家词辑》等。

**【背景】**

《人间词》又名《苕华词》，全集有“人间”句二十余处，表达了作者对人间世的认知。

王国维(托名樊志厚)《人间词甲稿序》：读君自所为词，则诚往复幽咽，动摇人心。快而沉，直而能曲。不屑屑于言词之末，而名句间出，殆往往度越前人。至其言近而旨远，意决而辞婉，自永叔以后，殆未有工如君者也。君始为词时，亦不自意其至此，而卒至此者，天也，非人之所能为也。若夫观物之微，托兴之深，则又君诗词之特色。求之古代作者，罕有伦比。呜呼！不胜古人不足以与古人并，君其知之矣。世有疑余言者乎，则何不取古人之词与君词比类而观之也？

王国维(托名樊志厚)《人间词乙稿序》：乃称曰：文学之事，其内足以摅己，而外足以感人者，意与境二者而已。上焉者意与境浑，其次或以境胜，或以意胜。苟缺其一，不足以言文学。原夫文学之所以有意境者，以其能观也。出于观我者，意余于境。而出于观物者，境多于意。然非物无以见我，而观我之时，又自有我在。故二者常互相错综，能有所偏重，而不能有所偏废也。文学之工不工，亦视其意境之有无与其深浅而已。……静安之为词，真能以意境胜。夫古今人词之以意胜者，莫若欧阳公。以境胜者，莫若秦少游。至意境两浑，则惟太白、后主、正中数人足以当之。静安之词，大抵意深于欧，而境次于秦。至其合作，如甲稿《浣溪沙》之“天末同云”，《蝶恋花》之“昨夜梦中”、乙稿《蝶恋花》之“百尺朱楼”等阕，皆意境两忘，物我一体。高蹈乎八荒之表，而抗心乎千秋之间，骎骎乎两汉之疆域，广于三代，贞观之政治，隆于武德矣。方之侍卫，岂徒伯仲？此固君所得于天者独深，抑岂非致力于意境之效也。至君词之体裁，亦与五代北宋为近。

## 鹧鸪天

列炬归来酒未醒。六街人静马蹄轻。月中薄雾漫漫白，桥外渔灯点点青。　从醉里，忆平生。可怜心事太峥嵘。更堪此夜西楼梦，摘得星辰满袖行。

## 蝶恋花

阅尽天涯离别苦。不道归来，零落花如许。花底相看无一语。绿窗春与天俱暮。

待把相思灯下诉。一缕新欢，旧恨千千缕。最是人间留不住。朱颜辞镜花辞树。

## 浣溪沙

天末同云暗四垂。失行孤雁逆风飞。江湖寥落尔安归。　陌上金丸看落羽，闺中素手试调醯。今宵欢宴胜平时。

## 浣溪沙

山寺微茫背夕曛。鸟飞不到半山昏。上方孤磬定行云。　试上高峰窥皓月，偶开天眼觑红尘。可怜身是眼中人。

## 蝶恋花

昨夜梦中多少恨。细马香车，两两行相近。对面似怜人瘦损。众中不惜搴帷问。

陌上轻雷听渐隐。梦里难从，觉后那堪讯。蜡泪窗前堆一寸。人间只有相思分。

## 虞美人

碧苔深锁长门路。总为蛾眉误。自来积毁骨能销。何况真红、一点臂砂娇。　　妾身但使分明在。肯把朱颜悔。从今不复梦承恩。且喜簪花、坐赏镜中人。

## 蝶恋花

百尺朱楼临大道。楼外轻雷，不问昏和晓。独倚阑干人窈窕。闲中数尽行人小。　一霎车尘生树杪。陌上楼头，都向尘中老。薄晚西风吹雨到。明朝又是伤流潦。

## 蝶恋花

窗外绿荫添几许。剩有朱樱，尚系残春住。老尽莺雏无一语。飞来衔得樱桃去。　坐看画梁双燕乳。燕语呢喃，似惜人迟暮。自是思量渠不与。人间总被思量误。

**【拓展与思考】**

1.《人间词》、《人间词话》历来注释、品评之名家甚多，请结合你在本课程的所知所学，思考王国维词中表现的“人间”境界。

2. 以“人间”为主题填词一阕。